第五回　完心事花烛谐青楼鸳盟再定　结孽冤芙蓉销粉黛棋局初翻

话说惊寰和如莲在忆琴楼里，为询问对联的事，才引起窃窥隔壁的一段闲文。如莲诉罢了底里，惊寰又接着向原题询问，如莲笑道："这你问什么？惊寰哪有第二个？既落着你的下款，就算你写的也罢。"惊寰拉着她伸手作势道："你也不管人心里多闷得慌，还只调皮，说不说？不说看我拧你！"如莲忙把柳腰一扭，双手护住痒处，口里却笑得咯咯的道："我说我说，你别动手，深更半夜，教人听见，不定又猜说什么，又该像小旋风似的，向我娘耳朵里灌。"惊寰听到这里，猛然想起一事。便问道："提起你娘，我才想起，怎么今天不见？"如莲抿着嘴道："问我娘么，现在够身份了。古语说财大身弱，果然不假。我的事情不是好么，她一天有几十元钱下腰，自然数钱折受得不大舒服。前天就说身上不好过，烦人熬了几两烟土，带回家去将养，到今天也没回来。"惊寰道："你家还在那里住么？"如莲点点头，又将香肩向惊寰微靠道："你不是正风雷火急的问我对联的事？怎又胡扯乱拉起来？"说着也不等惊寰答话，就又接着道："你听啊，那对联是国四纯写的。"惊寰诧异道："他写的，怎会落我的下款？"如莲笑道："我的傻爷，怎这样想不开，是他为我写的呀！不是方才我对你说过，我瞧国四纯那样年纪，不奸不邪，每逢他来时，就真当他个老人家看待，他也很怜恤我，我那些日不是正想你么？想得我成天神魂颠倒，有一日国四纯来，瞧出我神不守舍，头一句便问我是不是正想他的干女婿，我自然不承认，哪知道这老头子真会说，开导了我老半天，句句话都听着教人难过，我也是为想你想得昏了，恨不得向人诉诉衷肠，到底小孩儿口没遮拦，就把咱俩的事约略告诉了他。他听了倒很是赞叹，又抛了半天文，说什么这才是性情之正，又劝我务必志坚金石，跟你从一而终，万不可中途改节。还说日后得了机会，还要见见你呢！我从那天更知道他是好人，加倍对他感激，过几天他就送了这副对联来，对我说，这副对子算是他代那陆惊寰送给我的，教我挂在床头，天天看着这上面的惊寰两字，一则见名如见人，二则免得忘了旧情。你说这老头子多有趣儿！他又说，他是老得快死了，世上的艳福已没了分，不过还愿意瞧着旁的青年男女成了美眷，比他自己享受还要痛快呢！"惊寰听了才恍然大悟，又暗自感念这国四纯，果然是个有风趣的老名士，日后有缘，真该追陪杖履。想着便向如莲笑道："你的福分不小，又认了这样一个干爹，真给你撑腰。现在他既然拿出作爹的面目来，劝你跟我，将来我要真抛弃了你，说不定他还许端起岳父大人的架子来跟我不依呢！"如莲听了，忽然从惊寰怀里挣出了身子，走到床上躺倒，叹息了一声，就闭目不语。惊寰情知又惹了祸，但不知是哪句话惹恼她，

中国现代小说经典文库

刘云若 （下）

主编：黄勇

汕頭大學出版社

忙赶去坐在她身边，握住她的手，才问了句"怎么了？"如莲已把手夺开，一翻身又躲向床里。惊寰又探身向前，脸儿偎着她的背儿，悄央道："好妹妹，我又得罪你了，你说是为什么，我教你出气。"说着头儿只在她背上揉搓，如莲已躲到墙上，再没处可躲，便倏然坐起来，自己仰望屋顶，冷笑道："人心里别藏着事，藏着事不留神就许说出来。本来时时就存着抛弃我的心，今天可说出来了，我算明白了。"惊寰这时才知是为自己说话欠斟酌，又惹她犯了小心眼，才要答话，如莲又接着道："我本是个苦鬼儿，有爹娘也跟没有一样，这干爹更管不着那种局外事，您陆少爷满不用介意，该怎着就怎着，莫说抛了我，就是杀了我，也没人找你不依。本来您家里已有了个好太太，自然拿我当了玩物。告诉你句放心的，我们本和少爷玩的小哈巴狗一样，高兴叫过来逗逗，不高兴一脚踢开，这狗还敢咬人？"惊寰听了心里好生委屈，又自恨说话太不打草稿，只可稳住心气，轻轻摇撼她道："妹妹，你说这话，难道就不怕出了人心？我为你把命全下上了，你还挤逼我，教我还说什么？我也不管迷信不迷信，除了赌咒，也没旁的法。好，你起来，听我赌誓！"说着便要下床，倒被如莲一把拉住。惊寰搔着头道："空口说，你不信，赌咒你又不许，你教我怎么好！"如莲拉着惊寰，好半晌望着窗外的月色不做声，沉一会忽然笑道："傻子，急什么，我逗你呢！看你刚梳顺了的头发，又抓得像个小蓬头鬼。"惊寰撅着嘴道："好姑奶奶，只顾你拿人开心，可也不问人家怎么难受，你以后打我骂我全好，积些德，别逗我了！"如莲好像没听见一样，又凝住了眼神，牙咬着唇儿，呆呆的不语。惊寰又说了几句话，也不见她答应，过了两分钟工夫，忽然她使劲抓住惊寰的肩膊，痴痴的道："我这话再说真絮烦了，我本知道你跟我是真实心意，可是我总不放心。"惊寰着急道："你又来了！真恨我不能把心掏给你看看。"如莲默然道："只为不能，我才不放心啊！本来你瞧不见我的心，我瞧不见你的心，就像隔着宝盒子押宝一样，谁能知道盒里是黑是红？我就是死了，你还当你的陆少爷，可是你要跟我变了心，我这一世就完了，这是小事么？你还怨我絮叨。"惊寰听她说得凄怆，也潸然欲泪，忙搂住她道："你说的也有理，可是你应该知道我呀！"说着又顿足自语道："老天爷！可难死我，我有什么法子教你放心？"如莲按着他的身子跳下床来，立在他面前道："你别笑我傻，你应我一件事，我虽不放了心，也安了心。"惊寰道："你说你说，我的命都属你管。什么事都应你。"如莲笑道："是么？好，你等着。"说着一转身走出去，须臾从外面抱进一对烛台，一个香炉，惊寰认得这是堂屋供佛的。如莲又从屋中小橱里拿出许多果品，用小茶盘摆了一盘苹果，一盘桔子，一盘橄榄，一盘蜜枣，都移到窗前小茶几上，排成一行。又把烛台和香炉放在正中，燃了红烛，点着供香，立刻烛光烟气，和窗外照入的明月，氤氲得这小窗一角别有风光。惊寰瞧她收拾得十分有趣，却不晓有何道理。如莲摆弄完了，忙走过倚在惊寰身上，指着那香案笑道："你瞧见么？"惊寰道："这又是什么故事？"如莲又移身躲开，规规矩矩的立着道："姓陆的，早晚我是嫁定你了，将来到了那天，一乘小轿把我搭进陆府，遍地磕头，完了就算个姨太太。要想坐花轿拜天地，那样风光风光，是今生休想的了。旁人不抬举我，我不会自己抬举？你看这个香案，只当供的是你家的祖先牌位，你要真心待我，现在咱俩就在这里拜天地。以前空口的话全不算，今天有这一拜，咱们的事才算定局。咱俩要是赌咒发誓，也趁这时候，你要看我身份不够，不配同你拜天地，或者要是已经后悔了呢，那就……"话未说完，惊寰已不再分说，竟拉着她的衣角，噗咚一声便跪在香案前，如莲急忙也跟着跪倒，两个先互相一看，惊寰方要开口，如莲满面庄严的道："赌咒只要心里赌，不必说出来，只要是真心实意，自然心到神知。不然嘴里说的厉害，脚底下跟着画不字，也是枉然。"惊寰听了便不言语，两个只跪在窗楼筛月之下，烛影摇红之中，被香烟笼罩着，各自闭目合十，虔诚默祷。过一会，张目互视，如莲的香肩微向惊寰一触，两个便又偎倚着叩下头去，四个头叩完，互相搀扶着站直身来，同立在香案前，默然望着天上月光和窗前烛影，都觉心中从欢喜里生出悲凉，却又在悲凉里杂着欢喜，似乎都了了一宗大事。

站了一会，如莲悄然拉着惊寰，一步步的倒退，退到床边，猛地向惊寰一挤，挤得他坐在床上，如莲也扑到他怀里，头儿歪在惊寰胸际，娇喘着叹息。惊寰只觉她身上战动得像触了寒热。半晌，如莲才凄然叹道："这我可是你的人了。"说完又自嫣然欢笑道："你再不要我也不成了，只这一拜，月下老人他那里已注了册，姻缘簿上有名，谁还掰的开！"惊寰听她稚气可笑，就抚着她的鬓发，才要说话，如莲又仰首憨笑问道："喂，这又难了，往后我叫你什么？"惊寰也笑道："那不随你的便？"如莲把小嘴一鼓道："不成，你别看这里是窑子，关上门就当咱俩的家，还许再用窑子里的招呼，教人说天生贱种，总脱不了窑气？"说着又正色道："以后我就是你们家人了，再不许拿我当窑姐看待。"惊寰笑道："始终谁拿你当窑姐看来？你却常自己糟蹋自己。"如莲自己拧着腮边梨涡道："我也改，我也改，这就是陆少奶奶……陆姨奶奶了，还许自己轻贱？"说完看着惊寰一笑，就拥抱着同倒在床心，乘着满心欢喜，互相谈到将来嫁后闺房厮守的乐趣，直如身历其境，说不尽蜜爱轻怜。腻谈了半夜，直到天色微明，惊寰因昨天尽日奔忙，未得休歇，如莲也因许多日刻骨相思，失眠已久，此夜又同时感情奋发，神经自然疲乏，这时更为加重了海誓山盟，心中骤得安稳，胸怀一松，都发生了甜蜜蜜的倦意，且谈且说的，就都不自觉的怡然睡去。

这样偎倚着睡了不知多大工夫，如莲正睡得香甜，忽被屋里的脚步声惊醒，先伸了一个懒腰，微欠起身，惺忪着睡眼看时，不由吃了一惊。只见自己的娘正立在窗前，收拾香案上的东西。那香炉烛台业已不见，知道她已进来许久。那怜宝听得床栏有声，回头看见如莲已醒，便向着她微微一笑。如莲粉面绯红，又无话可说，只可也向怜宝一笑。又瞧见怜宝笑着把嘴向惊寰一努，如莲莫名其妙，便要去推醒惊寰。怜宝悄声道："教他睡吧，别闹醒了。他几时来的？"如莲想了想，冲口答道："昨天十二点来，住了一夜。"怜宝还未答言，惊寰业已闻声醒了，翻身坐起，用手揉揉眼睛，先望望如莲，又瞧见了怜宝。他因还在睡意朦胧，神智未清，不由得惊慌失色，忙把脚垂下地来，在床边晃动着寻觅鞋子，却忘了鞋子还自穿在脚上。怜宝看着好笑，忙叫道："陆少爷再睡一会，天还不晚，才十二点多钟。"惊寰听得更慌了神，便跳下地来，也不顾和怜宝说话，就自叫道："糟了糟了，怎一沉就睡到这时候，查出来又是麻烦。"就跳着寻找衣帽要走。如莲拉住他道："忙什么？起晚了误什么事？有天大的事也要洗脸吃点心再走。"惊寰揉着眼发急道："你不知道，这工夫我父亲早起床了，要查问我知道不在家，又有罪受。"怜宝又接口道：

"就是忙着不吃点心，也该洗脸再走。"说完就向外面喊了一声"打脸水"，外面有人答应，惊寰只得焦着心等候。

这时怜宝向如莲道："要不我也不这们早来，你不晓得咱家又出了新鲜事，你那个爹又回来了。"如莲方一怔神，怜宝又接着道："就是上回跟咱怄气走了的，如今又没皮没脸的跑回来，大约是听见咱剩了钱，又跑来找乐子。这回倒客气了，教我接你回去看看呢！可是老夫老妻的，我又说不上不留，所以想跟孩子你商量商量。"如莲怔了一会，才道："什么话呢？爹回来不是喜事？我更应当孝顺。爹倒是好心人，您别错想。"说着就有旁的仆妇送进来洗漱器具，惊寰牵记着回家受责，也不顾听她母女说话，胡乱洗完脸，穿了衣服，瞧了瞧如莲，向怜宝说句"明天见"，便自走出。那怜宝也正有事在心，没心情花言巧语，只虚让了一声。如莲却十分焦急，知道他这一去又不知何日再来，想着有许多话和他说，却因怜宝在旁不便，只可装作送出，和惊寰低声说了一声"得便千万勤来，别忘我苦"，也没得惊寰答言，便眼看他出屋而去。她们母女自回小房子去家人相聚不提。

却说惊寰出了忆琴楼，忙忙地坐了洋车赶回家，才一进门，就见老仆郭安迎面说道："少爷，你又上哪里去，到这时才回来？里面都等急了！"惊寰大惊问道："怎么？老爷找我了么？"说着脸上吓得面无人色，郭安笑道："您别害怕，不是老爷找，表少爷从十一点就来，在书房等了你一点多钟咧！"惊寰听了，才略放下心，自己擦擦冷汗，便自走进书房。只见若愚正坐在桌边，看他写的白折，神色安然，依旧不改常度。见惊寰进来，便笑道："表弟来了，恭喜你，白折子写得不错，就中了探花郎。"说着见惊寰不懂，便又申说道："昨夜晚出去，这辰光才回来，上哪里探花去咧?"惊寰脸上一红,便打岔道:"表哥,你几时来的?是不是才出习艺所?上后边去了没有?"若愚笑道:"九点多钟就放出来,到家里一看,就跑来谢你,直蹲了我这半天。你大清晨不在家,情知你又上那地方瞧相好的,怎敢到后边给你惹祸?"说着就又把自己为到赌局闲坐被抓的经过,略述了一遍,并深谢了惊寰的奔走。惊寰谦逊了两句,兄弟两个便闲谈起来。若愚故意勾挑道:"表弟,你这些日常出去么?"惊寰撅着嘴道:"你真犯了罪下狱,还是短期。像我才是永久监禁的囚犯。两三个月,只昨天为你的事出了一次门,夜晚又借你为由跟娘说个瞎话,又出去一次。这次回来算是野鸟又入了笼,不知哪年哪月才得宽恩呢。"若愚听了故意作色道:"我姑丈脾气也是太滞,管儿子也得有煞有放,哪许一关就是好几个月?就是管贼也不至这样!等闷出病来,又该傻了。等会儿我见姑丈给劝劝,过了这些日,气也该消了,或许准你讨保释放。可是我脱不了保人的干系,你要给我作脸,倘然再出去胡闹,惹出事可对不住我!"惊寰忙站起作揖打恭地道:"好表哥,你慈悲慈悲,给讨个人情,把我饶了,我什么时候也忘不了你。"若愚笑道:"呸!你还是忘了我好,别等到你跟那个小情人如此如彼的时节,再念诵我,那我该打紫花嚏喷了。"惊寰听了又羞恼不依,就和若愚揉搓了一会。

这时仆人已摆上午饭,兄弟俩同桌吃了,到饭后惹愚才进里院去。惊寰自在书房静待好音。等过一两点钟工夫,若愚才从里院出来,进书房先向惊寰长揖笑道:"恭喜贤弟,从此你算变了自去自来梁上燕,好去陪你那个相亲相近水中鸥。我可不容易,差些说破了嘴,姑夫才应我告诉门房不拦你出门,你赔我嘴皮。"惊寰惊喜道:"是么?"若愚道:"怎么不是?不过请你原谅我,却对不住你那个情人，跟姑丈说，惊寰认识的婊子已害弱病死了，再没处去荒唐，姑丈才放心应允，可是白折子还须照写。"惊寰斜了他一眼道："红口白牙的，为什么咒人？"若愚撇着嘴道："啧啧啧，怨我咒人，你既不愿意，好，等我再去告诉姑丈，说那婊子没死，惊寰出去大有可危，特此更正，请将成命收回，并祈严申门禁。"说着转头就向外走，惊寰忙一把拉住，又赔笑央告道："表哥瞧我，成事不说，既往不咎，积些阴功吧。"若愚一笑也就罢手。又互相谈笑一会，若愚别去。

惊寰居然在家里忍了一夜，到次日又忍了一天，熬到夜里，可忍不住了。十点钟过后，便梳洗出门。门房中因奉了上面的话，并未拦阻。惊寰到街上雇了车，一溜烟跑到普天群芳馆后身，进了忆琴楼，由伙计让到楼上一间小屋中坐下，那伙计喊了声"大姑娘"，沉一会便见如莲柳眉深蹙，玉靥含嗔，带着怒色愁容，袅袅婷婷走进。瞧见惊寰，粉面忽然生了无边春色，那樱唇里的小白牙儿，自然的辗然微露，站在惊寰身边，只望着他笑。惊寰见屋里有伙计出入，不好意思说话，如莲却已经伸玉腕，将他头上的帽子摘下，悄声道："昨天回去没挨说么？我直担了两天心。哦，一定没破案。"惊寰不晓得她何以知道，便愕然相视。如莲笑道："我会算卦，出名的未卜先知。你真是糊涂行子，这还不好明白，昨天要破了案，今天你会出得来？"惊寰方觉恍然，不由也笑了。

这时屋里已烟茶俱备，只剩下他们两人。如莲向屋中四面看了一眼，自己皱了皱眉，又咬牙发恨。惊寰道："罚你罚你，昨天才说得好，你又给我丑脸瞧了。"如莲强自笑道："不是给你丑脸瞧，这间破屋子怎么教你坐？偏偏我那屋又教癞皮象搭了窝，

147

一时腾不下来，这怎么办？"惊寰笑道："你何必着急，在哪屋不是一样，我还在乎这个？"如莲寒着脸道："你不在乎我在乎，眼睁睁咱的屋子，教臭母猪打腻，咱打不进去，这还有天理么？偏这里的缺德规矩，不许赶他们走，腻了七八个钟头了，我只躲在旁屋，连面也不见，还撒泼打滚的不走，大约是看准了坟地，要在这儿寿终外寝咧！五六个人狼号鬼叫，你听，教人真讨厌死。"惊寰侧耳听时，果然从里面如莲屋里送出杂乱像破锣的歌唱声，还有个破胡琴夹在里面吱咀，真教人听着刺耳。如莲拉着惊寰，怔了半天神，忽然眉头一展，用玉臂环着惊寰的脖颈，欣然笑道："喂，我问你假如将来我嫁你以后，咱们受了大穷，一同住在破瓦寒窑，你受得了不？"惊寰笑道："你就是我的高楼大厦，只要守着你，就是在狗窝里我也当是天堂。"如莲轻轻在惊寰颈上嘘着气道："你这话是真的？"惊寰点头，如莲道："好，咱们今天只当受了穷，先在这破屋里避难，让他们给我看屋子，咱们在这儿先乐。反正这里不是他们罗氏先茔，早晚有个滚蛋。"说完就飘然走出，沉一会进来，手里端着个小攒盒，盛的是些果品零食之物，放在小床上面，拉着惊寰叠坐对食。

　　如莲拿起一片桃脯，自己咬了一半，剩下的填到惊寰口里，忽的嫣然一笑。惊寰道："你笑什么？"如莲又拍着床咯咯笑道："我笑天底下竟有不懂香臭的，给他一块驴粪球，会抱着当元宝肉。这人你也见过，当初我在松风楼上台，龙须座上不是总坐着个大黑花脸，常对着我邪叫？他捧我比你还早呢！"惊寰道："哦哦，我记得，有这们个粗人。"如莲笑道："岂止粗呢，简直不是人！他姓罗，也是开窑子出身，我进莺春院，他还捧了牌饭局，差些没教我们要杀，气得赌誓骂街的跑了。我想他一定恨苦了我，不再来了，哪知昨天又赶了来，打了三四点钟的茶围。我只给他个三闪一送，连话也没说一句。人家不识数的，居然开了十块钱的盘子，你说新鲜不？我也明白，他是要学个烈女怕磨夫，长线放大风筝。嘻嘻，小子错想了，就凭他铁梁磨成针，也别想我正眼看一下。"惊寰听着却暗自感想：人的阶级，真关系非浅，我迷恋如莲，就成了感恩知己；这姓罗的也一样爱她，却只落她讨厌，看起来他倒很可怜。再说他那样一个粗人，竟也能看出如莲的好处，倒不失为与我同心。不过像如莲那样孤介，怕这一世也不会给他个笑脸看，我要是他，真伤心死了！想着便道："你又何必这样固执，他既如此仰望你，你就稍为给他点颜色，也不为过。"如莲听了，怫然变色道："咦，这话会从你嘴里说出来！你的女人，能教她给别人点颜色，你还是不拿我当你的人哪！不然你不会说这话，照样看我是小窑姐，大道上的驴，谁爱骑谁骑。好，依你依你，我就去……"说着站起向外便走，惊寰连忙扯住，自知又惹了祸，非是一半句话所能解释，只可走个近路，扶着她的肩儿，便跪在床沿上。如莲回头看见，噗哧笑道："瞧你这松样，高了兴就顺口胡噙，惹了祸就立见矮人，教我哪只眼看得上！"说着便按惊寰卧倒，自己坐到他怀里道："我也知道你是无心所说，可是人家听着多么寒心？谁家男人能教媳妇跟旁人去上劲？也许只你们陆家有这规矩。"惊寰陪笑道："完了完了，难道我就白给你下一跪，还不饶人。"如莲笑道："不看你吓得小可怜似的，今天我……"惊寰不等她说完，便接口道："你也是饶我，你不疼我还疼谁呢？"如莲微拧着他的嘴道："看你这小嘴多会说话，真是打哭了哄笑了，我算怕你。"

正说时，忽见门帘一动，似乎有人揭开个小缝儿朝里看，接着又人影一晃。如莲喊道："谁呀？"忙立起赶出去，只听一阵脚步声走进对面屋里，到掀帘看时，业已不见人影。如莲气得骂了一声，又走回来，还恨恨地道："这有什么可看，屋里没大河，倒出来王八探头儿了，也不怕害眼，瞎你们个混账东西！"说着又向惊寰道："我早知道这间屋子犯病，凡是上厕所的，都从这门前过，有讨厌鬼就探头探脑。"惊寰道："罢呀，看也看不了什么去，咱们也不怕看。"如莲仍坐在他身畔道："不是怕看，是可气，他们欺负人！"说着，忽听那边屋里呛啷啷的接续着发出许多奇怪声音，细听像好些块洋钱从高处落到桌上，接着就听有人跳得楼板山响，高声骂道："他妈的，咱爷们不能嫖了，人死兔子活的年头，只要年轻俊头，不管够朋友不够朋友就得姑娘的宠。这种兔子也恨不得认窑姐当亲妈，都钻进××里去偷摸，把花钱的大爷扔到水桶里，我把你小兔子的，是人物你出来！"这个人骂到这里，又有人接着骂道："九爷，瞧我的，只要这小东西敢露头，我立刻教他见见世面！这地方是好朋友来的，仗着俊头找便宜，你走不开，不服你出来。"旁边又有几个人也跟着鼓噪，惊寰听那声音是出在对面如莲屋内，却不知他们是向谁叫骂。如莲却听得变了颜色，暗料道："方才定是罗九的一般人到这屋探门缝，看见自己和惊寰的亲密情形，回去报告了罗九，他本就被甩情急，再加上吃醋，自然闹起来。"不由得芳心乱跳，自想我虽不怕他们，惊寰可是个公子哥儿，要吃了亏怎好？这时惊寰问道："你那屋里的客是和谁打架？"如莲咬牙变色道："傻子，你还听不出来？"说到这里，又恐说明了教惊寰担惊，忙改口道："你不知道，这群东西不定又闹什么。"

正说时，只听外面有伙计喊"大姑娘"，如莲应了一声，忙回头嘱咐惊寰道："你只在屋里坐着，不论谁招呼你也别出去，我去看看就来。"说完就慌慌张张地出去。惊寰因为自己并未惹人，绝未想到他们是骂自己，不过只担心怕他们打起架来，如莲夹在中间受了误伤，便站起来立在门边，隔帘窥听。只听如莲已走进那边屋里，朗声说道："众位二爷，方才是哪位闹气，这里谁敢得罪二爷们？众位来到这里，就是照应我，多少得赏我点面子，有什么事慢说。大灯花儿的时候，别搅人夜开窑子的买卖。"接着便听有个粗哑喉咙喊道："完了完了，咱这钱不能花了。"接着就听如莲顶着道："二爷花钱的事本是随心草，想在哪里花在哪里花。众位要捧我呢，我承情。要不愿意在这里花呢，我也没拉着扯着。众位哪里花钱不为找乐？何为单在这里怄气？"惊寰听如莲说话，太为冷硬，怕她惹翻这群粗人，吃了眼前亏，自想这些人要敢和如莲动武，我便拼出死去，也要把她救出，便自暗暗挽袖提鞋的准备。哪知那些人听了如莲这一番话，半晌也没人答语。后来又是那粗哑喉咙喊道："你这里我是不能来了。这里是敬小不敬老，只有小白脸儿吃香，熟语说父子不同嫖，既是我儿子招呼了你，我哪能再来！"又听如莲回语道："二爷别说便宜话，除了有钱王八大三辈的人，其余上我这儿来的大小都是爷字辈。"惊寰从没入耳过这种市井俚语，哪里听得出那人所说的儿子是骂的自己？更听不出如莲口角尖利，已替自己找回便宜，反倒骂了他们。这时又听另有人说道："钱不是开了么？哥们咱走，到外面等那小子！"那粗哑喉咙冷笑道："走倒好走，可得走呀，我尽不走呢，非要跟那小子打个兔滚鹰飞！那小子要是懂事的，教他出来，跟大爷打个照面。"接着又有人道："对对，咱就跟他耗着，给他个厉害瞧瞧！"又听如莲高声道："众位这是跟谁过不去？要是跟我请说话，我既干这个，没事不敢惹事，遇上事也不能怕事。"这时那粗哑喉咙却妮声道："我怎能眼你过不去？爱你还爱不够呢！就是跟对屋那小子，教他把眼擦亮点，敢搅我罗九爷的人儿，留神两只腿。"惊寰听到对屋那小子几个字，才知他们是和自己吃醋，不由吓得心里乱跳，忙偷隔帘缝向外瞧，又听如莲没好气地说道："众位不走，就坐着，这本是耗财买脸的地方。"说着见她一摔帘子，便走出来，进了这边屋里，正撞到惊寰怀里，就一把拉住惊寰的手，对着他落下泪来。

惊寰摸着她的手已气得冰凉，便安慰她道："瞧你气得这样，跟他们这群人还真生气？"如莲走到床边坐下，望着惊寰怔了半晌，几乎把两道弯眉愁得都皱到一处，忽然叹口气道："还是告诉你吧，不然也许误事。你说他们骂的是淮？骂的是你。这群不通人性的东西，沾了争风吃醋，什么事都办得出来。其实没有大不了，不过你这样的人，不犯受他们的屈。"说着见惊寰脸上变色，忙又安慰道："你不必怕，他们也只嘴里闹得凶，难道说世上没了王法？不过咱们不值得跟畜类计较，在这里有我呢，你万吃不了亏。"说完自己又沉吟一会道："惹不起咱躲得起，我看你……不如……"说着又狠狠心道："不如回去吧！要是他们先走了你再出去，我倒不放心。让他们搅，反正没咱们日子长。你明天日里再来。"便替惊寰把帽子戴上，又自己从袋里拿出两张钞票放在桌上。惊寰问道："这是什么意思？"如莲道："从你来哪一回不是这样？不过你没看见。这会儿问这闲事干什么？走吧！我送你出去。"说罢推着惊寰出了屋子，轻轻的相随着下了楼。走到门口，惊寰便教她回去。如莲道："我索性再送你几步。"说着抬头见巷中并无行人，就和惊寰并肩挽手，向巷口走去，悄悄向他道:"这都是咱们的魔障,你也不必惧怯,明天千万来。"惊寰点头道:"一定来,三四点钟必到。"说着已拐过巷口,两人正要分手,忽见墙角电灯杆下黑忽忽的蹲着两个人影,忽然其中一个歪带帽斜瞪眼的流氓式人物,迎头向他们走来,冷不防向惊寰身上一撞,几乎把惊寰撞个龙踵,却反向惊寰瞋目大叱道:"你这小子,怎走路不长眼睛,愣往人上走,把我的鞋踏了。小子,赔鞋!"惊寰哪经过这种阵式?见这人突如其来,混横无理,不知该如何应付。正在张口结舌,那人又叫道:"小子!你不赔,今天打完你再打官司。"说着就要抓惊寰的衣领,电杆下蹲着的那个,也跑过来,作式要向惊寰殴打。

这时惊寰已吓得没了脉,要逃都跑不动。如莲却已挺身跳到惊寰面前,遮住他的身体,口里却岔了声音地狂喊巡捕。那两个人一惊,只从惊寰头上把帽子抓去,便窜入黑影里跑了。如莲这才扶着惊寰,替他抚摩胸口,连说:"别怕别怕,他们都跑了。"惊寰须臾惊定,才颤颤地道:"这都是哪里的事?凭空跳出人来打架。"如莲也翻着眼道:"怎今天净遇见这种事?哦哦,这里面怕有说处,要不是我跟出来,还不吓坏你?这里不能久站,有话明天再说,咱快上街口,雇洋车你快回家。"说完拉了惊寰奔到街口,喊来辆洋车,瞧着惊寰坐上去,直看车走入人群闹市之中,知道再没危险才踽踽回到班子里,自去纳闷不提。

再说惊寰跑回家去,悄悄叫开门,溜进书房,摸黑儿捻亮了灯。原来就带着惊悸悲烦,到房中又添了寂寞,自想要倒头便睡。走到床前,见衾枕已铺陈得齐齐整整,茶几上摆列着几样精致果品,床头又多了个小花包袱,打开看时,原来是崭新的一件花纺绸长衫,一件青纱马褂,还有一身洋绉紧身内衣。惊寰看了不解,正自诧异，鼻端忽闻得一阵馨香，既浓且冽，自疑惑道："这屋里没摆花儿呀！"及至转脸看时，只见临窗桌上的哥窑小花瓶里，却承着一丛绿茎，原来是青葱的艾叶，不禁自叹道："我真过昏了，不想一转眼又到五月节咧！"他念到五月节，已然悟到床上衣服的来源，暗道："是了，这衣服定是新妇给我亲手裁缝，算是送我的端阳节礼。颜色还真可我的意，大可穿起来试试。倘若可体，明天去看如莲，便好穿着去。"想着便要拿起伸袖，忽自转念道："我别上当，这又是她的法术，借衣服来试我的心。我若穿了，就算受了她的贿赂，又像跟她有情了。不穿不穿，一定不穿！可是人家为我真费尽了心，我这不太狠么？"略一沉吟，忽又自己顿足道："我又想这个了！心悬两地，混账东西，简直扔在一边，装个没看见，岂不干脆爽快！"想着便把衣服包好，丢在椅子上，自去上床安寝。回想方才所遇的事体，窑子里被罗九骂了一顿，出来又遇见强盗式的流氓，怎这样巧？一连就遇两桩逆事，真有些蹊跷。幸亏如莲卫护着我，要不然还不定怎样，她一个弱女子，平常娇怯怯的，想不到遇了事竟这样勇烈。我一个男子，倒要受她的保护，真可愧得很！又想如莲这样胆大口辣，哪里是她的素习，不过只因为了我，不敢的也敢，就全拼出去了。有此等真情，什么事不能做？平常我只觉她可怜可爱，到今天才又知道她更可敬呢！可是她如此待我，我将来该怎样报答她呢？这样想了一会，再回忆到那些流氓，不由又自胆怯，忆琴楼虽是个销魂所在，却又是危险地方，倘或常遇见罗九和那群流氓，倒教人可怕，日后去了，定担惊受恐的不得舒服。想着又自奋然道："如莲能为我拼命，我怎不能为她受屈？谁敢无故杀人？就是有人杀我，我为如莲死了也值得。"他这样想来，心里倒觉一松，竟自睡去。

到次日清晨醒来，吃过午饭，等到两点多钟，才带着一团高兴，慢慢地走出家门。因见天气晴和，又想到昨天和如莲约定的是三四点钟，此刻去似嫌太早，便不雇车，自己缓缓的走了去。一路绝不东瞧西望，只低着头默想和如莲厮守时的情趣，见面时该说什么，又怎么哄她高兴。这样的且想且行，倒忘了路远，只觉不大的工夫，便走到普天群芳馆的门首，瞧瞧手表，已经过了三点，知道正是时候。从这里进巷，不多几个转折，就是忆琴楼。进去便可跟情人握手欢聚，不由得意下欣然，就兴匆匆拐入巷口，仍旧低着头，走了不到几步，忽听远远的有人喊了一声，只听得一个"陆"字，声音十分耳熟。抬头看时，却不见有人，疑惑自己听错了，或是喊的人不是叫自己，略一驻步，仍要前行。不想这时又听有人喊了一声"陆"，接着便见从前面一家小鲜果铺里，出来一个穿湖色旗袍的女郎，直向自己跑来，细看时竟是如莲。如莲跑到惊寰跟前，娇喘嘘嘘的先顾不得说话，就抓住惊寰手。惊寰还以为她正在鲜果铺买东西，瞧见自己，跑来迎接，便握着她的手，仍要向前走去。如莲这时才喘过一口气，把惊寰拉回来道："别走，那里去不得，跟我来。"说着扯了惊寰，慌慌张张地仍向来路走去。出了巷口，穿过大街，又走入一条小巷，如莲才放慢了脚步，松了惊寰的手，喘了一口气道："你这时才来，我在鲜果铺等你有一点钟。我知道你来必进这条巷口，所以在那里迎着你。幸亏你没从别的路径闯进去。"惊寰愕然道："怎的？你迎我干什么？"如莲咬牙道："咱们也不是哪一世没烧高香，竟遇着这些魔难。听我告诉你，昨天你走了，罗九那群东西也跟着滚了蛋。我就估量着事情奇怪，怎么好不生的都找寻起你来？辗转着我半夜也没睡，想不到今天才过了正午，罗九那群人又冒了来。我正在屋里睡觉，不睁眼的伙计就把他们让进外屋，伙计不敢得罪他们，要喊醒我，他们倒像会体贴人似的不教惊动我。其实我早醒了，只躺在床上懒得出去。他们以为我还做梦呢，就唧唧咕咕的说他们臭狗风的黑话。我什么不懂得，又只隔着一道板墙子，影影绰绰的听他们说，要跟你打架斗殴，——也不明白他们怎会知道你姓陆，又说外边也预备好了人，哪里遇见就哪里打。这一下真把我吓麻了脉，赶紧穿衣服下床，看看钟，幸喜还不到两点，草草地洗了脸，出去应酬他们几句，就跑到门口站了会，果然看见有三四个横眉竖眼的落道人，在巷里来回巡游，昨夜抢你帽子的人好像也在里面。我看这种情形，料着定是他们要跟你闹事，又不明白你只上我这里来过两趟，又没得罪人，怎会招了这么大的风。我也顾不得细想了，只怕你一步闯进来，吃了他们的亏。你一个少爷学生，哪禁得这个，要教他们沾一指头，再枪毙了他们也顺不了气。我一时没了主意，只站在门首怔着。后来一想不好，你只要进了胡同，他们一定动手，说不定地面巡捕也跟他们合着，那时我再长出八只手也护不住你。所以跑到巷口等你，想把你迎回去就没事了。哪知等得工夫太大，走路的人都远远的围着我看，我不好意思，才进鲜果铺去买纸烟，不想你正跑了来。看起来这忆琴楼你不能来了。"

惊寰听完，急得筋都暴起，发急道："这都是哪里的事？尽遇这些冤孽。忆琴楼不能来，我怎么见你？难道说咱们就这样让他们搅散了？他们搅得我不能见你，我也活不了，不如跟他们拼了这条命！"说着就要往回跑去，如莲忙横身挡住，道："你拼死，跟他们不值得。"说完又拉惊寰照旧向前走，惊寰扭着脖子道："不拼命怎成？眼睁我以后就见不了你。"如莲把手里才买的纸烟抽出一支，递给惊寰，替他划火柴点着，忽地一顿小脚，笑道："好傻好傻，你怎只一条心眼？我不是卖给忆琴楼的，不许离开这里么？这里你不能来，我不会挪到别处去？再说我下窑子是为你，没有你来，我还下什么窑子？这处不好上那处，要是全不好，我还许蹲在家里专等你呢！"惊寰听了心里才略觉开展。两人又走了一段路，惊寰道："忆琴楼去不得，咱们这是往哪里？"如莲道："哪里去？上我家里去。拐过角去，咱就雇车。"惊寰问道："家里方便么？你娘不是正在家？"如莲笑道："岂止娘在家，还有个爹呢！回家就把他们全打发出去。咱们又没事背人，有什么不方便？全吃着我喝着我，谁敢管我的事。"惊寰听了不语。

这时路上正停着两辆洋车，如莲便唤过说了地址，两人坐上去，便跑起来，不大工夫已经到了。惊寰下了车，望着那一间小楼叹息道："这地方我也有四个月没来了，想起当初天天来这儿巡逻，连这间楼上下一共多少层砖，我都数过一百多遍了，想不到今天我同你一块儿又进这门。"如莲也叹了一声，接着又向他一笑，随将身靠他肩膀道："这会儿用不着你叹古悲今，快进去吧！"说着伸手把门推开，向惊寰笑着一点头儿，自己先走进去，惊寰也挨身随入。两个人慢慢走上楼梯，如莲悄声道："我这爹许正在家，他是个粗人，他不理你，你也不必理他。"惊寰点头答应，便同走入。

如莲才一推门，只闻得烟气扑鼻，暖气扑面。向屋中看，却不见有人，低头瞧，才见周七正蹲在屋角，守着一个炭炉，在那里熬鸦片烟。如莲便拉着惊寰走入，向周七道："爹，您没出门？娘在家么？"那周七正被火烤得冒着腾腾大汗，筋暴面红，见如莲拉着个风流少年进来，便瞪着大眼向惊寰看，更显出十分凶相，惊寰不禁吓得心里乱跳。周七眼瞪着惊寰，嘴里却答应如莲道："她没在家，被黎老姑邀去打牌了。"如莲一面拉着惊寰走进里间，一面含笑叫道："爹，您燃着炉子，给我们炖一壶茶。"半晌才听周七哼着答应了一声。惊寰走进屋里，见这间小屋虽不格局，但是什物堆得满满的，又有许多东西不合派头，看着很觉可笑。如莲见惊寰向四下观看，便笑道："你瞧我们，不像个穷人乍富的？我娘这是有了钱，见什么爱什么，弄成这种样子，我也不管。你看鱼缸竟盛着头油，破鞋都摆在钟罩上。你屈尊些，别嫌不干净。"惊寰才鼓着嘴要说话，如莲已推他坐在床上，笑道："你不嫌，我知道。就是鸡窝你也能住半年，是不是？干什么又撅嘴？"说着就偎在惊寰身旁，诉说忆琴楼和罗九的事。说了半天，还不见端茶进来。如莲隔帘叫道："爹，茶得了么？得了说一声，我去拿。"连说了两遍，还不闻外间答应。如莲才要走出去看，不想门口一阵风声，接着只见门帘飕的一声抖起来多高，那高大的周七已像凶神似的叉着腰站在门前，那门帘却落到他背后。惊寰和如莲都出于不意，全大吃一惊。只见周七瞪圆了那鲜红的眼睛，好像野狗吃了死人，十分凶得可怕，却只空向惊寰瞪着眼不说话。如莲看他神气不好，知道要出祸事，怕与惊寰不利，又恨周七粗鲁无礼，不由倏然白了脸，颤声道："爹，您是……"那周七已拍着门框跳着闹道："我问来的这个是什么东西！教我给端茶？我是你妈的窑子大茶壶！"如莲忙接口道："您不愿意端就别端，何必这样！"周七又跳道："我伺候得着么？"如莲倒沉下气冷笑道："您不伺候不要紧，我伺候。谁教我是干这个的呢？可别忘了我赚钱不是为自己，一家人都跟着吃！"周七却不答应她的腔，又骂道："他妈的，花钱是在窑子里花，到我家里充不着大爷！"说着又凑进一步，面对着惊寰喊道："你这东西是姓陆不是？我早知道你是窑皮，专在窑子里撞骗，居然闹到我们孩子头上来了！你是想拐带潜逃，不然有钱不会在窑子里花，跑到我家里来商量什么？鬼鬼祟祟还有好事？孩子就是我们的摇钱树，你想动我们命根子，我跟你有死有活！"说着就伸拳缩臂的作出要打人的姿势。惊寰见他那副凶相，已吓得瘫在床上，哪还说得出话，只翻眼望着如莲。

如莲又急又气，咬咬银牙把心一横，拼着要与周七拼命。就移身插在周七和惊寰中间，面向周七竖起柳眉大声道："您是诚心怎么着？我既干这个，有好花钱的就许让人家进良房，怕看这个就别吃这碗饭！不是我把您请来跟我现世，是您自己奔了来。您要不痛快，发牢骚，就简直说话，跟人家客人闹什么？要是吃鱼嫌腥，就离开鱼市。要是怕丢脸，这些日吃冯家的饭，哪一顿都臊气，起头儿就不该吃！"如莲说这几句话，自知太为刻毒，原拼着被他打个死活。哪知周七倒不和如莲生气，只自向惊寰骂道："我们孩子护着你，是受了你的迷惑，早晚要从你身上飞了！我今天非要打你脚折胳膊断，回家去养十年伤，教你再迷惑人！你要说从今再不见我们孩子的面，我还许饶你！"说着又扑上前去，隔着如莲伸手要抓惊寰。惊寰吓得几乎喊起来，如莲见已闹得不可开交，就一头撞入周七怀里，哭叫道："你要打他，先打死我！"也不知她娇弱身躯，从哪里来的力气，竟把周七撞得退了两步。如莲哭闹着还怕惊寰没法脱身，便头抵着周七，口里喊起救人来。

这时忽然从外面进来了人，入门瞧见这种乌乱情形，急得喊道："你们是怎么了？"如莲听得是怜宝的声音，更长了胆子，便推开周七，仍把身子遮着惊寰，向怜宝叫道："娘来救命，爹要打死人呀！"怜宝忙赶上前，将周七拉住问道："你们怎……"如莲已抢着道："我带客人上家来，爹说人家不是好人，要打死人家。这是什么规矩！骂我跟客人热，好，我一定如你们的意，我要再见客，我不是人！"说着眼珠一转，也不容怜宝说话，就又道："说姓陆的不是好人，我早知道他不是好人，我这就跟他断！"说着转脸向惊寰使个眼色，便向外推他道："你不是好人，你给我走。不走还等打？"惊寰也自会意，便趁此儿走出。怜宝还拦着道："陆少爷再坐一会，别理他，他是喝醉了。"惊寰顾不得答言，如莲却恨恨的道："还坐着？再坐命就没了！"说着把惊寰推出门外，直送到楼梯。那周七还在屋里喊道："姓陆的，你敢把我们孩子带了走！如莲你回来！"如莲在外面高应道："我走？两只冻脚，往哪里走？从此咱算靠住了。"说着见惊寰已下了楼梯走出，便霍的翻身回来，到屋里向周七夷然一笑，才要坐下，忽又站起跑出外间，砰的一声把窗子开了，向楼下叫道："姓陆的，别忘还当你的巡逻，巡逻！"屋里周七和怜宝二人都听不出她说这话是何意思，惊寰却暗自领略了，自己懊丧回家，再期后会不提。

再说当时怜宝见周七鲁莽闹出这样情形，又知如莲那种刚烈的脾气，惹恼了她，什么事当办得出来，说不定还要有个很热闹的下文。正自寻思抚慰的方法，哪知如莲从外面进来，脸上倒十分和蔼，好像气恼全消，居然还向周七和怜宝笑了笑，便坐在床上，脱下了镌花小漆皮鞋儿，随手向地下一丢，向后一仰，竟自闭眼睡去。周七见这光景，真是意想不到，只可瞧着怜宝发怔。

怜宝也瞧着周七，咬牙发了一回恨，自想在如莲素日脾气上想来，料道她不能善罢干休，受了周七这样的气，居然不打不闹，绝非就能如此涵忍下去，定然从此要和家里怄上气了。她若真怄了气不去赚钱，从此就要断了财源，那可真不得了。不如赶快劝她回忆琴楼去，料道她不致怄气不去。因为她和那姓陆的只能在忆琴楼见面，在家里自然怯着周七不能来，只要我一劝她，她一定趁着坡儿回去。怜宝想得原是不错，哪知如莲因为连三并四的遇见拂逆的事，在忆琴楼是那样，到家里又是这样，想到惊寰为自己受的委屈，只觉心里一阵阵的刺疼。再前后一想，四面八方，全是魔难，惊寰已不能到忆琴楼去了，自己更不必去，竟把心肠缩得极窄，只去转那不好的念头。

怜宝先瞧着周七，把嘴向门外一努，周七退出外间屋去。怜宝便坐到如莲身边，悄声骂道："这是从哪里赶来的害人精，吃着喝着，还不老实，管他妈的闲账！这就又快轮着滚蛋了！"说完又摇撼着如莲的肩儿道："孩子，你别生气，千不怨万不怨，只怨我一时不在家，这个该死的松王八就给我惹出祸来！孩子，你别介意他，他是混人。这回事就是你饶了他，我也不饶，这样还疯了他了！早晚我给你出气，孩子，起，洗洗脸，咱娘俩回忆琴楼，我还有话说呢。"说着又轻轻推她，如莲任她推撼，只作不闻。怜宝又劝说半天，还是照样。后来她倒似乎睡着，轻轻的发出鼾息来，怜宝明知她绝没睡着，仍自己说道："好孩子，你也别太着迷，你爹虽是混蛋，他骂那姓陆的，也是为他不是好人，怕将来骗了你害了你。本来现在年轻的人，拆白党真太多。这姓陆的当初也不过为听玩艺儿，才跟你认识，没根没派，谁能看出准是好人坏人呢？你只看他脸子好，脾气柔和，可不足为凭。娘我是这里边滚出来的人了，年轻时候上过无数的当，这种拆白党全有些个特别手段，在娘们面前装得好着哩，到将来掉在他圈里，现出原形，立刻就不是他了。"说到这里，忽见如莲把杏眼一睁，一挺腰儿，就倏的坐起，看着怜宝道："娘，娘，怎么您也这么说？"说着星眸一转，把手一拍，冷笑道："哦，这全是一手儿事，我还糊涂着呢！这倒好办了。"说完又自睡倒。怜宝从周七二次回来，只听他说过陆惊寰是拆白党，并虚造了许多劣迹，却不曾把若愚设计的全局告诉怜宝，怜宝又不知道今昨两天忆琴楼内外所出的事，所以此间听了如莲的话，倒猜测不出缘故，便又接着说道："孩子，你也想想，从你长大懂了人事，娘从来没管过你，现在你赚钱养家，娘更犯不上惹你不痛快。不过你爹既知道姓陆的根底，认准他不是好人，闹也是为你好，只于他不会办事，倒闹得你面子上下不去，算起来总不是歹意。孩子，要想开了，走了穿红，还有挂绿，难道除了姓陆的，世上就再找不着好男人？"如莲任她劝说，再不言语，怜宝真说得口干舌燥，劝到黄昏以后，知道不好办了，只可先托人到忆琴楼送信，说如莲在家里病倒，要歇上两天。好在班子里没使用押账，歇几天也无可那得。

　　如莲却从此一直睡到半夜也不起身，怜宝没法，又怕她出了意外，就令周七到外间去睡，自己陪她睡在一床，也不敢睡沉了，耳里偶闻一些响声，就悚然坐起，只怕如莲趁她酣睡出什么故事。不想如莲这一觉直到翌日大清晨，居然起身下床，洗漱用饭和平常一样，也照样有说有笑，和周七还是照样亲热，仿佛已忘了昨天的事。怜宝也不敢再提，倒喜喜欢欢的过了一日。到黄昏过后，怜宝又有意无意的劝她回忆琴楼去，如莲却淡淡的道："我先不去了。"怜宝惊愕道："为什么？难道你还有气？"如莲笑道：

"娘，你怎不明白？昨天教你们一说，我的心跟姓陆的冰凉了，可是他免不了缠我，不如我在家里歇些日，省得跟他见面，给他个日不见日疏。这里面的事您怎么还不懂？"怜宝才要答言，如莲又斩决说道："我说不去就不去，谁也拉不了去。哪天高兴了就去，谁也拦不住。娘，咱们是一言一句，别找麻烦。"周七听了倒无话可说，怜宝却料着如莲的话绝非真意，她哪能这样容易和姓陆的绝断？这明是托词和家里怄气，故意不出去赚钱，等日后家里把存项坐吃山空，饿蓝了眼，自然求她出去，她那时再端起架子，说不定提出什么条件，把家里压得贴服，以后的事便得由她自己。但再一转想，现在放她出去，也教人不放心，万一要跟姓陆的跑了呢？不如把她拘在家里，看守些日子，将来等机会再说。现在若立刻迫她出去，真是枉费唇舌，徒伤和气。想着便答应了如莲。晚饭过后，留周七和如莲在家作伴，怜宝自去到忆琴楼，替如莲去拿应用零碎物件，并向掌班特别客气的替如莲告了十天假。那掌班的因知昨晚罗九吃醋闹气的事，怕如莲为此不来，便把细情告诉了怜宝，托她回去安慰女儿，不可为躲避罗九误了自己的事。怜宝才知道此中还有这一层波折，回家便和如莲说了，并且挺着胸脯说，回到忆琴楼时，自己总跟着去，自有法子对付罗九，劝如莲不必怕他。如莲听了仍是默默不语，便把这事岔了过去。

　　如莲在家里这一住下，怜宝为笼络女儿的心，不知要怎么想法哄如莲欢喜，做出了万分的慈爱。周七对如莲自然也百般客气。如莲却只随随便便，一些不改常度。到夜深时，原想自己还到外间去睡，把里间让给他们，又怕勾起怜宝疑心，便照旧和怜宝一同睡下。又过了两日，如莲却嬉皮笑脸的把怜宝推到外间，教她和周七去睡。怜宝因见如莲这几日神色如常，更料定她是耗时候怄气，绝不致有意外发生，就放心让她自己睡在里间，但夜间还不免加些防备。这样又过了两日，如莲不特夜里安稳，而且白天也绝不出门。怜宝已疑心尽去，又把前事渐忘，只想再过几日，便可仍回忆琴楼做生意，除了防她另有挟制的做作，却绝没旁的猜想了。只每天晚饭后，一家人都躺在烟灯前闲谈一阵，熬到三四更天，才各自分头去睡安稳的觉。

这样一转瞬间，已到了如莲回家后的第八日，这时已到了五月下旬，天气渐渐热上来。这一夜如莲特别高兴，倒在床上，一面给周七和怜宝烧烟，一面放怀谈笑。他夫妇俩见如莲高兴，也都提起兴致，把鸦片烟左一筒右一筒的，替换着吸得比平日加了一倍多。如莲却只把拇指大的烟泡烧起来，又消磨到三更天后。周七和怜宝都是老瘾，大凡吸鸦片的人，若是初吸新瘾，吸几筒便精神百倍，想睡也自不能，若是老瘾却不然了，吸得少倒睡不着觉，若吸得多了，虽是神酣体适，却又舒服得发起困睡来。这样睡着了，有烟气麻醉着，更不易醒。周七和怜宝因为无意中吸得太多，不由得都在床上困起来，闭着眼迷迷糊糊的像要睡着。如莲捶着床笑叫道："你们怎都睡了？说得好好的全闭了眼，看您二位这个神气，要睡快睡去，腾地方我也要睡呢！要不你们在这儿睡，我上外间去。"怜宝睡眼迷离的坐起来道："不，你要睡，还是我们走。"说着推醒了周七，向如莲道："我们支不住了，你把烟具收拾收拾，也就睡吧！"说完扯着周七，一溜歪斜的走出外间，只听床板被褥一阵响，沉一会，就鼾声大起，周七的鼻息更像雷鸣。

如莲在屋里自己收拾了烟具，又默坐了一会，才站起揭帘向外间瞧了瞧，见他夫妇正东倒西歪睡得香甜，就退回身来，望着床上，悄声叨念道："哼，你老虎也有打盹的时候，今天可就是今天了！"说完又沉了一会，低头瞧手上的表才三点多钟，便又倒在床上，假寐了半天，却觉心慌意乱的躺不住，再坐起来，伸手摸摸壶套里的白开水，竟还温热，便悄悄的倒了些在脸盆里，慢腾腾的洗了脸。又坐在桌前，对着镜子自己梳妆，把头发梳好，再画了眉，涂了唇，薄薄的在脸上施了脂粉。又悄悄拿出件时色衣服换上，重自坐在镜前，素手托住香腮，痴痴向镜中人面仔细端详，端详了好半晌，忽然眉头一蹙，凄然流下泪来。起初见桃花脸上，倒挂下两行泪珠，莹莹作光，在明镜中闪烁，渐渐泪在脂粉冲成的槽中不住的流下，滔滔不断，却只见泪痕在脸上湿，瞧不着凸起的泪珠了。这样过了半晌，又自己把牙咬了樱唇，蛾眉一竖，眼泪就不再流，须臾泪痕渐干，只余两行粉渍。再低头看，大襟上已湿了一大片，便长叹一声，拿起粉扑把面上泪渍掩饰得看不出来。再痴痴的对镜呆看，心里却不知思想什么，这一回看得工夫大了，只觉镜里已不见自己的面容，却见惊寰的影子在镜里对着自己，那样子像是撅着嘴生气，好像又受了什么委屈，竟是前天在忆琴楼自己怄他生气时的模样。如莲此际似已不知身在何处，只疑尚在和惊寰背人相对，猛向前一凑，再睁大了眼看时，哪里有惊寰？分明还是自己的俏影。便又是一声凄叹，眼光离开镜子，瞧到窗上，见已现出曙色，心里一动，忙站起，手儿扶着桌子，低声自语道："一晃儿八九天了，这傻子还不知受的什么罪，听我的话来查街，这些日看不见我，还不把他急死？好在我已豁出去了，今天瞧得见也是今天，瞧不见也是今天。傻子傻子，我不管你，反正我是完了。"说完又直着眼站了一会，再瞧窗纸已有八九成亮了，略一踌躇，便轻轻移步走出外门，见他夫妇还自睡着，便自叫道："呀，爹和娘真困坏了，连门都忘了关，要不是我上茅房去，还不开一整夜！"叫完见他俩并不惊醒转侧，知道早已睡觉，便蹑着步儿走出门。

下了楼梯，抬头看看，视天上晨光熹微，晓星欲灭，虽有风丝拂荡，却是吹面不寒。迎面瞧见关着的街门，不觉心里一跳，自想我这一开门，可瞧得见他么？论说我告诉他来巡逻，他没个不来。可是一连巡了八九天，哪保准他今天还来？咳，他来也罢，不来也罢，这看我们的缘分。他若是来，还能见我一面，他要不来，以后只好拿梦梦我吧！想着把心气一沉，走到门前，轻轻拔开了插关，把门开了一条小缝看时，对面哪有人影？便自语道："是不是？人家就是活该死的，总该在这里当蹲门貂？哪来这么大的耐心烦？完了！真要来世再见了。"想着却又忍不住的顺着门缝探出头儿去，向东一看，冷静静只瞧得一带砖墙。再回头向西瞧时，想不到竟有个人正往西走去，定睛细看，可不是惊寰是谁？如莲心里一阵畅快，几乎叫将起来，小嘴一张忙又闭上，就走出门向惊寰赶去。走不几步，惊寰恰已回头看见，霍的转身迎来，两个人撞到一处，如莲像发狂似的跳去，搂住惊寰的颊颈，像咬人似的吻了他唇儿一下。惊寰斗然一惊道："你怎样？你家里怎样？怎这几天都见不着你……"如莲好像没听见他的话，只自欢跃道："我可又见着你了！我想不到还见着你。走走，这里不行，还是上院里去。"说着拉了惊寰向回里走。来到了自家门首，慢慢走进了门，又将门关上。如莲向四下一看，就走向楼梯后面堆柴木的地方，把柴草推平了，自己坐下，拉惊寰坐在她膝上，道："这块儿还僻静，你只当是待客厅。"惊寰瞧着她的脸儿道："哪里不行？还说这些闲话。你那个爹在家么？那天是怎么回事？我真怕死！"如莲偎着他的肩儿道："那天真吓坏你了，他要是我的爹，我应该替他向你赔罪，他本来就不是我的爹么，也不知是从哪棵树结出来的，硬派我管他叫爹。我……"惊寰接口道："你先别说那个，到底那天怎样了？"如莲摇首道："你且别忙，慢慢听我说。这里面的事情我全明白了，你说那几天事情出的多么奇怪，罗九要打你，忆琴楼门口的流氓要打你，我那个爹周七要打你，怎么都出在一时凑到一块呢？"惊寰也拍着大腿道："是呀，我也正纳闷呢！"如莲把嘴一撇道："你不但傻，而且混。只要这们想，他们全要打你，怎么没一个要打我呀！这还不是有人出的主意？你想，罗九那么混横，能挨我的骂不还言？那群流氓被我一喊就跑，周七只要打你，你走了，他连屁也不再放一个，这不是只冲你一个人？"惊寰皱眉道："对呀！你一说我才明白。可是我得罪过谁？"如莲冷笑道："还用你得罪，不得罪还这样呢！我从那天就猜透了，当初我在莺春院里就跟你说过，你已中了我娘的眼毒，要留她的神。到如今不是应验了？实告诉你，我看这些人全是我娘邀出来的，连周七也是我娘找回来。这是八面安下天罗地网，专对付你一个。"惊寰听了害怕道："谁想这里面有这些事？那些人多们凶，要打我还不把我打死！"如莲笑着推他道："傻人，他们跟你无仇无恨，打死你干什么？不过只要吓唬你不敢见我的面，给我娘去了心病，就算完了。要不然怎么不上你家里去打你，单在忆琴楼和我家里找寻你呢？"

惊寰听了才明白，却又焦急起来，搔着头道："要这们说，他们八面挤罗，咱们没法见面子。"如莲哼了一声道："就这么说吧，你要也是个无赖子呢，还没什么，拼着跟他们打架拼命，还不定谁把谁压下去。你又是个公子哥儿，怎能把新鞋踏臭狗屎？自然要怕他们，怕他们就不能见我。咱就是躲了他们，我再挪到旁处去，他们也会跟去呀！"惊寰听了霍的跳起，咬牙道："这可怎么办，怎么办？"不想跳得太猛，把头撞在楼梯下面，起了个大疙瘩。如莲忙把他拥到怀里，抚摩着他头上的伤痕道："看你这沉不住气，疼不疼？"惊寰咬牙摇头，如莲又接着道："怎么办？我有办法，我可顾不得你了。"说着落下泪来，惊寰正闭目忍疼，忽觉颊上一阵冰凉，抬头看才见如莲哭了。就掏出手帕去替她拭泪，不想手还未伸出，自己的泪也涌出眶外，只可相对着凄惶起来。如莲哭着道："从那天以后，我才知道自己天生命苦，不必强巴结。你想你家不准你要我，我家里不许我近你，这还有什么法子？天呀！我如莲并不是求什么大富大贵，只求嫁一个意中人。当一个破姨太太，就这么难啊！"惊寰见她这样，又想起自己家里的难处，更自苦在心头，再没法用话向她抚慰。

如莲哭了一会，自己拭干了眼泪，改做很坚毅的态度，两手玉指相钩着说："我早把主意定了，四面八方都没了活路，嫁你是不易了，你参挡了我一面墙，我娘又跟我动这辣手，我还活什么？就抛开你不论，我娘当初是许我嫁你的呀，如今又坏了肠子，我要不给她个人财两空，教她后悔一世，我如莲算白活了这们大！"说完又抱着惊寰哭道："哥哥，哥哥，妹妹要抛下你走了，咱这一辈子算没夫妻的命，我死后有灵，一定跟阎王爷求个来世……"说着已哽咽得不能做声。惊寰从听得如莲要死的话，早已呆了，只傻了般的望着她，不哭不语。如莲又哭道："哥哥，你走吧！咱只见这一面，以后你也不必想我，只在闲着的时候，勤拿笔写我的名字，那我……我……"惊寰忽然绷着脸坐起，把如莲一推，如莲猛一惊，立刻哭声停止。惊寰喘着粗气道："你是要死么？是真要死么？"如莲抹着泪道："你管呢！死不死有你什么？反正你明天听信。"惊寰惨然一笑，蹲起身来道："死，哭的那样子！好，咱一块儿死。你说我傻，你更糊涂，要死还哭什么？我早想着这一层，今天可遂愿了。"如莲听了愕然，看着他说不出话。惊寰笑道："我活了这么大，只爱你一个人，寻常只怕你不属我，跟了别人。如今咱俩一块死，你算整个的归了我，再不怕旁人来抢。再说咱俩搂着一死，这才是真正的同命鸳鸯，就是你将来嫁了我，过个白头到老，还不算死的这么有劲呢！这可不是我狠，你死我不拦着，因为我觉着这是得意的事。好，旁的别说，咱先商量怎么死。"如莲见他说得真挚，知道不是笑谈，心里虽然感激，脸儿却已变得蜡白，摇着手道："你别搅我，你死我不死，我可不缺这种德。你有爹有娘，又有妻子，在你家关系多大！平白地跟着我这么个臭娘们一块死了，你家里怎么办？你想想，我不是损阴德么？你就是死了能安心么？再说你跟一个小窑姐儿并骨，别觉着是露脸，这是给你老陆家现眼呢！你细想想，跟我搅和怎的？"惊寰听了更不犹疑，只握住她的手道："你拦我也是枉然，人要是想死，就顾不了许多。譬如我现在害了暴病，立刻要死，难道还能思前想后，自己问问当死不当死？便是不当死也照样要死呀！莫说是我，就说袁世凯，人家是一国的大总统太皇上呢，关系多重，说死也就死了，更别说我这一个十九岁的小孩子咧！"如莲听着才要分辩，惊寰又抢着道："事到如今，连家里带外面，逼得我实没路了。便是你不死，我不能见你的面，早晚也是死。就是现在你不教我一同死，我回去也是自己死。咱们既好了一场，落得亲亲热热死在一处呢！死后也好手拉手儿过鬼门关，省得你的魂儿等我，我的魂儿赶你。好妹妹，平日我总为你受磨折，临死这一会儿，你就别再磨折我了。"

如莲听了低头不语，半晌才抬起头，却从腮边涌出十分的笑意来，耸着肩儿道："反正我是要死的人，用不着八面顾的圆全。这可是你愿意死，将来可别后悔呀！"惊寰道："这么说，还算你勾引我？论起寻死的意思，我早就有，你可是到今天才起的意，我才是你的勾死鬼呢！"如莲又把惊寰抱住，妮声道："哥哥，你愿意跟我去？"惊寰点头。如莲道："你要不愿意，我怎能逼你？你如今真跟我死，知道我心里多么喜欢。咱们搂着一闭眼，再也不离开了，从此脱了相思的苦。哥哥，你这样一个人，跟着我一同死，你不委屈死？"惊寰抚着她的须发道："我还怕你委屈呢！"如莲把樱唇湿湿的向惊寰颊上一吻道："我还委屈？天知道，这会儿我要美死咧！咱这们一搂，这们一死，嗳呀，你是我的，我是你的，他们谁也干看着。寻常我自己知道自己身份，我不肯说，可是哪个女子不吃醋？我本知道你有个太太，闭眼想到你跟你太太怎么好，我就从心里冒酸水，可也不过在心里忍着。如今快死了，再不怕你笑话。我搂着你死，这个好男人到底属了我，我打败你太太了。"说着不觉眉开眼笑。惊寰指点她道："瞧你这高兴，哪像个寻死的？"如莲抿着嘴道："死也挡不住我高兴，本来心里痛快么！好，别只空嘴说，咱死是死定了，到底怎么死呢？快想个妥当法子，要死就得死成，别教人再救活了，倒没意思。"惊寰想了想道："现在天气正热，水里也不冷，咱搂着凉凉渗渗往河里一跳，倒干净呢！"

如莲牙咬着唇儿想了一会儿，轻轻拍手道："我想起来了，还是吃大烟，死了也教我娘看看，只为她抽大烟，逼着女儿去赚邪钱，到底结果在大烟上。"惊寰道："也好，可是要现买去。再说上哪里去吃呢？"如莲道："还用去买？这楼上要多少没有？"说着又想了想道："在哪里吃，就要害哪里跟着打人命官司。"又眼珠一转道："咱就在这楼上吃，教我娘谁也赖不着。"惊寰摇头道："不成，楼上只有两间屋，你爹娘又都在家，那如何成？"如莲笑道："他俩才是睡觉如小死呢，每天不知多么难招唤得醒。昨天我招唤我娘，叫了一点多钟，总不睁眼，我急了，咬她一口才醒了。咱只放轻了脚步上去，绝不会闹醒他们。可是咱们有话全在这里说完，上去就不能说话了。还有句要紧的话，就是咱要是吃了药挣命，教他们知道，无论拿什么灌咱们，千万咬紧了牙别张嘴，一过时候，神仙也救不了，教他们眼看着咱死，才更痛快呢！"惊寰点头道："好，就依你，可是得快办。"如莲叹道："完了，咱这一世，只有这一会工夫了。哥哥，你亲亲我。从咱俩认识，就全端着，都爱害臊，现在快死了，还臊什么？"说着扬起脸儿，把红唇直送到惊寰的吻际，惊寰也忍不住，就紧紧抱住她，湿湿的接了个长吻。

　　如莲又和惊寰偎倚了一会，便立起道："大烟要用开水冲了，才好当咖啡喝。咱临死也排场排场，夫妻们闹一杯早茶。"惊寰道："免了吧，这时哪里去寻开水？"如莲笑道："咱碰碰运气，这楼下马家睡得比我们还晚，说不定厨下还有开水。"说着悄然溜向一间小屋里去，须臾提着个小铁壶出来，还腾腾冒着热气，笑向惊寰道："这才是该死人百灵相助，水还正沸。是时候了，咱上去吧，脚步可越轻越好。"说着拉了惊寰，雁行着走上楼梯。才上了三四层，如莲忽然止住步，回头看看惊寰，绯然红了脸，唇儿动了几动像要说话，却又不肯说。惊寰便问道："你要说什么？这时怎又害起臊来？"如莲脸更红了，冷不防的把头伏在惊寰肩上，颤声道："我想……我想……咱们空好了一场，如今要死了，再不能在一处亲热。回头咱们吃完了烟，离死还有一会儿工夫，索性趁波完了咱们的愿，简直咱们铺上了被褥……也不枉耽这一世的虚名。哥哥，你……"惊寰听了已经会意，这时心里倒不羞涩，反倒凄惨起来。便抚着她颈儿道："妹妹，我明白，依你依你。"如莲才赧然一笑，又向上走，走尽了楼梯，她自己先推开门，仔细向里一看，见周七怜宝还照样睡着，便先推惊寰蹑步走进里间，自己也跟进去，轻轻把水壶放在地上，指个椅子教惊寰坐好，自去轻轻把门关闭上，上了门闩，又顶上一把椅子。回眸向惊寰一笑，才要向他走去，又略一沉吟，移步转向床前，把被褥铺好，回头向惊寰低声说了一句。惊寰因她声音太小，听不出说什么，才要动问，她已走近惊寰，附耳说道："我算熬到给你铺床叠被了！"说完又很媚的一笑。

惊寰这时才心乱起来，觉得眼前的一切都要撒手了，便是这自己最爱的如莲，虽得美人同死，可算如愿以偿，可是死后两眼一闭，是否还能看得见她，还不可知，不禁就凄惶起来。那如莲见惊寰面色惨淡，便低声道："你后悔了么？现在后悔还不晚，说实话，我放你走。"惊寰勃然变色，两眼一瞪，才要说话，如莲忙掩住他的嘴，低声道："大爷别急，我知道你不后悔，咱们快喝，别等睡多梦长。"说着向窗沿上拿下一个景泰蓝烟盒，又寻了两个小茶碗，用手巾擦干净了，就把盒里的黑色烟膏约有一两多，都分着倒在两个碗里，倒得分量平均，又端起水壶把开水斟入，立刻两碗里都冒出热气。如莲又寻一根筷子把碗里的烟水和得融均了，才走过坐在惊寰身上，用手扳着他的脸儿，惨声道：

"哥哥,你是玉楼赴召,我是驾返瑶池,该咱归位了。哥哥,人家一夫一妻白头到老的都怎么修来?咱们这断头香又是怎么烧的?咳,哥哥,咱们来世勤修着点吧。"说着摸了摸茶碗道:"正可口,不凉又不热,怎么喝?"惊寰回答道:"拿来,我先喝。"如莲道:"不,我先喝。"惊寰道:"要不然,咱一同喝。"如莲点点头,忽然一笑,掩着口道:"我平常就看不过他们那轻薄样子,今天倒要学学他们。"惊寰道:"怎样?"如莲道:"就是那浪姐儿跟熟客喝酒的法子,她先把酒含到自己嘴里,然后再嘴对嘴的度给他。咱们也照样,你先含一口烟水度给我,我咽了,我再含一口度给你。这样有五六回,这两碗就都喝完了。"惊寰忍不住一笑,亲着她的额儿道:"你真会闹故事,寻死还调皮呢!"如莲也笑道:"旁人死是丧事,咱们死是喜事。你看这死是喝大烟,我看这是洞房花烛吃交杯盏呢!"说着把两个烟碗端过,自己端着一碗,递给惊寰一碗。如莲又骑马式坐在惊寰腿上,两个面对面的坐好,这一端起碗来,那一股香气已冲入鼻端,眼看着碗里黑色的液质,知道喝下去便要与世长辞,人天异路,两个人不由得同时滴下泪来。如莲咬着牙带泪笑道:"哥哥,你先把好东西赏妹妹一口喝。"惊寰摇头,嘴向如莲手里的碗一努,如莲也摇头,只张了小嘴等着。惊寰猛一咬牙,把烟含到嘴里一小口,又抱住如莲的头儿,对着她的嘴便度过去,如莲一扬脖儿便全咽了。她也含了一小口烟水,照样度给惊寰,惊寰咽时,她还向他长吻了一下,两人的嘴儿还未离开,这时忽听背后门外有人大叫了一声道:"不好,你快起!"接着又伸脚踢门,只三两脚,便已椅倒门开,从外面闯进了一人。正是:芙蓉花下风流死,将成同命冤禽;枇杷门巷暗鸣声,又来斩关壮士。后事如何,且听下回分解。

第六回　儿女情激发英雄气豪士走天涯
　　　　葭莩谊感动菩提心愚兄探地狱

　　话说上回说到惊寰和如莲在怜宝家楼上，一同服毒情死。这一个十九岁的浊世儿郎，一个十八岁的多情少女，临死时还自辗转缠绵，要寻那情场中的风流解脱。每人已有一小口烟水咽下，眼睁的就要摧兰折玉，碎绿凋红，想不到在这千钧一发之时，竟有救星到来。原来周七因昨夜只顾吸烟闲谈，从晚饭后一直不曾小解，后来又一枕朦胧，仓皇睡倒，到天明时，腹中积水急不可待的要自寻出路，竟自在膀胱里骚动起来。他睡中本是大脑休息，小脑代拆代行，这时内部一起暴动，小脑知道，眼看要提防溃决，洪水横流，兹事体大，不敢负责，忙向大脑请示，于是乎大脑就把周七招唤醒来。

　　周七在朦胧着要睁眼，忽觉身旁空气动荡，似乎有人带着风走过，原想立刻睁眼，但在初醒时自然举动迟慢，略沉了两三秒钟，方略开眼缝，恰见如莲正要进里间去。她前面似乎先有一人进去，却只门帘边见有衣角一闪，接着如莲也走进去。周七心里原觉诧异，但被烟气麻醉着，还舍不得动，便又闭上眼一沉，心想和如莲同进屋的定是怜宝，怎这样早起来？上屋里做什么？却绝未疑惑有外人进来。再迟一会，忽听屋里门轮儿响，知道是关了门，心里才觉出奇怪。自想她母女俩关上门做什么？便又睁开眼，这时却已十分清醒。转脸向身旁看时，怜宝像死狗般的正睡在床外。周七揉揉眼坐起，扶着头想了想，心里十分纳闷，又疑是自己睡得眼迷离，一定是方才如莲下楼去上茅房回来，进屋去一掀帘子，我从帘缝瞧见屋里的东西，错认成衣角。想着便要从怜宝身上跨下床去小解，不想竟从屋里送出一阵唧唧的说话声音。周七忙又坐稳，伸长脖子，侧着耳朵再细听时，说话声音又没有了。又自想莫非我大烟抽得太多，上了火，耳朵眼睛全出了毛病？正疑惑着，屋里又有唧唧声音送出来。这一次可听清楚了，虽听不出是说话，但总是人的声音。周七再低头看看怜宝，皱眉一想，头儿一晃，立刻把小解的事都忘了。便手支着床从怜宝身上跨下床去，站在地下怔了一怔，就慢慢走到里屋门口。揭开帘缝向里看时，却只见板门正关得紧。忙把耳朵贴在门上朝里听，起初略闻有脚步移动，沉一会又听里面唧唧起来，虽听不清说什么，却已明白是有两人对语，便自心里有了些酸料。原想立刻唤醒怜宝教她办理，回头一看，见怜宝还照样睡得沉酣，又知道她的毛病，不睡过十点钟绝不会醒。这时便是捶地，她不过睁一睁眼说两句睡话，白惊动了里边的人。自想这里屋和如莲说话的人，再无别个，定还是那个陆惊寰。何大少说他俩怎样好得了不得，看那天如莲卫护他的情形，倒非虚话。可是他今天怎这早上冒了来，又钻到屋里干什么？我们睡在外间，他就敢进去，看起来这俩小东西受了情迷，什么胆子都有。我先看看他们干什么，回头再给这姓陆的个厉害，大大的吓他一下。要不然他们还是偷摸着往来，我怎么回复何大少？

想着便向板门寻觅缝隙，恰见两边靠门柜的地方，都隔着四五分宽的缝子。先就左边向里张时，只见得半个床，上面被褥铺得整齐，却不见人。忙又移身就右边缝儿窥视，恰看见惊寰坐在椅上，如莲偎到他怀里，低声小语，那样子亲密非常。周七看着暗笑道："这两个孩子一对小色迷鬼儿，担惊受怕的钻进来，还是忘不了上情。这还不是婊子和嫖客的老样？可真把我家里当了窑子咧！"又见他俩正说着，惊寰似乎恼了，如莲忙含笑哄他，又站起向窗台去拿烟盒，还疑惑惊寰也要吸烟过瘾。正笑他们偷摸着还闹排场，不想她却把烟膏倒在茶碗里，又用开水冲了。周七才看出情形不对，再细向他俩脸上瞧去，见虽都笑着，可是面色全惨淡异常。暗想道："看光景他们是要寻死，这是被我们逼得没了路，要办个出手儿的。想不到他俩居然真这们好，起初我还觉着他们是混闹呢！听何大少说的那种话，这姓陆的本是阔家少爷，花钱买乐，热个窑姐儿有什么稀罕？谁知他竟是这样痴心，真肯为如莲死了。起先我想如莲也不过爱姓陆的脸子，扑着他有钱，拢个小热客罢了，哪知有这样烈性。"想着忽自暗笑道："这可不过比画着玩玩罢了，哪这们容易死？不过混孩子不懂轻重，说寻死就寻死，到真死时候，就该害怕转轴儿了。我先看个笑话，早晚这两碗烟还是给我留下，还得劳驾我重熬。"想着见他俩又说了几句，便脸对脸儿坐下，又都流下泪来。周七又暗笑道："如何？这就要转轴儿。哭便是怕咧！"接着又见他俩你推我让，似乎发生争竞，又暗笑道："这个自然，你推我，我让你，谁也不肯先喝呀！"

这时再见他俩像是商量停妥，又同端起碗来，那惊寰先喝了一口，周七暗惊道："她喝么？"又笑道："怎含着不咽？别是要吐吧！"这时却见惊寰把烟吐到如莲口里，又暗恨道："这小子混账，自己不喝却灌别人。"正想闯进去拦阻，立刻又见如莲也含了一口烟吐进惊寰口里，两人那种从容态度，秘密情形，乍然看去，简直像交杯双饮，绝看不出性命交关的惨状。周七因看得前后清楚，心里一阵惨痛，只觉当初自己亲手杀人时，看着尸横血泊，心里也没这样难过。再忍不住了，只回头向怜宝喊了声："不好，你起！"便抬脚拼命把门踢开，两步便抢到惊寰和如莲面前，瞪着大眼，一句话也不说，先伸开巨掌，霍的把他俩的手腕抓住。这时惊寰和如莲见周七倏然闯入，全惊得一战。两个人全想不容周七措手，各自把碗里烟一口灌下，只要烟到肚里，再吵再闹，便百事全不怕他。哪知周七手快，先抓住他们手腕，又向碗里看看，见都还有七八成满，知道所喝不多，不致碍命。这时如莲叫道："你别管，你骂……"周七更不言语，只把两手一翻，惊寰和如莲的两只手虽和他争夺，但不由得也跟着翻转，立刻碗底朝天，烟水满泼到地下，两人跟着把手一松，碗也落到楼板上。惊寰已像傻了一样，周七才放开手，要走到一旁。如莲这时神志初定，见烟已泼了，料道周七相救只是怕伤了摇钱树，并没什么好意，而且他必饶不了惊寰，自己原已拼出死去，现在既然事情破露，别等他殴打惊寰，我先死到周七身上，跟他拼了这条命。想着便向前一扑，撞向周七道："你害苦我了，今天你杀了我！"惊寰见又闹成那一天的样子，知道又要不得开交，自己原拼了和如莲同死，心志已不似寻常怯弱，又见如莲已撞向他去，更忘了惧怕，便也喊道："我们死你还不饶，反正我不活了。"也就向周七扑去。周七忙一手拉住如莲，又伸一只手把惊寰挡住，叫道："你们别跟我闹，我有话说。"如莲自觉周七拉自己和抓小鸡子一样，知道挣不过去，听周七说了话，便自站住。抬头忽见周七脸上十分平和，并无凶狠之色，觉到有些异样，便伸手把惊寰拉到自己身边，道："你先等一会，反正咱们拼出去了，还怕谁？听他说什么！"周七指着椅子道："你们坐下。"如莲气喘吁吁的道："坐什么？站着好，有话你说，不说你走！你别自觉着厉害，我们是喘气的死人，再不怕你！"周七哈哈笑道："谁要你们怕？我周七有厉害不必跟你们。"如莲挺着腰儿向他戟指道："打也打了，骂也骂了，还有脸说这个！欺负人家个细胳膊的小学生，你还算英雄好汉！"说着一指惊寰。周七把脚一顿，又瞪起大眼，骂道："你混蛋！"如莲见他又现出凶相，忙把惊寰拉到自己背后。那周七又接着喊道："你知道怎么回事？把我看成混账王八蛋！我也是你妈的好心，又谁想得到，治一经还损他妈的一经。我周七也是人生父母养的，别瞧着我不通人性。"

如莲正听不出他说的话是什么意思，不想这时门帘一启，怜宝衣不整，撒着脚，手揉着眼走进，叫道："你们吵什么？大清早挣的哪门子穷命？乒乒叭叭的把死人都要吓活了！吵的我……"说着忽由眼角里瞧见惊寰，不由愣了，就停了口。周七已霍的走上前，一把将她拉住，顿着脚叫道："你来了，正好，人家两个真人物字号，道道地地的小两口。我服气，可把我栽了！我周七这回是外国鸡坐飞艇，丑到天边。"说着又转脸向如莲道："孩子，你成，好，真金不怕火炼，你们都是叮叮当当的好朋友。就是我周七显着不是东西。"怜宝喊道："你们噪的什么事？到底……"周七不等她说完，拉她走上一步，瞪起眼指着地下道："瞎了你的，你看！这是什么？是大烟！人家两个全喝了。"怜宝见地上汪着许多稀烟膏，才有些明白。看如莲又是面色发青，唇角带黑，真慌了神。忙跑过抱住如莲道："孩子，你……你是喝了……了么？孩子你说，说实话。"如莲咬着牙摇头。怜宝哭起来道："如莲儿呀！我可不容易从小就弄你到这么大，你可别害娘呀！"接着又儿呀肉哇的哭起来。周七赶过，一掌打在她背上，一个趔趄，几乎趴下。周七骂道："你就会哭，告诉你，吃的少，死不了。该死哭也救不活，孩子算给你露了脸，凭你这座破窑会烧出这好坯来。"怜宝才停住哭声，也顾不得和周七吵闹，只张皇着道："吃了多少？怎样治？请医生，上医院，怎么办？"周七叱道："先闭了你那破嘴，放心死不了人，听我说。"说完转脸向如莲道："好孩子，你对，你们这一吃烟，我才觉出自己不够人味。"说着又向惊寰道："陆少，我赞成你，你比我人物，遇上事真咬牙，我服气。你们可也别怨我，我本是受人之托。"如莲眼珠一转，忙接腔道："我明白，准是罗九。"周七摇头道："你别管是谁，我可不是怕你们死了，打人命官司，才折了脊梁骨跟你们软。实告诉你们，你们喝烟的情形，我全看见了，想不到你们竟真这样好。逛窑子本是找浮乐，哪有傻子拿命拼？看起来你俩是佳人才子，有情有义，我周七以前算瞎了眼，错看了你们。我周七在江湖上闯了半辈子，见好的就要敬，你们是好的。"说着一挑大拇指，又接着道："今天幸而有德，鬼使神差的救了你们，要不然你们要死了，我也没脸活，还不他妈的三鬼临门？"这时怜宝已听出些窍奥，忙问如莲道："孩子，你到底为什么？跟娘下这样绝情！"如莲还低着头不语，周七却又叫道："我明白，这是逼出来的。"说着走向如莲面前，一拍她肩儿道："为什么？我全明白，八面挤的你们活不了，对不对？孩子们，别介意，交给我，我全知道。罗九，还有那群地棍，我全包治，管教他们一世不上前。还有旁的事，也说明白，我给你办。孩子，我真爱极了你！大家小姐也没你这种烈性，可惜不是我的女儿，要是我的，我就狠狠的抱着你亲一顿。"如莲听了，自想我当初就眼力不错，早看出他是好人，这一回跟着胡搀，一定是受别人蛊惑。想不到我们这一寻死居然感动了他，又这样大包大揽，看样子绝不是假。这可是天意该应，我们还不就势约个保镖的！想着灵机一动，伸手一拉惊寰，两个一同跪到他面前，如莲扶着周七的膝盖，哀声唤道："爹，爹，您可怜可怜我们吧！您不当我是亲女儿，我可拿您当亲爹。爹，您女儿这不是热客，这是学好要嫁人。爹您不愿女儿到了好处么？"周七一见他俩跪下，不由把英雄热泪直淌下来，摇着手道："起来，你们快起来，这简直是骂我，我这份混账东西，你还拿我当爹，快起来！"如莲又说了一句："爹，您多疼我。"就也趁势儿拉惊寰同站起来。周七点着头，瞪眼望着他俩，忽自咂着嘴儿道："啧啧，天造地设，郎才女貌，要破了这对婚姻，天地也不容。"说完又自己一拍胸脯道："孩子们，交给我，现在全明白了，全说开了，你们还是你们，如莲还照样回忆琴楼去。那罗九一群东西要敢再露一回头，你们指着脸唾我。"如莲绷着欲笑的脸儿道："我们这一辈子也忘不了爹，有女儿一天，就孝顺您一日，也补不过来。"

这时怜宝在旁听着看着，心里却糊涂死了。忍不住又问道："你们可说呀，怎么回事？闷死我了。只顾乱说，孩子喝的烟怎么样？"周七道："不要紧，喝得少，现在不致发作，可是总要上一回医院。你就快领了去，我给你们去雇车。"说完就腾腾跑出去。这里怜宝再向如莲问，如莲只是笑着不语，怜宝急得直自己打嘴巴。须臾周七已雇车回来，怜宝只可忍了满腹的闷气，领着惊寰如莲，出门坐车来到东亚医院。请大夫看了。大夫诊验以后，说受毒甚轻，绝不妨事，便给些药水吃了，须臾把所吞的烟都夹杂着宿食呕出。又歇了一会，由惊寰缴了药资，三人又同行出了医院。惊寰要作别回家。如莲附着他耳朵道："你还没听个下回分解呢！咱们许要得周七的助，这是好机会，你还跟我回去。"惊寰也便应允。怜宝眼看着他俩背人私语，也不敢问，只可再雇车一同回了家。进门方走上楼去，只听周七在屋里唉声叹气，只喊"怎么见他，我活不了"。又把桌子拍得山响。怜宝等大吃一惊，进去看时，见周七面色铁青，正起来坐下乱转，显见正在焦灼，见怜宝等三人回来，也没理会。如莲心里已有了把握，知道再不会有什么风波，便自和惊寰到床边坐了。那怜宝原装着满心郁闷，此际见周七这样景况，就再忍不住气，喊着问道："你又发什么疯？从你来了，这家里就没过清静日子，闹得人仰马翻，你是安着什么心？跟谁过不去？也不是黄毛小孩子，别蹭着鼻子上脸，挤人说话。"周七咧着嘴大笑道："哈哈，我搅你？你也配？这就不搅你了，嘿嘿，我还不定死活呢！他们不死了，该我死了。"说着又自顿足道："还说什么？这简直是冤怨缘，旁人死好救，我周七死，可谁也救不了咧！"说完长叹一声，凄然泪下。怜宝对周七根本没十分感情，不过为老伴情谊，才加以收养。从他这两次吵闹，已有些恨了他，此时见他这样，倒是漠不关心，但还是纳闷。正要询问缘由，那边如莲已看出周七不是容易掉泪的人，此际定是为了大难，又怕与自己的事有关系，便忍不住走过来问道："爹，您又为了什么难？"周七看着她怔了半晌，才道："哼，你别问，谁也救不了我。"如莲道："昨天您还好好的，今天怎就出了逆事？莫非还是为我们……"周七微叹道："不为你们还为谁？"如莲愕然道："这您倒得说说，我们怎就害的您活不了？"周七道："你就不必问了，告诉你，你也枉跟着担心，没一点用。"如莲道："就是告诉我没用，您也教我明白明白，反正我心里也有些天亮下雪。您既说是为我们，我们还有旁的事么？大约是有人托您搅我们，如今您为疼儿女盛，可怜了我们，自然对不住那一面，是不是？可是这也不致把您逼死呀！"周七一拍桌子道："好伶俐孩子！你真透亮，猜的有几成，可是事情不像你说的那样容易。实跟你说，托我搅你们的这个人，待我有天大的好处，头一回托我办事，我就私通了外国，你说怎么跟人家交待？我除了死还有什么脸见人家？孩子你别多想，我可不是后悔，不过你既问我，我就告诉你个大概。"如莲低着头想了半晌，又问道："托您的这个人是谁呀？"周七摇头道："这我绝不能说，事没办成，再给人家泄露了机关，那我更对不起人。"如莲道：

"您不说也罢，可是这个人待您就是有好处，您也犯不上拿自己儿女报恩。咱不会另想法子补他么？"周七听了这话，立刻像心里有所感触，忽然站起，在屋里来回乱踱。怜宝却在旁发急道："今天我到混成外人了，你们闹的七乱八糟，一句也不告诉我，诚心挤我是怎么着？我……"话未说完，周七已瞪着大眼向她喝道："没你的事，先闭上嘴。"又转脸向如莲婉转道："你说的有理，可是不成呀！我欠人家的情太重，哪补报的过来？"如莲又想了想道："您欠他什么情呢？是欠他的钱，还是……"周七抢着道："不说旁的，只这欠的钱我就还不了。"如莲道："只要钱的事，我能办，到底有多少？"周七摆手道："你办不了啊！再说我也不能教你办。论起数目来，给人家多少也不行。我现在想开了，反正不能见人家了，除了死就得出门。"如莲眼珠一转，看看怜宝，又瞧瞧惊寰，便向周七道："这还好办，您等我想想。"说着一拉惊寰，两人走出外间，躲到床后，正要说话，只听怜宝在屋里和周七吵道："你们要怎样？别忘了女儿是我养的，你们私自商量什么混账主意？敢抛开我说话……"如莲掩着耳朵不听，只向惊寰道："你看出来了么？"惊寰皱眉道："你这个爹是怎回事？"如莲道："我也断不定，总算不是坏人。他说的话虽不定真假，不过他真给咱们解围，就算待咱们有好处。他既说欠人家的情，我想给他一笔钱，算咱补他的情，一面也买他个不反悔，随便他拿这钱补人家的情也好，做买卖去也好。他要去做买卖，将来我娘也许能从他身上得了着落，也省我一份心。不过我娘未必肯容我借钱给他，还得我绕着弯费唾沫。"惊寰道："要用多少钱？或者我能办。"如莲笑道："你疑惑我把你调出来，为是教你办钱呢！不对，钱的事不劳驾你，我是因有你不好说话，赶你快走，你去吧，明天晚上还在忆琴楼见。"惊寰道："忆琴楼能去么？"如莲道："包你没事，放心去好了。"说着把惊寰推出，看着他下楼出门，才翻身进了里屋，见怜宝还正跟周七吵呢。周七这回却怪的很，居然沉住了气，只自己坐着发怔，一句也不理她。

如莲进到屋里，先过去用手把怜宝的嘴一掩，叫道："娘，娘，别跟爹吵，您还不谢谢他，没有他，您女儿早死了！"怜宝听了才触起早晨的事，不由打了个冷战，忙把如莲拢到怀里，道："我的儿，到底怄什么气？就狠心舍了娘。"说着已消了怒容，红了那青黑的眼圈儿。如莲冷笑道："您看我今天没死了，就算完了么？娘，您是知道我的脾气，要定准了主意，神仙也拦不住。今天死不了，还有明天呢！什么事也没有寻死容易，这回被您们救了，您们谁能看守我一辈子。娘呀！反正您女儿活不成，您只当我死了吧，何必还为我拌嘴！"怜宝听她这句话，像被冰刀刺入心坎，又凉又疼。又知道如莲向来说得出做得出，不由得就面如土色，更拼命把如莲抱住，哭道："儿呀！你到底跟谁怄气？"如莲咬牙道："跟谁怄气？跟姓陆的怄气！"怜宝吃惊道："你俩灰热火热的，怎会……"如莲抢着道："不热还不气呢，赚了我好几年，今天才知道他是个势力眼，嫌贫爱富。"怜宝诧异道："怎么说？是跟咱么？咱这根底他不是从早就知道？要嫌咱人家穷，行业不正经，起初就不该认识你。怎把你哄了好些日子，如今又嫌恶起来？这不是抓歪岔么？"说到这里，只听那边周七把桌子一拍，向空骂了一句。如莲忙转过身去，把手按着自己的樱唇，向他使了个眼色。周七忙把要说的话咽进喉里，只喘了一口大气，再不言语。如莲又转脸向怜宝道："您说错了，不是嫌这个，提起来话长哩！我从早就跟他说，将来嫁他，绝不要一文钱的身价，虽是做姨太太，却不是他家花银钱买的，两边亲家要按亲戚的规矩来往。娘，我这是一来为舍不得您，二来要自己争些身份，不是占在理上么？您猜他听了说什么？"怜宝翻翻眼道："他一定是要买你个死门，不许我前去走动。"如莲道："意思差不多，话可不是这样。他说，他家里规矩太严紧，亲戚们嘴又太臭，将来把你弄到家去，一定要假说是住家女儿，要实说是窑子里人绝不成功。你家要跟我家来往，倒没什么，可是你娘是那样，你爹又是那样，派头既然不对，你们又没个正经行业，倘上我家里去，教我跟家人说什么？娘您听这话，简直咱不配跟他攀亲戚，这还不是嫌贫爱富？所以我跟他分争起来，后来我气极了，就逼他一同寻死。后来……"说到这里，怜宝却插口道："这也值不得，只要孩子你舍得娘，娘就不认这门亲戚也是乐意。"如莲瞪着杏眼道："您看我太不值钱了，怎么就全得由他？这本是爱好作亲，咱是活该死的？就应当伏低做小？我是跟他怄定了气，他不是挤勒我么？我既已立志跟他，也说不上另嫁旁人，只有给他死个看看，教他认认我如莲。"说着又自仰天苦笑道："姓陆的，你不用瞧不起我，将来有你后悔的时候，再想如莲，那可晚咧！"怜宝见如莲这许多做作，竟自信以为真。不由得落在自己女儿的圈套里，只想要挽回她寻死的心，倒替她思索起办法来，便拉着她道："孩子，你何必想不开？你的心娘知道。无论姓陆的跟你闹到什么分儿，我也不劝你跟他变心，省得你多心我。如今咱们是事宽则圆，姓陆的不跟咱认亲，你定要跟姓陆的认亲，论起来不过只这一点纠葛，咱们慢慢商量，何必一定舍命怄气。"如莲听了便装作低头寻思，半晌不语。

周七那里却再沉不住气，跳起喊道："这姓陆的真眼皮子薄，穷不扎根，富不长苗，他就富到头，我们就穷到底？过些年知道谁怎样呢？真看不出这小子混账……"怜宝听了，忽然把床一拍，先拦周七道："你先别喊，听我说。"又含笑向如莲道："对呀，现在用不着跟他分争，当初你说过要给我赚三年钱，料想不致现在就嫁他。等再过三年，咱还许阔了呢！如今的年头，有钱王八大三辈，只要有钱，把架子一摆，立刻就是大家富户，那时他们还许赶着咱认亲戚呢！"如莲听了，看看怜宝，又望望周七，忽向床上一倒，用手把脸蒙起来。怜宝叫道："孩儿起来，听娘说，别死心眼。"如莲却躺着不动，低声道："您别搅我，容我细想想。"怜宝疑她听了自己的话，醒悟过来，自去细想，便也由她，只自叨念道："看人别看现时，土瓦也有个翻身呢！我们就不许发财？"沉了有十几分钟，如莲忽然坐起，倚在怜宝怀里，叫道："娘，我有主意了，我死活全在你身上。"怜宝愕然道："咦，怎又扯到我身上？你说你说！"如莲未说话泪已簌簌流下，酸着鼻子道："娘能给我争气，我还活着。不然只可狠心抛了您。"怜宝忍着焦躁道："你先说你的主意，别教我着急了。"如莲喘着气道："我这主意倒是准成，可是说出来，您也不依。罢了，不说也好。"怜宝发急道："小祖宗，你别磨折人了，快说吧！要我的命也给你。"如莲离开她怀里，挺身说道："娘，反正我有死挡着，您依不依也不要紧。好，说我。我在窑子嫌钱，家里这们大挑费，莫说剩不多钱，便是三年剩个一万八千也是没用。

再说我还脱不了是窑子里的姑娘。所以我想现在由我出名，向放窑账的借两千块钱，交给爹去做买卖，万一上天有眼，发一笔大财，我立刻就变成买卖大掌柜的小姐，比他念书家少爷不贫不贱，这口气不就争过来了么？我就是这个主意，您要不依，我还是那句话。"怜宝听了咬着牙道："两千块钱不是小数，怕将来没法还，你受大罪……"如莲听了暗想自己绕这样大圈子，说了这些瞎话，居然没逼出娘一个肯字，心里暗自着急。便又仰首道："您放心，不用一年，我准能还清。依着我就这口气借吧！"话未说完，那边周七已跳过来，把如莲拉住，瞪着眼问道："你这话是真是假？"如莲一惊，道："怎么不真？"周七把她的手一放道："你这样真救了我！我现在在本地已见不得人，这样算你扶持我，借着做买卖出门一趟，要混整了，一来完了你的愿，二来我要剩点钱，也好补报那个人的情。咳，这可不是我周七不要脸，真逼的我没法了。"怜宝用白眼翻着他道："啧，啧，听见风就是雨，你倒有缝儿就钻，你还要脸？"周七勃然道："我跟你说不着话，如莲要跟你一样，她就磕头求我收她的钱，我也不干。如今我看出她够人味，我们不论父女，只当是交朋友，才肯替她办事，拿她的钱自己买路走。日久见人心，现在少说废话。"说着又向如莲道："你明白么？"如莲点头道："爹，咱们君子一言，不必多说。我预备钱，您预备行李吧！"周七把大拇指一挑，顿足道："好痛快！可惜你是女子，我在男人里都少见你这种人。"怜宝却气极道："这日子不能过了，混世乱为王，你们一商量就是个主意，没有我了！"

　　如莲才要说话，周七已倏然走出。如莲叫道："您哪里去？"

周七不应，只听腾腾跑下楼去，须臾却背着手儿进来，面色已变得十分难看。怜宝还正在嚼说，周七走向她面前冷笑着问道："喂，这个家从今天就归我为主了，你信不信？"怜宝正低着头也没瞧见他的脸色，仍自气愤答道："你，你是哪里赶来的？把我搅的七乱八糟，吃我口闲饭，还不是面子？还要当家，你凭什么？"周七霍的把背着的手一扬道："凭这个！"立刻见一把明亮亮的切菜刀，已闪耀在怜宝头上。如莲和怜宝都吓得叫起来。周七两眼通红，摇晃着菜刀喝道："谁喊宰谁！"二人立刻都不敢再叫，看着他那凶相，只有抖索。周七把刀逼着怜宝，却转脸向如莲道："你躲开，不许喊，不许出去。别怕，没你的事！"说完又一把手抓住怜宝的头发，把刀刃对准她那鼻子，咬牙厉声喝道："你认命吧，今天你该死了！"怜宝只有浑身乱战，却再也说不出话来。如莲见事已危急，来不及劝解，怕周七真要杀怜宝，就拼命的喊起救人来。只一个"救"字才喊出口，已被周七将颈儿捏住，向前一拖，如莲扑的倒在地下，周七抬脚轻轻将她脖颈踏住，再也喊叫不出，幸而呼吸能通，只得伏在地下抖战。周七把如莲收拾妥帖，怜宝这时才说出话来道："你……怎……杀……饶……我……救……"周七仍举刀拟着她道："你是不想活？你说，想活不想活？"怜宝抖颤着道："活，……你饶我……怎回事……"周七目光凶射，哈哈笑道："你不能活，还是宰你好。"说着把刀反向她脸上一按，怜宝呦的一声，头儿几乎要缩进颈里，闭着眼道："饶……人……命……为什么……杀……我……"周七冷笑道："我倒想教你活，只怕你自己不愿活。好，你听我说，如莲给我两千块钱做买卖，你愿意不愿意？"怜宝连连点头道：

"愿意。"周七又道:"我没别的买卖可干,只可去贩烟土。贩烟土非要女人藏带不可,要你跟我去,你去不去?"怜宝两眼鹨鸡似的望着周七,却挨忍着不说话。周七又把刀一晃动,喝道:"去不去?快说!不说……"怜宝又一个冷战,立刻说道:"我……我……怎能……出,……家里……没没……人……"周七呸道:"放屁!如莲用不着你,这个破家挪了碍甚事?不去,好,宰你……"说着把刀一错,怜宝额上立见了一道半分深浅的血糟,鲜血直流下来,汪到鼻洼口角。怜宝觉得一疼,目中已见了血光,吓得魂不附体,忙叫道:"去……去……我去……就去……"周七哈哈大笑道:"你去了?你真去?可惜说的晚了点。去也饶不了你!"说着把刀放在床上,甩开巨掌,先刷了她十几个嘴巴,接着又在她身上痛殴起来。

如莲在地下听着,猜不透周七是什么意思,又听得怜宝被打,不由动了母女的天性,便忘了自己还在周七脚下踏着,拼命挣扎着要爬起救护怜宝。那周七觉得脚下的人起了反抗,只把脚向下略一用力,如莲立刻连气也喘不出来,更别说动弹咧。周七检着怜宝身上肉厚的地方,抡拳猛打。怜宝忍不住疼痛,略一喊叫出声,周七便又伸手摸刀。怜宝怕他再下毒手,只得咬牙挨忍,口里只唤"饶我饶我,全依你!"以后连祖宗亲爹都央告出来。周七更不理会,直打得怜宝通身青肿,方才罢手。喘了喘气,又哈哈大笑,对怜宝瞪圆大眼道:"你可认识了我?从今以后,我说一句,你得应一句。答应晚了,还是照样宰你!"怜宝这时才缓过一口气来,哭号道:"哎哟,哎哟,打死我了!"周七笑道:"哈哈,打你是给你先送个信,往后你等着吧!不教你怕一辈子,我不姓周。"怜宝瑟缩着道："你……你打完了，倒是为什么？教我明白……"周七喝道："什么也不为，只要你去掉你的混账，你是我的媳妇不是？"怜宝这时哪敢顶撞，只得应道："是。"周七道："是我媳妇，我就打得。从此你听我的话不？"说着又把刀拿起，怜宝惊得又一个冷战，忙道："听，听，听。"周七抡刀来了个翻腕刀花，狠狠的道："料你也不敢不听！今天教如莲想法借钱，明天咱俩就走。"怜宝方一迟疑，忙又应道："走走，后天走。"周七冷笑道："你不用犹疑，有什么奸诈，尽管跟我周七使，我周七有条穷命顶着。嘻嘻，可是我不能死在你头里。"说着把脚一抬，叫道："如莲，起来，别怕，我把你的混蛋娘制服了。"说着见如莲还伏着纹丝不动，连忙拉她起来，放在床上，见如莲已是面色如死，唇儿变青，又把她摇撼两下，如莲才哇的声哭出来，睁眼瞧瞧周七，便扑到怜宝身上，母女同时放声大哭。周七把刀猛一剁床沿，喊道："别哭！"母女立刻住了声。周七向如莲道："对不住，孩子，怕你碍我的手，才使了这个狠着。没压重么？"如莲擦着脸上的灰土，壮了胆子问道："好不生的，您为什么打我娘？"周七道："你别管，你疼她，她害你。我也不必说，你自己揣摩去！闲话少谈，你洗洗脸，先出去把放窑账的找来，商量办钱。"如莲没有答言，怜宝已忍不住，忙拦住道："她去不成，等会儿我去。"周七骂道："呸！歇着你那×嘴！你去，你哪里去？一步也不许你离我！你打算我是混蛋，放你出去寻人来收拾我么？你死了这条肠子吧！"说着又催促如莲道："快去，快去！"如莲摇头道："不成，我去倒能去，怕我走了您又打娘。"周七笑道："你在家我打她，你还不也是干看着？你放心去，我决不打。"如莲又踌躇欲语,周七急了道:"再打是兔养王八蛋,你再不走,我还打她。"如莲没法,只得用手巾擦擦脸,便走出去。走到门口,回头想看怜宝的眼色,却已被周七横身挡住,只得下楼出了门。在路上自已纳闷,猜不出周七是何意思。他无故的打娘,好像凶神附体,娘已受了他的制,哪有法子解脱?我既得出来,便该找人把我娘救出。又想周七对我娘虽然凶狠,可是他的心原不坏,只为逼着娘听从我的话,竟闹得这样糟糕。我原来是想绕着弯儿给周七弄一笔钱去做买卖,原是好意,哪知他又把我娘扯到混水里,我真害了娘。可是周七也并不是坏人,只要娘学了好,他总不致虐待,也许她从此倒归了正果,这倒是歪打正着。我且去寻个放账的来,先把钱办妥,以后再看风色。想着便穿街过巷,寻到怜宝干姐妹黎老姑家。见了黎老姑,说是怜宝有事相商,立刻请过去。

黎老姑有四十多岁年纪,家道富有,原是久放窑账的,听如莲说怜宝有急事相请,料知是钱项的事,便即刻出门随如莲回家。如莲在归途上又犯了心事,暗想黎老姑这一去,我娘借她仗着胆子,说不定要和周七翻脸打官司,想着不由害了怕。及至到家领黎老姑上了楼,听屋里却静悄悄的。便让着黎老姑一同掀帘进去,只见怜宝已靠着墙角坐起,周七却坐在离她二三尺远近的地方。怜宝似已把滚乱的头发拢得略顺,头上伤痕也用手帕扎裹了,见黎老姑进来,泰然含笑让坐,先叙了两句家常。如莲暗暗诧异,无意中看到周七身上,却见他已穿上长衣,右手藏在衣襟下,襟角还微露一些刀柄,便心中方明白周七正持刀监视,怜宝慑着他的余威,自然不敢声响咧!怜宝先和黎老姑闲谈几句,便说到借债的事。黎老姑知道如莲现在正大红大紫，正是上等债户，便一口答应，定妥了明天下午立据交款。黎老姑见周七面色不好，怜宝又有病容，不愿久坐，就作别自去。

这时天已过午，到了吃饭时候，周七伴定怜宝，两人一步不离。如莲只得又自出去买来熟菜蒸饼，周七自己大嚼了一顿，怜宝如莲都不能下咽，只默然相对，都不敢随便说话。周七吃过饭，高谈起贩烟土的本领，怎样偷过关口，怎样欺瞒官人，又说赚钱后给如莲如何争气，自己如何得脸，说得津津有味。如莲却暗自替他为难，料着怜宝绝不能舍了女儿，服服帖帖跟他去出门。现在不过怕周七动刀，不敢违拗，眼看就要出个大不了。但又为周七在旁，不得和怜宝说话，更没法解劝周七，只自己心里焦灼。又因一夜未眠，加着吃烟呕吐，疲乏已极，想躺着歇歇，哪知头一着枕，竟沉沉睡去。那怜宝看如莲睡了，自己怯着周七，料道此际没法逃出他的手，心里忧烦，身上酸痛，再坐不住，也自睡倒。周七也不管她们，只自坐着。直到黄昏之后，她母女才相继醒来，仍是由如莲出去，到附近饭馆里叫来几样菜饭，大家吃了。周七夫妇都犯了烟瘾，不约而同的，一灯相对，吸将起来，居然还偶尔闲谈几句，好似忘了早晨的事。熬到十二点后，怜宝想睡在屋中和如莲计议一切，便向周七道："你自己去外间睡吧，我身上酸的很，不出去了。"周七摇头道："你别找不顺，想在屋里捣什么鬼！不成，还是跟我去。"说着烟也不抽了，拉怜宝下床，踉踉跄跄的走出去。如莲把床上烟具收拾了，去关屋门时，才见已被周七踢得都脱了榫，不能再关，便勉强着掩上，轻轻熄了灯，也自和衣睡下，却翻来覆去的睡不着。

过了一点多钟，忽听外间里床声响动，又隐隐听见怜宝哼喘之声，不由大吃一惊。暗想我娘莫非也学了我们那一着，跟周七怄气，吃了大烟？这不是挣命的声音么？不由得出了一身冷汗，顾不得穿鞋，光着脚便走下床来，想跑出去看。走到门首，又听见不止怜宝哼喘，并且还杂着周七的粗重气息，互相应和着。如莲觉得这样的声音，是自己向所未闻，不由又加了疑惑。站住再一细听，才领略出竟是热刺刺的刺耳，忽想起正月里周七初次回家时，曾发现过这种声息，立刻恍然大悟，脸儿倏的通红，心也跟着乱跳，便掩着耳朵退回床上，拿过床被子，把头蒙了。略一思索，却又诧异起来，暗想这事可是新鲜，白天打架拼命，只过这会儿工夫，怎又亲热到这样？这还是人么？简直是狗脾气！亏了他们还是这们大年纪，真是不要脸！我和惊寰就没……，她一想到惊寰，立刻把外间的事忘了。又想到昨天和惊寰寻死，虽没死成，却把局面变成这样，看起来天无绝人之路。我娘和周七出门不出门，都没大关系，反正不致再有人搅扰，我和他可以常见了，便自心中一喜。又想到怜宝要被周七压迫着出门，眼看要母女分离，心里又觉一惧。这样寻思了约有一两点工夫，身上觉得发躁，便把被子揭开。不想外间的难听声息，又扑进耳里，连忙又把被盖上，稳定心沉了一会，方得入梦。

到醒时业已红日上窗，听外间屋里还唧唧哝哝的说话，又过了好一会，才听周七发出鼾声。看表时已九点多了，又假寐了一会，才自下床梳洗，到下午两点多钟，周七和怜宝方才醒来。周七曚眬着倦眼，跑进里屋抽烟。怜宝却还恋床不起，在被窝里先吸了许多口烟，直赖到四点方下床。如莲看她眼圈也黑了，嘴唇也干了，只自心里发笑。却见怜宝今日对周七的情形，和昨天竟已大不相同，似乎已当他作亲丈夫看待，自己也勉尽姿妇之道，对周七好像又怕又爱，又有无限的关心，绝没以前的冷淡情形了。如莲看着，真心里有说不出的惊异。到天夕时，黎老姑来了，当面交了两千块钱，把字据教如莲按了手印，又坐了一会，便自辞去。怜宝送黎老姑走后，倒和周七商量出门的一切预备，说得有来有去，意思非常诚恳。又嘱咐如莲，好好混事，一切留神，"虽然明是出门，总是来回贩运，每个月总要回家住几天，照旧可以见面，不必想我。班子里，我明天再去，托忆琴楼掌班给照应着，绝没什么不周。"周七又告诉如莲："罗九和那一群流氓，我在昨天早晨你上医院的时候，已经给你们打发了，再不会见你们的面，尽管放心去你的。"如莲只得都答应着，却不明白周七怎会把怜宝制得这般贴服，居然舍了安逸，跟他去奔波道路。但又没法询问，只得在心里纳闷。

这时周七又催促如莲，快回忆琴楼去。如莲因心里惦记着惊寰之约，便答应了。又问知怜宝的行期，约定后天早晨回家送行。母女们又谈说了许多时候，天已过了十点，如莲才别了他们，带着零碎物件，雇车直回到忆琴楼。自有掌班的迎接谄笑，一切不必细表。

如莲进到自己屋里，询问老妈，才知那天罗九这一群人，因为打茶围不见了姑娘，几乎发兴混闹，都是叫伙计们央劝，才骂着街走了。以后还来过五六次，因姑娘未在班里，他们没得发挥，幸而坐回便走，这几天却不再来了。如莲听了，心里暗自安稳。接着便有旁的熟客人从门首路过，询知如莲业已回班，便进来茶叙。一会儿工夫，竟上了满堂的客，如莲只得来往酬应。又等过十二点后，惊寰才姗姗而来。如莲原为他留着本屋，便让进了复室。到烟茶献毕，屋里人静以后，惊寰瞧着如莲一笑，如莲也望着惊寰一笑，两人同时开口道："我告诉你，"说完两人都觉着诧异，不由全沉了一沉，又把嘴同时张开，如莲笑着把惊寰的口儿掩住道："你告诉我什么？我正有要紧的事告诉你呢！"惊寰头儿向后一闪，躲出嘴来道："你有什么事？我这件事才要紧呢！"如莲把手一摆道："你要紧，你先说说！"惊寰才含笑欲言，又收笑把眉蹙起来道："论起这件事我不该喜欢，可是咱俩以后容易常见面了。江西我那盟伯打电报来，约我父亲去做幕府，我父亲答应了，三五日便要起身。这一来我就没了管守，再出门瞧你就方便了，也不致担惊受怕。"如莲一怔道："哦，事怎都这样巧？我爹娘正要出门，怎你父亲也走？"惊寰道："你爹娘出门干什么？怎我没听见说。"如莲一拍大腿道："咳，这都是新鲜事。我那天撺你走了以后，我就和我娘绕着弯说，才说到借钱给周七，设法归到正题。哪知周七这位小子，竟从中参与起来，逼着我娘跟他去贩烟土，拿刀动杖的拼了一回命，才把我娘制服得应允。虽然阴错阳差的如了我的愿，可是我娘为我挨了一顿暴打，我已对不起她，如今又要担惊受苦的出远门，更教我心里难过。"说完咬着嘴唇，看看惊寰，忽然举纤手向他额一戳道："都是为你，教我连亲娘都不顾了。你，你。"惊寰瞧着她凄然一叹，如莲怔了一会，忽又潸潸的落下泪来。惊寰知道她是为想着娘难过，便把她抱到怀里，低声劝慰。过一会，如莲搓着手道："我不是人，我不是人。"惊寰忙问道："你又闹……"如莲摇头道："到如今我才知道自己可恶，从认识了你，就和我娘变了心。就按现时说，想起娘来，心里虽然刀扎似的难过，可是再想到能和你常相厮守了，便又不知不觉的要笑。这还不是有了男人忘了娘？我还算个人么？都是你害的我。"惊寰才要说话，如莲已仰身倒下，拉着他撒娇道："你害了我，不行，你赔我，赔我。"惊寰侧身按着她的胸口道："这可难了，我赔什么？"如莲撅着嘴道："你把我的心脏了，赔我的心！"惊寰道："心怎么赔呢？"如莲闭上了眼，半晌不语，忽然抡起小拳头，打了惊寰一下，才睁眼改容笑道："你赔不起，你补吧！"惊寰也跟着笑道："我的佛爷，你可晴了天。可是心又怎么补？"如莲娇嗔道："你糊涂！"惊寰一阵明白，便道："是是，我补，我补。"如莲正色道："怎么补法？你说说。"惊寰道："补法多咧，现在空口说也无益。归总儿说，你现在不是为了我才对不住你娘么？将来我总要教你从我身上加倍的对得住你娘。"如莲点点头道："哦哦！"又秋波一转，拿腔作韵的念戏词儿道："君子一言，"惊寰也接着她的口吻道："快马一鞭。"如莲又道："说话不能反悔。"惊寰才举起手来指着电灯要说话，如莲已拉他倒在她的身旁叫道："哥哥，这才是好哥哥，不枉我为你这一场。咱们抛开这个，说开心的，以后你可以常来了。"惊寰点头。如莲低声道："这并非我贫俗，你知道我已经背了两千块钱的亏空，不能不笼几个冤大头，替我填补。你既常来，这本屋应该我给你留着。"惊寰插口道："我哪在乎本屋不本屋？你这真多此一举。"如莲道："不然啊！旁人坐本屋，你倒抛到破屋里，有这个理么？不过我想，这三间房子，留出外面两间让客，这间卧室把通外间的门锁上，另外一个门，永不让旁人，给你一个人留着，你下次来，不必等人让，自己一直进来好了。你看……"惊寰道："这样两全其美，难为你想得出。可是我每天什么时候来好呢？"如莲道："随便什么时候来也行，便是成年住在这里有谁敢管。"惊寰笑道："要成年住在这里，我真是倒招门的女婿咧！"如莲也笑道："怎该你总是女婿，不许算我新娶的姨太太？"说着二人一笑，又假倚清谈了一会，惊寰便自别去。

过了三四天，惊寰的父亲已起身赴了江西，周七和伶宝上了关东。这里惊寰好像野马脱了笼头，如莲也省了许多心事，两个人便舒心适意的长相厮守。惊寰每月平均总有二十五天到忆琴楼去，每去必有多半天留连，直把青楼当作了闺阃，说不尽的樽前索笑，月底谈心，消受了许多的良辰美景，作尽了无穷的赏心乐事。虽然都守着当初的旧约，从未肌肤相亲，但是这种划着界格的情局，更是别有风味，常教人觉着有余不尽，回味弥甘，真享尽了人间的艳福。两个人纳头情窝，投身爱海，不知不觉的已由夏乐到秋，秋又乐到冬。旁人虽看着季候两更，在他俩却觉得不过只有三宵五日。但是他俩虽欣然得意，各自珍重芳时，哪知还有个薄命佳人，独守闺房，过着那眼泪洗面的日月。

说话惊寰夫人，自见公公出门，丈夫更不大在家，知道他是寻那情人欢聚，心中的酸痛自然无可言说。却仍自恪守妇道，向惊寰身上竭力用心，想用深情把他感化过来，只要他略觉过意不去，肯向自己说一言半语，便不难由渐而入，慢慢的重调琴瑟。因此外面虽怕人取笑，故自稳重，暗地里却对惊寰的衣服饮食，起居寒暖，无不着意熨贴，纵在微细地方，也都显露情意。可怜她一缕芳心，只萦在丈夫身畔，便是倦绣停针之际，锦衾无梦之时，全是想着心思，寻着算计，哪知枉费了如许痴心，竟未博惊寰一些顾盼。亲手给惊寰做的许多衣服，也从未见他穿着一次。每日到书房去替他铺床叠被，也从未看他有一丝笑容。天天和他说话，天天讨个没趣，除了装睡，便是掩耳。她本是个娇柔的女儿，自出娘胎，从未受一些磨折，如今遇了这种艰难，怎不心酸肠断？所以每天从书房回到自己房里，便背人掩泣，有时竟哭到黎明，到次日还要勉强欢笑，向婆母屋里视膳问安。这样日子长了，忧能伤人，竟把个玉貌如莲花的女郎，消瘦得柳腰一搦。惊寰母亲见儿妇这样，却不管劝儿子，只安慰新妇。说些安心忍耐，惊寰早晚有回头之日的话，惊寰夫人只得唯唯答应，心里反添了痛苦。不过还能举止如常，含忍度日。便到归宁时，为恐遭姐妹们轻视，绝不把夫妇不和的事提起。有人称贺她与丈夫琴瑟和好，她还要故作娇羞，乔为默认的样子。可是心里酸痛到如何程度，便不问可知了。

光阴迅速，转瞬已到中秋。这日晚间，惊寰母亲吩咐把酒饭开在东厢房佛楼上，合家欢饮，开窗赏月。惊寰虽然向来不进内宅吃饭，但在此日不能不仰体亲心，应个故事。惊寰母亲在中间坐了，两旁坐着佳儿佳妇，开樽小饮，谈笑甚欢。外方看来，仿佛极尽家庭之乐，但是底里却又不然。老太太因丈夫远游在外，席间比往年少了一人，多少有些触景凄凉。惊寰也因父亲离家，怕母亲不快，便歇意承欢，想博慈颜喜悦。但是只向母亲说话，绝不左顾右盼。惊寰夫人因方才向惊寰说了几次话，都未得他一语相答，又是在婆母面前，觉得羞惭。再想到这中秋月圆时节，谁家夫妇不正在欢庆团圆，偏我还受这般凄苦？虽现在和他对坐饮食，过一会还不又是须臾对面，顷刻分离？想着抬头看见窗外光明皎洁的月儿，再偷眼瞧这灯前玉面朱唇的夫婿，心里更一阵怆凉，觉得这一会儿相对无言的光景，也是很可珍惜的了。

　　饭吃完后，老太太要在楼上多坐一会，便扶着仆妇下楼先去更换衣服。楼上只剩下惊寰夫妇二人，立刻都觉局促。惊寰夫人只低头坐着，惊寰因为不在书房，没法写字，不在床上，没法装睡，倒手足无措起来。惊寰夫人因喝了两杯酒，心胆略壮，见惊寰要离席立起，便低言道："你吃饱了么？"惊寰只略一点头，惊寰夫人又含笑道："今天中秋节了，我自嫁过来，自然没一件事合你的心，"说到这里见惊寰又举手去掩耳朵，忙软声道："我不是说当初的事。当初就算我错了，难道我错在一时，你就忍心恨我一世？如今我也苦得够了，你耽待我不知轻重。回头我在屋里预备一桌果碟，给你赔礼，你赏个脸儿吧！"惊寰听到这里，忽然想起如莲，昨天也约我今夜去赏月过节，又说倘去晚了，就罚我跪着吃十个大月饼，便连带想起如莲说话时的憨态，不由得嗤然一笑。他心里想如莲，却不自觉的向着他的夫人笑。惊寰夫人见他这样，以为他虽不好意思说话，却已在笑中表示默许，真觉意想不到，心里痛快万分，满面堆欢。正要说话，忽闻楼梯作响，仆妇又搀着老太太走上来，便住口不言，但是心中已有了指望。脸上虽忍笑不发，那小嘴儿却时时的被笑意涨得张合无定。老太太见儿子和媳妇面上都添了笑容，疑惑他俩方才已说了体己话儿，恢复了感情，心里也自暗暗欢喜。又谈了一回若愚到上海收账许久未回，他女人又在产期的事。再开窗望了一会明月，天已到十点多钟，惊寰为急于到忆琴楼赴约，便有些坐立不安。惊寰夫人为要回屋去替丈夫预备酒果，也有些心神不定。老太太看出他俩的神情，更觉着方才自己所猜的不错，便托辞就去睡觉，先回了上房。

惊寰夫人扶侍婆母安歇以后，才回到自己房里，把食橱里所存的果品食物，都收拾得精致整洁，预备好了酒具，又悄悄开箱拿出两幅新被，叠在床上，把枕头也换了，这才对镜重新上了妆。又等了一会，再不见惊寰进来，自己暗想：惊寰虽默许肯来，可是他少年人脸皮薄，再说又赌了这些日的气，这时怎好意思自己进这屋里？我应该先去请他，他自然就趁坡儿来了。想着便兴冲冲的出了屋子，来到书房，不想灯火独明，早已寂无人影。又见他的马褂和长衣都已不见，情知他又已出门去和情人团圆，心里好似中了一支冰箭，射了个透心凉。待了一会，又垂头丧气的回到自己屋里，才要躺倒哭泣，忽又转想惊寰也许先和情人有约，先到那里一转，再回来就我。我要哭个愁眉泪眼的，又惹他不高兴。便勉强支持，坐在椅上苦等。哪知惊寰这时已和如莲带着酒果，去河坑里坐一小船玩耍，预备通宵作乐呢！惊寰夫人直等到天光快亮，才知道惊寰赚了自己，又气又恨，又悲又苦。更想到惊寰对自己实没丝毫情意，不由又断了指望，哭上一阵，越想心里越窄，后来想到活着再没趣味，直要寻个短见。再看灯时，已变成惨绿颜色，屋里也似乎鬼气森森，几乎自疑是死期到了。但转想到惊寰，虚摹着他的面貌举止，觉得这样的丈夫，真可爱而又难得，女人也没那样俊雅，我能嫁得这样一个男人，真不是等闲福分。俗语说："留得青山在，不怕没柴烧。"我若一时不忍耐就自死了，万一他将来转心回意呢，那我想再活也不能了。想着心略宽松，便自睡倒。但是在发生热望以后，倏然又遇了失望，神经受的刺激太重，又加着平日心里所存的郁积，都跟着发作起来。到次日便浑身发热，头重脚轻，再下不得床。又过了十几日，竟有颈上起了一个疙疸，虽不觉疼，却日见其大。请医生诊看，疑说是症名瘰疬，俗号鼠疮，是由气闷忧郁所致，药物不能消灭，惟有静待自破以后，再行医治。惊寰夫人自想，我那样白玉无瑕的容貌，尚不为惊寰所爱，如今又长了这个要命的东西，我自己瞧着都讨厌，更没望他爱我了。想着更加愁烦，身体日见虚弱，疙疸更见增长。又过了两个月，已消瘦得不似人形。大家才慌了神，便各处去寻医问卜，却已病体日深。惊寰也知道新妇的病是由自己身上所起，清夜自思，也自觉得无限惭惶，神明内疚。原想要到她房里去探视安慰，但是惊寰有一种古怪脾气，自己既觉得对不住人，心下生了惭愧，便怕了她，再不敢和她见面。因此每天早晨便出门，直到深夜方归，只恐有人拉他到新妇房中探病。但是自己已受了良心上的责备，时常的惘然自失，不过不能明言罢了。

到了腊去春来，转眼正月将尽，惊寰夫人似已转成痨病，医生虽只说身体虚弱，但是家中人已有些预料，都代担危险。这一日若愚的夫人过来探视，见了老太太，说昨天若愚已由上海回来，因身体不爽，正在家里静养，明天便过来请安。又谈了一会，问到表弟妇，知道病更重了，便自到惊寰夫人屋中探视。见她病骨支床，面容惨白，伶婷得十分可怜，比去年冬天更瘦弱了。惊寰夫人见表嫂到来，便有气无力的叫了一声，还要扎挣坐起，若愚夫人连忙按住，自己也坐在床边，道："妹妹好些么？"惊寰夫人强笑道："好些了，谢谢表嫂惦记着我，上回还送了那些东西来。"若愚夫人道："那算什么？你还客气，现在到了春天，正是养病的时候，你好生保养，快快好了，到夏天咱们上北京去玩。"惊寰夫人干嗽了两声，惨笑道："好了我跟您去！"说完喘了口气，看着自己枯瘠的手道："咳，嫂嫂，只怕我没有那一天了。"若愚夫人见她眼圈一红，泪已汪在眶里，便劝道："妹妹，你只是心重，闲白的事先抛开不想吧！养病要紧，病好了什么都好办。"惊寰夫人转过脸去，用手巾拭着泪道："嫂嫂，不好办啊！咳，我这病不能好了，我也不想好。"若遇夫人听她说得凄惨，不禁也落泪道："这点小病，不许这么乱说，不过你的心太窄。"惊寰夫人不接她的腔，又自接着道："可是我也不愿意死，我爹娘只我一个女儿，死了怕他们禁不住，要不然我早死了。嫂嫂，你是有学问的人，我们家里的事你也全知道。你说我这样命苦的人，活着有什么趣？"若遇夫人听了，想到他夫妇失和，是被若遇所害，而且去年春天，若遇曾教自己和她说，保她夫妇重归于好，哪知到如今竟成了虚话，把她害到这样光景。心中十分难过，默然过了半晌，便又劝道："你也得往开里想，年轻的人谁短的了掐花捏朵，俗语说，露水姻缘不久长，久长的还是夫妻。你只忍耐着，将来他总有回头爱着你的日子。"惊寰夫人吧道："嫂嫂，你的话我明白，只怕我活不到那时候。现在我旁的不想，只盼将来他有日想到我的可怜，到我坟上去烧张纸吧！"若遇夫人听着，想到世上女人的苦处，也自伤心，更没话对她劝慰。末后忍不住拉着她的手，悄声道："妹妹，咱们全是嫁过人的女子，我说句话你可别过意，譬如现在我想法把惊寰给你捉回来，你可好的了病么?"惊寰夫人面上一红,低头半晌才道:"嫂嫂,……
没法啊,人来……心不来,也枉然啊!"若遇夫人看他像是已动
了心,晓得她这病不止忧郁,还夹着相思。只要惊寰来和她温存,
自然不难渐渐痊愈,想着便道:"傻妹妹,自然人和心一同来啊!
你省烦恼,静听好音吧!"惊寰夫人看着表嫂,面上露出疑惑的
神色。若愚夫人立起身道:"你歇着,过几天我还来看你!"惊寰
夫人黯然道:"嫂嫂,你勤牵记妹妹点,别抛了我不管。"若遇夫
人暗暗会意,不禁又替她可怜,便点头答应,又说了两句,就走
出来,辞了惊寰的母亲,自己回家。

到家里上了楼,有仆妇把斗篷接过去,若愚夫人便进了内室。
见若愚正在床上睡着,夫人也不惊动他,便自坐在椅上,想起惊
寰夫人方才说的话,心里不胜惨痛,鼻尖一酸,不自禁的落下泪
来。那床上的若愚原已睡醒,听屋内脚步声响,知道夫人已经回
来。他夫妇原都喜欢调笑,此际若愚又是远道新归,正在离情初
叙,恩爱方浓,便想着夫人定要前来耍趣。哪知听她坐到椅上以
后,再不闻一些声息,忍不住回头看时,见夫人正自垂泪。若愚
因为在上海结识过一个情人,临别赠了几件表记,藏到行箧里,
疑惑是被夫人发现了,困此生气。心里怀着鬼胎,一翻身坐起来
道:"你哭什么?"夫人不答,若愚又问道:"好不生的你为什么
哭呀?"夫人才抬头道:"为你!"若愚心里一跳,暗道:"糟了,
一定是犯了案。"便提着心道:"我没惹你。"夫人含泪笑道:"亏
你是男子汉,大丈夫,说话不算,欠债不还。"若愚听她的话口,
不像是犯酸,略放下心,道:"我欠谁的?说……"夫人一瞪杏
眼道:"欠我的!"若愚道:"你要的东西,我全从上海带来,一

件没忘呀！"夫人撇着嘴道："你真瞧不起人，为东西我也值得哭？我只问你，去年春天，你派我去和表弟妹说过什么？"若愚想了想道："哦哦，那件事我也告诉过你，住了两夜习艺所，花了两千七百块钱，才摆了个十面埋伏阵。哪知以后惊寰还是照样去嫖，我也再找不着周七。过一个月才见着刘长亭，他说周七已投降了外国，不但他顺了那个如莲，还把罗九一伙人都赶开了。我简直竹篮打水落场空，也不知惊寰哪里来的法术，居然把周七收服。后来我又接着周七一封信，写得糊里糊涂，大意是说对不起我，三二年里就还我钱。我也没处寻他，只得罢了。接着上海铺子里又出了事，匆匆的出门……"夫人抢着道："好你说个只得罢了！你当初跟我说的话，只当放屁！我当初跟人家说的话，可不能算放屁。那时大包大揽的许了人家，如今落个又只得，又罢了，我可没脸见人。"若愚听了还以为夫人受了惊寰太太的闲话，故此气恼，便道："凭良心说，我并非不尽心，事情变了有什么法子？表弟妹跟你说了什么闲话？"夫人顿足道："她要能说闲话倒好了，可怜她现在离死不远，这可是你害的她！"说着就把今天见惊寰夫人时的景况，诉了一遍。说到凄切处，若愚追想因由，感同身受，也跟着落泪。夫妻俩便握手对泣，真是替人垂泪也涟涟。若愚听夫人说完后，两手抱着头，像后面有人追着似的，在屋里乱跑乱转，忽然从壁上抓下一件大衣挟着就要向外跑。夫人一把抓住，道："你上哪里去？"若愚把牙咬得乱响道："当初祸是我惹的，教人家替我受冤枉。上次我和惊寰认罪，他只不信，现在我还去同他说，他再不信，我就拉他一同去跳河，省得……"夫人用劲推他坐在椅上，道："混人混人！你就拉他跳了河，于表弟妇有什么好处？不是更害了她？我方才从陆家回来，在路上已拿定了主意，只要你问惊寰认识的婊子住在哪里，我就自己找了去，跟那婊子拼个死活，最轻也挖瞎她一只眼，咬掉她半个鼻子，教惊寰还迷恋她！"若愚摆手道："说我混，你更混，你怎能抛头露面的上窑子去打架？再道打死人能不偿命么？再说凭你这样娇怯怯的人，教人家一指头，就戳回来咧！"夫人撅着嘴道："这不行，那不行，难道就看着那个可怜的生生病死？要不然我也不急，只为祸是从你身上起，我替你亏心。什么是缺德？这就是无心中缺了德。往后咱不受报应，也要报在儿孙。"若愚沉沉气，才叹气道："论报应我可不怕，我也不信。不过眼睁的真亏心么！她要果然死了，我这一世再不能有一时松快，早晚要得神经病。"夫人甩着手道："所以呀！这可怎么办呢？惊寰是痰迷心窍，没法劝说，除了跟那婊子拼命，还有……"若愚跳起来道："我有主意了。"夫人愕然道："你有什么主意？快说。"若愚又坐下，拍着大腿道："左不过钱遭殃，那婊子有什么好心？迷恋惊寰还不是为钱？我只多给她一笔钱，买她和惊寰断绝，就……"话未说完，夫人已拍手道："好好，要钱不成，我再添些首饰。"说着跑过去从小柜里把首饰匣子拿出，挟在胁下，又催若愚道："你快拿钱！咱这就去。"若愚看她那种张皇景况，不由笑道："瞧你这忙不迭，把首饰全拿了去，难道把这两三万块钱的东西都给她？"夫人怔了怔道："少了她肯么？"若愚微叹道："你真是阔小姐，一些不知世事，可是真难为你这片好心。世上女人谁肯拿自己妆奁办这种不干己的事？好，我向来有名的仗义疏财，再加上你个疏财仗义，咱这家再有几年就差不多了！"夫人着急道："少说废话，到底该怎么办？"若愚把首饰匣拿过打开，取出一个钻石戒指，一对珠花，道："足以够了，买一个人才用多少钱？咱也别冤头出了圈。"夫人道："那么还带多少钱？"若愚道："你把昨天要往银行送的那笔钱拿来，便足用了。"夫人依言把一包钞票寻出，递与若愚，便喊仆妇拿斗篷。若愚笑道："你真跟我去么？那是窑子呀！遇见熟人不好意思。"夫人夷然道："窑子怕什么？又不是我……"若愚忙笑着拦住道："是是，你去，你去。"夫人嘴似爆豆的道："当然我要去，俗语说：'人多主意多，人多面子大，人多势力众。'你一个去要办糟了，还有什么法？"若愚笑道："俩人去，办糟了也是照样，不过是无可埋怨谁。你去是去，可是脸上哭的小样儿，还不收拾收拾。"夫人闻言方才醒悟，走到镜前，用粉扑草草扑了两下，又跳过来道："完了，快走。"若愚见夫人这样热心，倒受了她的感动，夫妇便携手出门，想打电话雇汽车，已来不及，只可到巷口雇洋车，说了地址，那车夫见这财主夫妇，竟到那样地方去，都暗自诧异，但又不便询问，拉起来直奔普天群芳馆。到了忆琴楼门口，若愚夫妇跳下车来，夫人见那门口有许多不尴不尬的人出入，倒生了忸怩，觉得不好意思，只紧依在若愚身后。若愚低笑道："女侠客也害羞了，你不是要自己来打架么？"夫人红着脸呸了一口，若愚便领着她进了门。

那堂屋里的伙计们正要让客，忽见这位客人后面，还跟着个秀丽的女子，不由都怔了怔，还以为是好玩的客人，带着旁处的姑娘来打茶围。但看这女子又不像烟花人物，料得事有蹊跷，只得把他俩让到一间空屋里，一个伙计站在门口举着帘子，不敢冒昧说话。若愚已含笑说道："这里有个如莲姑娘么？"伙计道："有。"若愚道："招呼她。"伙计躬着身道："没包涵么？你。"若愚笑着摇头，那伙计瞧了若愚夫人一眼，才放下帘子，高喊了一声："楼上大姑娘。"沉了一会，帘儿又一起，见一个苗条女郎飘然走入。若愚夫人觉得眼前一亮，不待细看，已知这个人儿十分俊美。如莲一进门，见屋内坐着一男一女，不由得一怔，又加着天色渐晚，光线不明，远远的瞧不清楚，便站在门口停步不前。若愚先向伙计把手一摆道："去。"那伙计便放下帘子，若愚站起走到如莲面前，道："您认识我么？"如莲上下打量他一下，吃了一惊，道："哦，您……您是陆大少的表兄，去年来过一次。"若愚赞道："好眼力。"如莲一见来人是惊寰的表兄，心里暗道："不好，他带来的这个女人，说不定便是惊寰的太太。果真是她，定然来意不善，诚心来对付我。"想着便指那女人问若愚道："这位小姐是……"若愚回头招呼夫人道："意珠，来，你来见见，这就是咱表弟的相好。"又向如莲道："她是我的内人姜意珠。"如莲才放下心，便向夫人深深鞠了一躬，叫道："表……"才说出一个字，忙把下面的"嫂"字咽回去，才又改口道："太太。"夫人也还了礼。若愚道：惊寰在这里么？"如莲道："没有。"若愚笑道："我同内人到租界上闲溜，她忽然想到窑子里开开眼，因为生地方不便去，就寻到这里来，你可不要笑话。"如莲笑道："呦，哪里的话，只求太太不嫌我们，我巴结还巴结不上呢！呀，我还忘了，这屋里怎么能坐，快上楼去。"说着恭恭敬敬的拉了夫人，便出门上楼，若愚在后面跟着。如莲把他夫妇让进自己卧室，都让了坐，才去把电门捻开，立刻大放光明。夫人见屋里陈设得精雅富丽，好像个大家闺阁。壁上还挂着惊寰的半身放大照片，若愚一见便知这是惊寰个人包下的屋子。夫人才细细端详如莲，不觉暗自赞叹，若非这样的人，怎能夺了惊寰太太的宠？又瞧着她十二分面熟，仿佛像自己朝夕所常见的人，却只想不起。忽然转眼看见若愚，心里便不胜诧异。如莲也暗自偷看夫人，见夫人虽是二十四五年纪，却生得标致非常，却于美艳之中，又含着英挺之气。再加上身长腰细，眉俏肩削，竟像个戏台的武生，心里也十分爱敬。又因他俩是惊寰近亲，将来也是自己的亲戚，便竭力招待，张罗茶果，把夫人哄得不胜痛快。夫人又同她说了几句家常，如莲都回答得条理井然，有情有趣，夫人喜欢得把她揽在身旁，谈笑十分融洽。若愚却只含笑默坐。少顷，忽听外间喊了声"大姑娘"，如莲应了一声，便轻轻立起，向夫人笑着道："太太您可不容易来，给我增多少光辉。要不嫌简慢，务必在这里吃晚饭。"说着又向若愚道："求您也赏脸。"夫人才要说话，如莲已走到门口，回头笑道："太太，瞧着您的表弟面上，赏给我个小脸，太太赏个脸儿吧！"说着举手合十，向夫人一鞠躬，便欢跃着出去。

这屋里夫人还呆呆望着她的后影儿，那样子像爱慕已极。若愚忽咳嗽了一声，夫人回头，见若愚正在冷笑。夫人道："你笑什么？"若愚摸摸自己的眼道："她还是两只眼哪！"夫人不明白，道："人可不是两只眼？"若愚又摸摸自己鼻子道："还是整个儿的呀！也没咬掉半个。"夫人才想起自己在家里所说的狠话，不由笑道："你别揭我的根子，我看这个孩子真怪好的，长的又好，说话又甜甘又明白。我看咱家亲戚中许多女孩子，谁也比不上她一半。"若愚晃着头儿道:"好,怎么样呢?哼,我瞧你幸亏是个女子,要是男人,遇见了她,还不先卖房子后卖地?哼,你不用不信,只这一会儿工夫,就把你迷的不知东南西北咧。"夫人娇笑道:"你别造谣言,我怎会受她的迷?"若愚点头道:"不迷不迷,咱是干什么来的?闲谈来的,喝茶来的,吃饭来的?把正事都忘了,还说不迷呢。"夫人自己想想不由红着脸笑了,又自皱眉道:"这孩子真爱人,我看她跟惊寰真是璧人一对,月下老人不定费多少工夫,精选细挑,才配成这一对儿。要拆散了,真有点伤天害理呢!"若愚冷笑道:"你这兼爱主义,只怕行不开,只看见这里璧人一对,别忘那里还有病人一个啊!"夫人听了,触到惊寰夫人病榻上的惨状哀声,便又奋然道:"病人要紧,自然还要照原议办理。可是这个孩子这样怜人,我不忍跟她张嘴,你和她说吧!"若愚正色道:"不成!你说比我说合式的多。我说容易闹成僵局,不好转圜,我看她很懂情理,又好面子,你最好同她把细情缓和着说,用感情激动她,再用钱物引诱她,便容易成功。"夫人蹙眉道:"我真不知怎样说好,头一宗我先觉着说这个有点残忍。"若愚道:"好,这个残忍,看着那个病人死,不残忍。难为你还是个女学校的大教员,连轻重都不能分辨。"夫人忙拦住道:"得得,不必使这激将法,我自己说。你承好吧!"说完自己又凝想了一会,如莲才满面春风的走入,在他俩每人面前都换了一碗热茶,向夫人道:"太太,我告诉他们预备饭了,可没好的,您只当为我受一回屈。请脱衣服宽坐一会,这里什么都方便,有事您尽管说。"夫人招她近前,抱在膝上,仔细端详着道:"小妹妹……"如莲忙摆手道:"太太,可别这样抬举,看折受死我。"夫人笑道："这孩了太拐古，我瞧你竟是个小仙女儿。小妹妹，我一见就投缘，你认我这老姐姐？"如莲道："我可不敢。"夫人偎着她道："咱们都是女人，一切平等，论什么身份高低？你生在穷家，便干了这个，我生在富家，便叫作小姐，还不都是境遇所迫？细想来有什么分别呢！妹妹，你要不肯，便当我是俗气人了。"

如莲见夫人蔼然可亲，慈祥可慕，对自己竟像慈母对待女儿，说的话又十分令人感激，已自动了心。再想到她是惊寰表嫂，结识了她，将来于自己婚事定然大有裨益。正想随机答应，却又见夫人从怀里拿出一个包儿，打开了取出来三件东西，竟是一个光华灿烂的钻戒，和一对极上品的珠花，拿着递向如莲道："小妹妹，你收了姐姐这点见面礼。"如莲一阵愕然，脸上倏的变了颜色，闪身起立，退了一步，心想这样贵重的东西，最少值几千块钱，便是疯子也不会随便送人。她定是有所为而来，便强笑着背着手道："谢太太的美意，这样贵重的东西，我不敢领情。"夫人笑着道："妹妹，你只管收下。这也没什么贵重，我还有事求你。"如莲眼珠一转道："哦，太太有事您尽管说，东西我宁死不敢要。"夫人见如莲这样聪明决断，见利不动，心里暗自佩服。自想风尘中真有这样人，不特貌美心灵，而且品高性烈，更觉到惊寰赏鉴不虚。又料到他俩定不是等闲遇合，更不忍拆散这对姻缘。但回想到那一方面还有病危待救之人，自己不能中道变计，不由左右为难，半晌没法开口，心里一阵焦急，竟自难得落下泪来。

如莲瞧着不胜惊异，忙上前扶着夫人的肩儿道："太太，您怎的……有什么事情您说。"夫人叹了一声，看着如莲道："我告诉你吧！我今天来，实在是有事，可不是我自己的事，是替一个天下最可怜的女人，来求你救命。你只一扬手，她就活了。"如莲听了猝然一惊，料道是惊寰家里的事。但一时想不出头绪，颤声问道："求我？我有什么可求？"夫人拉她坐到身边，叹道："你知道惊寰的太太病着么？"如莲虽听惊寰说过他女人患病，但不知重到什么程度，又要自己留个地步，便答道："没听说呢！"夫人道："咳，岂正病着，眼看要死了。她这病错非你能治，所以来求你。"如莲怔了神道："我……我怎会治病？"夫人道："你慢慢听我说，提起话很长。惊寰先认识你，后娶的太太。他只为恋着你，始终没和他太太同房，连话也不说一句。他太太又是个有心的人，想尽法子感化他，也没一点功效。日子长了，连郁闷带生气，便得了重病。不只长了瘰疬，眼看转成痨病。你不知道多么惨呢！"说着把自己今天探病的情景，又且哭且诉的说了一遍，这一次更说得绘影绘声，添枝添叶。若愚见如莲听着，竟不住的低头揾泪，自己暗自料到有了几分希望。夫人说完又道："妹妹，你是聪明人，我才跟你说这些话。咱们都是女人，都知道做女子的苦处，应该替旁人想一想。譬如你是坐家女儿，嫁了个可心的丈夫，他却只去和旁人好，一些不理会你，你伤心不呢？"如莲站起身，仰头说道："天知道！我从知道惊寰娶了太太的那一天，绝没有一句话伤他夫妇的感情。至于他不理他太太，他太太得了重病，这全怨不上我。"夫人见如莲口角尖利，便又拉她坐下道："你的话我很信，你绝不会离间他们。可是妹妹你要明白，这本用不着你离间，只要他外面有你这样一个人，你就是劝他去和太太亲密，他也不肯了。"说着见如莲不语，便又接着道："他这太太原不丑不傻，足配得上他。只为有你隔在中间，他的太太就变成红颜薄命，眼看着小命就丧在你的手。"如莲听着身上悚然一动，咬着唇儿不语。夫人又哀声道："眼看人要死了，只求你和惊寰决断，教他回心转意，跟他太太再好了，你算积了大德，我们全感激你。论起来我也明白，你拒绝惊寰，自然要受损失。我们情愿加倍赔一笔损失费，请你说个数目。"

如莲听到这里，霍然立起，向夫人道："太太，要说这个，可恕我不恭敬，我要不招待了。您请去问惊寰，我们认识了一年多，我可曾教他花过一块钱？本来他是少爷，我是窑姐，少爷嫖窑姐，还会不捣霉？可是这样看我，就算错翻了眼珠。"若愚夫妇想不到如莲对惊寰竟有这一层，大为惊异，不由的愕然对视了一下。如莲又自叹道："我也不怪太太这样轻看我，本来世上窑姐都这样么。太太方才说的很好，凡事应该替旁人想，我和惊寰是约定嫁娶的了，我如今活在世上，只有他这一条指望。我为救旁人和他断了，将来我也没有活路。到我病得要死的时候，有谁再来救我呢？太太您也替我想想。"夫人听她的话说得情词悱恻，又动了不忍之心，真为她着想起来，便有些张口结舌。若愚见夫人似乎要屈服给如莲，知道这时是成败的关键，忙站起接口道："姑娘你的话很是，不过凡事要分个缓急轻重。头一则人家是惊寰明媒正娶的女人，你把惊寰拢到自己怀里，就算抢人家的男人。天下的男人多着呢，何必单抢人家的男人，还落个害一条人命？二则那个已看着待死，只等这个人去救命，你再羁住不放，眼看着她死，你良心上安么？三则人家已嫁准了这个男人，一世不能更动，男人要不和她好，除了死更没别法。你虽和惊寰定了嫁娶，可还没嫁准了他，现在断绝于你无损，依旧可以再嫁别人。你再细想想，我的话是不是？"如莲听着已气得手脚冰凉，颤颤的道："您要再说可以再嫁别人的话，我可要骂街！您真看我们窑姐没有一个好人，您再去细打听打听，不为惊寰，我还下不了窑子呢！"若愚见她神色不好，忙服软道："我错，我错，你不再嫁别人。"如莲摇着头叹道："要教你们一说，我要不绝了惊寰，他太太就算我害死的了？"若愚点点头。如莲又转转眼道："便是我绝了他，他要是还不和他太太好呢？那还怨谁？"若愚听了知道这是个难题，一时对答不上，急得在屋内踱了几步。哪知若愚夫人却在旁边开口道："这件事要问妹妹你呢。"如莲道："怎能问我？我和他断了还能管他的事？"夫人笑道："不然，这只问你是不是诚心和他断绝。你要是只为遮我们的眼目，教惊寰暂时躲你几天呢，那自然不会去和他太太好。你要是诚心和他断绝，自然要把他得罪的寒透了心，教他醒悟露水夫妻靠不住，自能想到结发夫妻的好处，定而翻回头去爱他的太太咧。"若愚听夫人说话，万没想到她真有这样韬略和口才，说话竟如此老辣，便望着夫人猩红的小嘴，几乎要过去立时接个长吻。

如莲听着，眼泪已涌到眶里，一仰头又倒回去，咬牙冷笑道："太太，您这话说的真绝，定要把我和惊寰中间的路，塞得不留一点缝儿。归总儿说，自然是您的理对。我只落了这下贱的身份，说什么也没用了。太太，我也是个女子，也和富贵人家小姐一样的盼嫁好男人。选得了惊寰，可真不易。您可别只为旁人打算，我要抛了惊寰，我们也是生离死别呀！"说着就呜咽起来。夫人搂着她道："妹妹，不是我狠心，我还真爱你。看出你和惊寰是一对儿，愿意你们到一处。可是你没看见他太太病的多么惨呢！你要亲眼看见，管保把你难过死。我怎能见死不救？所以来和你同量。明知是治一经损一经，但是他太太病在垂危，不救便死。你就是绝了惊寰，要往宽里想，往后不是还有乐趣么？"如莲呆了半晌，忽然间立起，大跳大笑。跳完以后，才含笑对夫人道："我应允您了，一定和惊寰决断。你们劝我的话，我全没入耳。我还是只为惊寰，他要为我把他太太气死，将来传说出去，他担不起这个坏名誉，在亲眷朋友中落个荒唐鬼狠心贼，往后一世不好做人。再说他父亲知道，也不能饶他。我苦命就自己苦吧，何必再害他受累。再说既闹出这个事，我也再没想望进姓陆的大门，早晚是要分手，罢罢，晚不如早！您二位请回，管保五天以内，我教惊寰和他太太睡到一张床上。咱们君子一言，请放心吧！"

若愚夫妇想不到两个人费了半天唇舌，说得全不中肯。人家所顾虑的却另是一宗事，不由得相顾失色。又听她说话这样斩钉截铁，知道她是牺牲自己终身幸福，顾全惊寰一时的名誉，所顾全的很小，所牺牲的很大，足见她和惊寰的情爱深到何等，都感动得叹息起来。夫人心里又十分替她惋惜，便含泪向她道："妹妹，我只为救人才害了你，真对你抱歉。你要容我补报呢，将来有什么缓急，尽管去找我，我一定竭力帮助。"如莲惨笑道："谢谢太太，我绝不去骚扰太太。除非将来我死的时候，穷得没有棺材，倘或死在贵府左近，也许有善人求到您府上，那我也就看不见了。"夫人听了惊讶道："你这话是什么意思？你可别胡闹，你要寻了短见，惊寰也定活不了，那你简直害他们一家的性命。他可是千顷田里一棵苗呀！"如莲笑着摇头道："您说的，我这们容易死？请放心吧！我如莲宁害自己，不害别人。"夫人惨然道：
"咱们一言为定，妹妹多保重，我们走了。"说着和若愚都立起身
来，若愚还向如莲深叮了一句道："姑娘，您可知道病人差一天
是一天的事，您可别延迟时候。"如莲狂笑了一声，问道："今天
二月初几？"若愚道："初二。"如莲点着头道："二月二，好，一
过二月初六，他绝不再来。您请放心！"说着眼泪直滚，又顿着
脚一笑。夫人又道："无论如何，我们今天的事莫告诉惊寰啊！"
如莲撇着嘴，斜目觑着她道："您这话太瞧不起我了，我要以后
反悔，方才何必答应？您二位快请吧，万一他这时闯进来，倒坏
了事。"一句话把二人提醒，仿佛觉得惊寰立刻便到，就匆匆的
向外急走。如莲转脸见床上有东西放光，知道是那三件宝贝，他
们忘记带走，忙抓起赶下楼去，把钻戒和珠花又递给夫人。夫人
不受道："这本是特意给妹妹留下的，你戴着玩吧。"如莲更不说
话，只把东西塞到她手里，便自回身跑回楼上进到自己屋里。只
觉脑筋一阵麻木，轰然一声，便失了知觉。

　　过了半晌，听房外有人声唤，方才醒转。见自己正坐在地板
上，靠着床沿，便挣扎立起来，才问道："谁呀？"外边应道：
"馆子送了菜来。"如莲才想起这是为那一对前世冤家预备的，便
又问道："带酒来么？"外面又应道："有。"如莲叫道："送进
来！"说完又一转想，忙改口道："放一会，先叫个伙计进来。"须
臾有个伙计低头走入，如莲吩咐道："赶紧到房后把国四爷请来，
就说我请他吃饭。"伙计答应自去。这如莲方驱恶客，又款佳宾，
不知要生什么波折。正是：急风过，暴雨来，美人有滔天劫数；家
鸡啼，野鹜哭，情场生匝地烽烟。后事如何，且听下回分解。

第七回 花底妒秦宫侠骨柔肠铸成大错
衾影惭金屋痴心酸泪莫起沉疴

话说惊寰从正月里，假着嬉春之兴，往忆琴楼更走动得勤了。又不忍在家里听那可怜弃妇的病榻呻吟，所以每天只是漂游在外，便不往忆琴楼去，也只在那戚友家中歌舞场里消磨时光。除回家睡觉以外，从不肯在屋里歇个一天半日。因为每听家人说到新妇的病状，或见医生往来，探病人出入，都可心中觉到一阵刺痛。自己晓得这便是良心上的谴责了，要想脱卸这种谴责，只有两法，第一种自然是该向新妇忏悔，以赎先前的薄幸。但他为不肯辜负如莲，绝不愿如此去办。可是除此以外，只有实行第二种办法，便是逃去这谴责了。论理说，良心上责罚当然没法逃避，但是就他的幼稚思想上想来，自觉良心只能发现在犯罪的地方。他守在家里，触目惊心，自然要不免把良心上的创痕时时揭起。要离了这家中，眼不见心不烦，立刻海阔天空，可以把痛苦暂时忘掉。

这好似一个犯人，若关在狱里，当初犯法的事常常要溯上心头，若能越狱脱逃，跑出几百里以外，那时囚拘的痕迹既然消失，那畏罪的心也可以跟着消减。惊寰既具了这种心理，便看着家庭似满笼着惨雾愁云，瞧别处却像全受着和风旭日。所以只管在外流连，更把忆琴楼看作安身立命之所，把如莲更当作救苦救难的观音菩萨。不过他终是个有根器的慧人，所以尽管堕落，却自知已是罪恶多端。头一样新妇病到这般光景，完全是被自己所害，说不定眼前就许玉碎珠沉。现时自己虽然坚持不肯回心，将来到她为我而死之日，自己还怎能度这亏心的岁月？到那时要落到什么结果，简直不敢想下去。但是又难禁不想，每次想起来都要悚然战栗，以至绕屋疾走，那心里的苦恼，也就可想而知。然而这一方面虽受了绝大刺激，那一方面对于如莲的热度，却只有增高，并无减退。不过只在爱情的范围中，稍稍有了些变态，便是以前在儿女情怀中，只看如莲是同命鸳鸯之侣，如今在心中怢忑时，又将她看成安慰灵魂的人。故而每天必要到忆琴楼一去，为要暂祛愁烦，因而拼命的及时行乐，恨不得把这行将成人之年，缩回到垂髫芳纪，好恢复那竹马青梅的生活。真是无故寻愁觅恨，有时似傻如狂，常常的流连个十几个钟头。说什么纸醉金迷，简直醉生梦死！

到进了二月，若愚夫妇来访如莲，以及如莲决计撒手的事，如莲既狠着心没告诉他，他也没瞧出神色。初四这一天，惊寰在午饭过后，沉了一大会儿，便又从家里到忆琴楼去。进了门一直上楼，闯然走到如莲的卧室门首，就要推门进去，忽然从旁边抢过一个老妈，轻轻的拦住惊寰，道："陆少，请那屋里坐。大姑娘还没起来呢!"说着已走去把对面闲房门帘挑起,往里相让。惊寰心里一阵诧异,自想如莲卧室原是为我一人预备的,向来是由自己随便出入,一天二十四时,随便哪一个时候来,也是直入公堂。便是如莲卧床未醒,也不能拦我进去,她那海棠春睡我看得都有上百次咧!怎单今天给我个闭门羹?但转想这老妈或是新来,不明底细,把我当作普通客人,便不由转脸看那老妈,却又是熟人,竟还是如莲的贴身仆妇邢妈妈。她对自己和如莲的情形,向来知道得清清楚楚,今天忽然有此一举,分明显有蹊跷,心下便有了气。但自恃是如莲唯一知心热人,有什么事回来只须和如莲交代,她自会给自己出气,何必跟这仆妇多嘴?便忍着气走进对面的闲屋,气愤愤的也不择地方便自坐下,心想如莲绝不会拦我进她的卧室,这必是邢妈诚心给我个不好看。好,一会儿见了如莲,定要和她撒个娇儿,教她把邢妈当面给我教训一顿。这时那邢妈已拿着纸烟进来,陪笑道:"少爷坐一会,我就去把大姑娘唤醒。"惊寰还寒着脸怄气道:"请她睡吧!不必惊动。"邢妈怔了一怔,又搭讪着道:"她一会也就起来。"说完便自逡巡退出。惊寰突然心里一动,不自知的生了一股邪念,暗想老妈拦我不令进屋,已自可怪,如今她要去唤如莲,我略一谦辞,她竟趁坡儿下了,更是可疑。莫非这里面有什么缘故?便又自忖度道:"哦哦,看这光景,她那屋里一定有人,可是屋里有谁呢?便有同院姊妹,也不致躲避我,大约这人不是女子了。又想起昨天见如莲两目发直,神情惝恍,时时似有所思,我问她想什么,她说她正想我,我只当是偶然,如今忖度起来,分明是又添了心事。怪不得她昨夜催我早早回家呢!这样十有八九,她是又有了别人。"想到这里，心里颇有些气恼，但气了没有一分钟，立刻又不胜后悔。想到如莲素日相待之情，绝不能对自己有二心，我也不该无端的往邪处想。但是再咀嚼方才的情形，又不能免于疑惑。只顾这样循环往复的猜度，终未想出个结果。这时伙计送茶打手巾诸事已毕，那邢妈又走进来斟茶。惊寰忍不住向她问道："怎你们姑娘睡觉又怕我看了？"邢妈眼珠一转，笑道："怕谁也不怕陆少您呀！莫说睡觉，我们姑娘洗澡也没逃开您的眼哪！"惊寰听了，想起自己年来数次窥浴的趣事，不禁失笑。就又问道："那么怎单今天不许我进她的屋子？"邢妈略一沉吟，才又笑道："屋里若只大姑娘一个人，怎能拦您进去呢？"惊寰听着脑中轰然一声，自想那屋里果然有别人了，不自禁的从喉里送出一个字，道："谁？"邢妈笑道："还有谁？左不过是同院的姊妹。"惊寰听了不语，觉得邢妈的话未必果真。如莲向来不喜和姐妹拉拢，又岂肯拉她们来伴宿。只好等见了如莲再问个清楚，便挥那邢妈出去。自衔了支纸烟向那木板床上躺倒，闷闷的望着床顶。

直等过半点多钟，才听得门帘作响，还以为如莲已经起床，派老妈来请自己过去。及到抬头看的，竟是如莲自己来了。惊寰正忍着一肚子闷气，见她来倒合上眼假装睡着，料道如莲必要上前调要，自己便好乘势和她撒娇。哪知合上眼以后，隐约听得如莲脚步声走到床前，只少立了一会，也并未做声，竟而悄悄的退去。又还以为她看出自己是装睡，故意的退到远处椅上，和自己相持，就仍闭眼不动。过了许多工夫，屋里更静静的没声息了，忍不住才睁开眼，不想屋里已没了如莲的踪影，才知道她进来见自己睡着，竟自趁坡儿躲开。看这光景大非往日亲密之意，不由得把方才的疑云重又布上心来，忽的真生了气。但他还没想到这气该如何生法，忽见门帘一启，如莲又姗姗的走进来。惊寰立刻把脸一寒，更不向她说话，只低头去瞧地板上的缝隙。如莲走过一拍他的肩儿，笑道："昨天干什么去了？进门就睡，跑到我们这里来过乏云。"惊寰原想不理她，但又不敢过分的怄气，因为气若怄在理上还好，倘若怄得不在理上，惹她把小嘴儿一鼓，自己枉落个作揖打躬，倒不上算。便自加些仔细，含忍着道："把我抛在这冷宫里，孤鬼儿似的，不睡觉……"如莲不等他说完，便坐在他身旁笑道："你瞧你，又犯小性儿。今天赶巧了，我那屋有生人借宿，所以没让你进去。这也值得生气？"惊寰道："向来没听见你留过旁人借宿……"如莲笑着抢说道："巧了么，偏偏今天就有。"惊寰道："谁呢？"如莲瞧着他道："告诉你可别生气。"惊寰点头道："不生气。"如莲把手一拍笑道："罗九爷。"惊寰忍不住哈哈大笑，知道她是故意要笑，便是给她十万生金子，她也不肯留罗九借宿。况且罗九又是个绝不再见的人。这一笑竟把方才的气恼消了一半。如莲又问道："你信不信？"惊寰笑道："真难为你会平空想起他来。"如莲道："你不信啊！那么你也不必问是谁了。走，上我那屋去。"说着拉着惊寰出了这屋，走进她自己的卧室。

惊寰见邢妈正在床前折叠被褥，便自向小沙发上坐了。如莲也赶过去收拾床上散乱着的枕头，却见四五个绣花软枕，都已压得高低不平，像是夜来都有人枕过。惊寰还认着是有姐妹同宿，并不甚在意。自己闲着没事，便举目向四壁流览。看到迎面墙上，忽觉这屋里的陈设似乎和往日略有异样。起初还没瞧出哪里有什么改变，略一凝想，才明白墙壁上较往日多了一块空白。那空白地方原是悬挂自己照片之处，今天忽然的不见了那张照片。还疑惑移在旁处，乃至举目细寻，却是并无踪影，心里十分诧异，便叫道："喂！"如莲背着身应道："什么！"惊寰道："你知道这屋里短了件东西么！"如莲似乎一怔，才回头笑道："你说的是照片么？昨天钉子活了，掉下来，我就先收在柜里，等你来了再挂。"惊寰听着虽亦略信，但终暗怪怎今天净出这意外的事，难免有些疑念。不过想到如莲的固结深情，只有强忍着不向坏处猜测。邢妈在屋里收拾已结，便自出去。惊寰见如莲已倒在床上向自己招手，就走过和她对卧，握着手谈了两句闲话。邢妈又走进来向如莲道："姑娘洗脸不？辫子也该梳了。"如莲摆手道："等一会。"才说完又坐起改口道："洗，你去打脸水来。"邢妈答应出去。

如莲坐处正面对窗外的阳光，惊寰向她一看，心里突然一惊，见她花容憔悴，较昨日黄瘦许多，辫发蓬松，眼圈儿在红肿之中，又加上一层青黑。惊寰虽然在风流道中没甚深究，但是多少有些感觉，看如莲这副面容，分明是昨夜受过辛苦。惊寰虽未曾身临其境，可是每次见这班中旁的妓女，凡是留过客人住夜，到第二日就变成这副面容。而且回想起来，今天邢妈守门拦我进屋，是一层可疑；她们说话全是惝恍迷离，是二层可疑；而且又把我的照片无故的藏起，是三层可疑。再加上如莲的脸色改变，就此种种推测起来，说不定昨天她竟许留下客人住夜咧！但是这些证据，又都在疑似之间，便是如莲这副憔悴面容，固然可以说是留过客人的表示，可是她若成夜里辗转床第，哭泣不眠，也照样变成这样啊！可是她和我正处得好，又没甚烦心的事，哪会哭到这般样子？既不如此，当然如彼。再说她那辫子，永也没滚成这乱鸡窝……惊寰在一刹那间，似乎已得到种种证据，而且心里一起了这深切的怀疑，更看着任何事物都有破绽可寻。便趁着如莲下床去洗脸，自己翻身去转向床里，闭目凝神，对这件事情细加揣测，觉得如莲每遇有绿豆大的事，都在见面时缕细相告，偏今天见面，就不肯告诉我昨夜这屋多了一个谁，并且一切相待的神情，也冷淡许多。看这样若不是我多疑，便是她出了毛病。论起来她既然已算姓陆的人，我既看出破绽，当然问也问得，管也管得。可是我既把身心性命都已交给了她，在现在情形之下，我只经得住好，绝经不住坏了，倘然我真发现她有不好的事，那时我的伤心恐怕比死还难过。如今但盼我的疑心终于是疑心，那便是我两人的万幸。想到这里，就决计把今天所发现的疑窦都尽力忘去，只改途思索她历来的恩情，和寻求眼前的乐趣。思想改变，心神立觉宽松，就坐起来，见如莲洗脸已毕，便凑过去替她调脂抹粉，又画了眉。屋内无人，又相谈笑起来。惊寰只觉如莲今天的欢笑，仿佛全是强打精神。有时说得好好的，忽然盈盈欲泪，就托词出去一会，才又进来改颜为欢。往常都是惊寰喜欢向她动手动脚，她总是佯嗔躲闪。今天她竟常拉着惊寰手儿，或是偎在惊寰怀里，看光景像是十分留恋，简直舍不得离开。不过不似往日活泼，话也说得不多，偶然笑谑几句，那尾声也似乎惨厉非常。惊寰在方才既已决意不再混生疑心，看见她这许多的变态，便都强制着不为介意，不过心里终觉不宁。

等到上灯时候，惊寰告辞要走，如莲又留住他吃晚饭。到菜摆上来时，惊寰见不是往日小酌，竟是很讲究的盛设，不由诧异道:"干什么?你弄这等席面来请我,只我两人怎吃得下这些?"如莲笑道:"今天我高兴,就把人家送我的一张上席条子取了出来,咱们也款式款式,剩下还怕没人吃么?"惊寰听了知道如莲又犯了小孩脾气,便入座小饮,一面笑道:"怎你单今天高兴?"如莲斟一杯薄荷酒在杯里,向灯前照一照,浅浅的抿了一口,才笑道:"哼,就是高兴。不止现在高兴,吃完还要高兴呢!"惊寰道:"还怎样高兴?"如莲低头怔了一会,又扬脸瞧着他道:"松风楼你有多少日不去了?"惊寰道:"约摸有一年吧!可是前几天却去过一次,只坐了半点钟,觉得没趣,又走出来。"如莲笑道:"你怎又嫌没趣了?当初成年累月守在那里,也没听你说过没趣。"惊寰把自己面前的一杯酒,推到她位上道:"罚你!"如莲道:"罚我什么?"惊寰还没答话,如莲已格格的笑道:"罚我个明知故问,是不是?没有我就没趣,好,吃完饭你去吧,今天那里有我。"惊寰直着眼道:"怎说你又到松风楼上台?"如莲又把那杯酒推回来,学着他方才的口吻道:"罚你!"惊寰道:"罚你的你还没喝呢!怎又罚我?"如莲含嗔道:"闲话少说,我先罚你个傻!平白地我上哪门子台?不许大姑娘高兴今天包个厢听玩艺!"惊寰点头道:"哦,原来大姑娘这么高兴,回头我陪你去。"如莲道:"正要你陪我去呢!从昨天就把厢定好了,咱们先乐一日。"惊寰虽听不出言中之意,只觉十分高兴。又谈了几句闲话,把饭吃完,歇了一会,如莲又重新上了妆,也不顾旁的茶围客人,两个人便携手出了忆琴楼,坐车直奔松风楼去。

　　进门见钟才指到九点半,便直进了预定的包厢坐下。这一对璧人,直是光辉四座,合园人的眼光都向他二人厢内射来。惊寰如莲坐定以后，向四下一看，都觉旧地重逢，不由得发生无限的感慨。在惊寰只想一年以前，自己和如莲尚是相望不能相即，台下台上费了多少的思想，才得有了今日，如今如莲已经算我的人，携手重来，何等美意。在当时我见那弦师和在场的人，都羡慕他们能和玉人接近，现在我居然能和如莲同坐一厢，更不知有多少人羡慕我呢！那如莲的感想却比惊寰又深进一层，她自从允了若愚夫妇的要求，已决计和惊寰撒手，今天这一到松风楼，只为和惊寰同来看看当年相识之地。当年此中相见，是定情的根源，到这次旧地重游，却为留决别的遗念。她虽貌作欢娱，可是那心里的凄惶，真是不堪言状咧！而且她此来还有别种作用，作用如何，留待下文慢表。

且说大凡一双少年男女，厮守在广众之中，最容易发生骄傲和得意。他二人并坐着看过几个节目，天已将近十一点。台上换了吴万昌的梅花调，一阵阵弦管悠扬，凄人心魄。惊寰此际，雅乐当前，美人旁坐，自觉心旷神怡，就静静的望着台上，听了一会。忽听歌者使了极宛转曲折的新腔，惊寰耳所未闻，知道如莲是个知音，便回头要和她谈说。哪知看她时，她也凝着神儿痴痴的直了眼，仿佛没瞧见惊寰的动作。惊寰疑她也听入了神，方自笑着要唤她，忽然无意中见她的眼神并不望着台上，却直射到对面厢里。惊寰才晓得她的心没在歌声上，必是见了什么熟人。便顺着她眼光所射处看去，只见对面厢中独坐着一个绝顶美丽的少年，面涂脂粉，衣服更华灿非常，乍一看竟像个清俊的大姑娘。这少年也正向自己厢中呆看，惊寰见这少年十分美好，心里一动，觉得如莲必也是正在看他，这时脑中一晕，耳里似乎嗡嗡作声，道："傻人，怎还看不出来？他们这就是吊膀呢！"便不自禁的酸上心来，赌着气不理如莲，只也望着那对面少年怒视。那少年料瞧着了，忙把眼光移到旁处。惊寰也把目光移回，再看如莲，也似乎神智方才清醒，转脸瞧见惊寰正在看她，便悱然红了脸。惊寰见这光景，更断定方见所料不错，虽然不知道如莲和那少年是否熟人，但悟到如莲必已爱上这个少年，动了心思，见被自己瞧破，才现出这副神情，不觉身上颤了几颤。又把白天所见的许多疑念都勾起来，立刻心里愤懑得像要炸裂。但如莲用眼睛看人，不能就算是负了自己的证据，怎能跟她发作？只望着她冷笑一下，便仍回头去看那少年。看了许久，忽觉这人似在哪里见过，十分面熟，却偏想不得着落。正自想着，心里陡然又灵机一动，疑惑到今天如莲无故的想到松风楼，必是和这少年有约，为了我同来，才把他俩拆坐在两下里。又念到昨天如莲屋里寻宿的人，说不定就是这少年呢！不然，如莲向来不会下眼盯人，若非和这少年早已有情，绝没看人看出了神的理。他只顾这样一想，便断定如莲已负了自己。自己在这里碍眼了，便再坐不住，但还隐忍着不露形色，站起向如莲道："不成，我身上不好过，要早回去睡觉，你自己再坐一会。"如莲一见他说话的情形，就已知道方才的隐事已被他瞧破，粉脸上立刻改了样子，似乎要哭又像要笑，也站起来道："你要走我也不听了，咱一同走，你先送我回去。"惊寰还双关着讥讽道："你听得正好，何苦被我搅了呢！"如莲在喉里微叹了一声，也不答言，迈步便走。惊寰还回头瞧瞧对面的少年，见他尚稳稳的坐着，才跟着如莲走出，又同回了忆琴楼。进到屋里，惊寰只坐了一坐便又要走，如莲拦住道；"你等等。"说着把他推到床边，附耳说道："今天你不走行不行？"惊寰原常留在这里彻夜清谈，本晓得如莲心无邪念，今天不知怎的，听如莲相留的这两句话，似乎里面蕴着许多别的意思。又想到方才对面厢里的少年，对她更生了鄙薄的心，不愿再流连下去。便辞道："我身上不舒服的很，家里还有事情要回去办理，明天再见吧！"他说话时可惜没回头看，这时如莲伏在他肩上，眼泪已直涌出来，赶紧就用袖子拭干，迟了会才凄然道："明天什么时候来呢！"惊寰淡淡的道："不定。"如莲把鬓角贴到他颊上，软声央告道："哥哥，你听我的话，千万明天夜里十二点来。"惊寰听了又一愣，暗道："怎么非得夜里十二点来？这样十二点以前是不许我来的了。"想着脑中立刻又映出松风楼所见少年的影子，便只冷然一笑，也不再问，点头应了，向外便走。如莲又叫住道："回来！"惊寰站定回头，如莲迟疑半晌，道："你可准来呀！"惊寰皱眉道："你太絮烦了！"说完便扬长而去。可惜他只顾愤然一走，并不反顾，倘然这时再能回去一看，定然瞧见意外的事。因为如莲在他走后，已倒在床上，打着滚儿哭得像梨花带雨咧！

如莲哭了半天，浑身都没有气力，才坐起拭净泪痕，呆然枯坐，目光凄厉得怕人，也不知在想什么。忽见邢妈掀帘走进来，报告道："今天晚上来了七八拨客人，我说姑娘回了家，都挡走了。只有两拨自己坐了一会，还开了盘子。"如莲点点头，邢妈又笑道："姑娘干什么跟陆少爷怄气？今天明明屋里没人，怎教我拦他进来，又不许我招呼？以后我给您收拾床，也不知您自己这觉是怎么睡的，三床被，四五个枕头，都铺散了一世界，偏又把陆少相片摘下来，这不是诚心教他生气？很好的交情，何必故意的耍戏？您不知道这样耍戏最容易闹恼了。"如莲听着不耐烦道："你少管，我只怕他不恼，不用你说。"

邢妈吃了个没趣，正想搭讪再说旁的话，又听楼梯上脚步响，接着堂屋伙计一声声喊四大人，如莲站起道："国四爷来了，快请进！"邢妈便赶了出去，立刻见一位赤面白须，苍然古貌的老人笑嘻嘻的走入。如莲忙喊道："干老，您昨天怎不来？"那国四爷笑着应道："干女儿，你忙不？呵呵，前天半夜里才从你这儿走，昨天教老朋友拉去打了一夜的诗钟，所以没来。呵呵，女儿，你还稀罕有胡子的来么？"如莲扶着他坐到椅上道："干老，您又胡说，瞧我揪您的胡子。"国四爷大笑道："哈哈！只愁花有话，不为老人开，你还好。"说着又低念道："为保花颜色，莫任风飔飔。你的事怎么样了？"如莲先使个眼色教邢妈退出去，然后立在他旁边，悄声道："谢谢干老儿给我出的主意，今天在松风楼里已经看出个眉眼，大约明天就可以成功了。"国四爷把老花眼镜摘下，用手巾擦擦，忽而长叹道："咳！女儿，以先我只知你可爱，如今才知道更可敬。不过你这样仁人君子之用心，也未免过度。在现在这种年代，只求不损人利己，就算难得，有谁肯去损己利人？女儿，你要知道，这种风月场里，来往都是浮薄之人，要寻少年老诚，情深一心，可以付托终身的，真是可遇而不可求。说到遇字，可就难了，也许从少到老，不能遇上一个。古语说：'易求无价宝，难得有情郎。'这个陆惊寰实你要抛了他，我敢保没处再得这样的人。你只顾这时为可怜旁人，拼着误了自己的一世，可是将来你蹉跎岁月，人老珠黄，到门前冷落车马稀的时候，有谁来可怜你？你可要思想明白了。"如莲听了面色惨白，半晌才凄然泪下。忽的把牙一咬，道："干老，您要可怜女儿，千万别再说这种话来勾我的伤心。惊寰的女人眼看要死，他的表兄表嫂跑来求我，这些事都已和您说了。您想我既然答应了他们，怎能反悔？而且反悔也没我的便宜，不过把他女人耽误死了，教他表兄嫂恨我一世，他家里更不能拿我当人，我和惊寰也得不了好结果，不如毁了我个人，成全了他们。您前天说的好，要和惊寰断绝，除了教他伤心生气，更没别法，所以才定了这种办法。事都要转成了，您怎又后悔，倒跑来劝我。"国四爷顿足道："罢了！你这人不读书不识字，怎会见得这等高远正大！孩子，我没说你的道理不对，可是为姓陆的想，你的理不错，要为你自己想，你的理就万要不得。"如莲秋波凝滞，牙咬着唇儿，想了想道："为我自己，就值不得想了，只要姓陆的得了好结果，我就落在地狱里，也是喜欢。我这苦命人，天生该这样，如今什么也不必说。姓陆的跟我那样好，我要是命强，早就嫁他当太太了。如今既出了这些魔难，就是老天爷不许我嫁他，我又何必逆天而行。干老呀！我认命了。"国四爷听着忍不住也老泪潸潸，只管捻着胡须点头，再也无话可说。

如莲见老人对自己如此关切，又勾起自己的无父之感，十分对他感激，便忍着悲伤，暂开笑脸，走到柜旁，拿出一瓶白兰地酒，就斟在桌上空茶碗里，道："干老，咱爷儿俩先谈些开心的，您尝尝女儿给您预备的酒。"国四爷拿着酒碗，叹道："咳，替人垂泪也涟涟，我国四纯这样年纪，怎又混在你们少年场里，跟着伤这种心，真是冤哉枉也。"说完又长叹一声，一扬脖把半碗酒尽行咽下，叫道："干女儿，我这次来非为饮酒，特来辞差。"如莲不解道："辞什么差？"国四爷道："不是我辞差，是咱所定的军国大计里面，有一个主角要辞差不干了。"如莲道："咱这里面还有谁？"国四爷道："本来只三个人，你，我，他，就是他反悔了。"如莲摇头道："不能，方才在松风楼还见他装得很像样的，本来我今天已给惊寰添了许多疑心，惊寰都没真生气。只有松风楼他这一着，真把惊寰气坏了，回来颜色都变了。"国四爷抢着道："不提松风楼还好，只为他在松风楼瞧见你和惊寰的情形，回来便和我说，那惊寰和如莲实是一般一配，天造地设的好夫妻，要给搅散了，他缺德不起，今天办的事已是于心不安，明天的约会，他万不能来。你看该怎么办？"如莲听着，初而沉吟，继而诧异道："怎么他一个唱戏的，会有这等好心？"国四爷笑道："你别瞧不起人，唱戏的没有好人，你这行业比唱戏怎样？怎会有你这种人呢！"如莲不语，过一会又拉着国四爷苦央道："干老，好干老，您替我求求，请他务必明天来一趟，只当在我身上积德。"国四爷起初不允，后来被她缠得没法，只得答应道："好，明天我一定教他来。可是他一来，你的终身就毁了。还要细思想！"如莲夷然道："不用想，从前天惊寰的表兄表嫂来过以后，我翻来覆去的想过一千来回了，只能这样，再没有别法。您知道惊寰的表嫂说话多么厉害？她不只逼我和惊寰决断，而且还要我包着教惊寰回心去爱他的太太呀！您想，我要不变着方法寒透惊寰的心，他怎能把心情转到他太太身上？要他寒心，只可逼他吃醋。你不知道，惊寰爱我太爱过了头了，我若相与个平常的人，他倒许挂了倒劲，一时更分不开手。只有借您的那一位来，教他看上一看，他见的妍了戏子，天呀！"说着从鼻里发出悲音，眼泪像檐溜似的直挂下来，又接着道："管保他伤心一世，从此连我的名字也不再提了。再说再要做别样令他伤心的事，还怕把他气个好歹，如今我一妓戏子，就算明告诉他，我是天生贱种，只后悔被我骗子这些日，绝不致……"国四爷听她说话，似乎已神凝心乱，只拼去捻自己的胡子。及至听到这里，感动得一甩手，想要拍桌子，不想却把胡子揪下了两根，痛得叫了一声，才握着下颏说道："好好，女儿，我念了六十年的书，今天要拦你别这样干，那算我白活了七十多岁。可是我若赞成你这样干，那更算我老而不死是为贼。你说的话全对全不对，我老头子犯了什么孽，竟遇见你这件事？这全怨我，为什么前天你一请我就来，为什么到今天这时候我还不死？简直是彼苍者天，诚心给我苦吃，偏又没法教你们两全，难道我就看着你……"说着咳嗽了两声，又老泪纵横的向如莲道："你退一步想吧，何必对人这样心慈，对自己这样心狠？莫看眼前，事情说不定还许有变化，你和惊寰中间，多少也该留一线活路，作将来重合的地步。"如莲惨笑道："您的意思我明白，咳！我们若有一丝缘分，绝不致有今日。既有今日，我也不盼将来了。我还望着有当陆太太的那一天么？咳，如莲不妄想了。只盼以后他明白了我的心，抱着我的坟头哭上一阵，那我……"国四爷正咳嗽着，听到末后两句，好似吃了止咳丸，立刻不咳嗽了，曲曲的腰儿也直起来，霍的站起，两手伸到背后，抠着自己的屁股，在屋里转了个圈子，复又坐下，喘着气道："你……你有死的心？有死的心！"又拿袖子擦擦额上的汗道："你胡闹，你胡闹！"又把胡子使劲一揪道："我混账，我混账！不枉我足智多谋，出了许多好主意，只落把干女儿害了。"说着手儿颤颤的拉了如莲的袖口道："女儿，我后悔，我后悔！前天你求我想法子，我虽不愿意，还觉着你抛了姓陆的，定可以另嫁旁人。哪知道你这样烈性，早安下寻死的心，而且还不肯草草捐躯，必要先断惊寰的眷恋，成全了他夫妇的爱情，然后才自己悄悄的去死。你真有这样的深心，我可不能造这样的重孽。女儿呀！我对不起你！解铃还是系铃人，这事我出过主意，还要我自去破坏。如今我只有去找那陆惊寰，把这里的细情都跟他说破，先把我所定的计策根本消灭，教他和你重归于好。以后你再愿意把他断开，只要你有能力，也随你的便，那就没我国四纯的事了。"说完站起就要向外走去，如莲大吃一惊，连忙张臂拦住，叫道："干老，别走，听我说。"国四纯一面还向外挤着，一面喘嘘嘘的道："女儿，你别叫我害人，我一定去找他。"如莲拼命仍把他按到椅上，国四爷支撑着老骨，依然挣扎不已。这时明镜前白发红颜，摇曳生姿，乍看竟好像一段风流韵事，哪知竟是一幕惊心惨目的悲剧呢！

这时国四爷到底年老，气力衰弱，敌不过如莲，只得歪在椅上喘气，口里还闹着："不成，不成，万万不成。"如莲也沉了半天才缓过气来，细想了想，顺手拉过一把椅子坐在国四爷对面，抚着老人胡子道："干老，您沉住气，也得容我说。我空着嘴说要死．死在哪里呢？您要把这些事告诉惊寰，我倒死得快了。"国四纯耸眉瞪目道："怎么？"如莲道："您想呀，只顾您把机关泄露，惊寰明白了内情，自然和我好上加好，大力士也掰不开了。"国四爷点头道："这才好呢。我就盼你们这样。"如莲摇头道："您倒是盼这样，可是惊寰那一面的人，谁能原谅我？我不能再见他们，他们也必不能饶我，有得以后丢人，还不如现在死了呢！话又说回来，我现在一死，十有八九还要把惊寰坑死，这又加上一条命。干老，难道您定要逼我立刻死么？"国四爷听完，又站起来，如莲怕他又走，忙去拦挡。国四爷摆手道："我不走。"说着便在房中踱起来。如莲还防他抽冷子出去，就退到门口把守。国四爷溜了十分钟工夫，如莲又说了许多央告的话，他都似听而未闻。末后国四爷踱到床边，才坐下自己捶着腰腿。如莲见老人为自己受苦，心中抱歉，忙过去伸出粉团似的小拳头，替他轻轻打起来。国四爷忽然叫道："如莲。"如莲应了一声，国四爷道："你要我不去告诉惊寰，也成，可得依我两件事。"如莲仰着小脸道："什么事？您说，全依，依，依。"国四爷把胡子托起老高道："我这们大年纪，你可莫和我打诳语，不许说了不算。"如莲凄然正色道："您待我这片好心，我怎忍跟您说了不算。干老，您要信我。"国四爷拍膝一响道："好，我信你。头一件不论怎么时候，不许你寻死。第二件你现在和惊寰断绝了也罢，这件事的秘密既然全在我的心里，将来过个三年二载，事情要生了变化，我看你有和陆惊寰破镜重圆的机会，我还要对他把这件事说穿。他要接你进家，你可不许矫情不去。这两件事怎样？你依得么？"如莲听了不语，半晌才问道："将来能生什么变故呢？"国四爷道："那谁断得定？不过据我想，将来或是他的太太死了，或是他父亲准他纳妾，这都是你进门的机会呀！女儿，你不要执拗着，你也想想，和一个如意郎君唱随度日，是何等的美满！若飘泊风尘落魄而死，是多么凄凉！这两样你比较比较，孩子，你自己给自己稍留点希望吧！"说完望着如莲，等她答复。哪知如莲已背过脸去，只看见她身上颤动不已，半晌转过脸来，已哭得泪人相似，扑的倒到国四爷面前，悲啼着道："女儿实在不想活了，如今干老您这样爱我，我只可为您再活下去，至于惊寰……天呀，我怎能舍得了他……不过，咳，不是我狠啊！……以后随您怎样办吧，我都依您了。"

国四爷见了，知道她在前天决计之时，一颗心儿已经变成冰冷，只有一个死字挡在面前，就百事都不顾虑。如今已被自己劝得从万冷中生出一些暖意，但求略有后望，暂时便不致有意外了，心下不由代为安慰，就拉起她坐在身旁道："这样才是个明白孩子。我年纪大，见事多，说话绝不会错。精诚所至，金石为开，你对惊寰这样深情，将来必有好合之日。你只安心等着吧！"如莲揾着泪挨近国四爷，道："干老，您这样疼爱女儿，我以后要当你亲爹看待，您也要常来，容女儿尽些心。"国四爷捻须微笑道："我一定常来看你，不教你寂寞。你不是还有亲娘么？闲时和娘去谈谈也好，不必只把姓陆的挂在心头。"如莲听了，忽的又撇了几撇小嘴，哇的一声又哭出来。国四爷忙问她缘故，如莲只顾自哭，许久才拉着国四爷道："您不必理我，我是个不孝的东西。当初我娘被我那个干爹强押着出门，去做犯私的买卖，我只为一心向着惊寰，倒盼我娘离开，就眼瞧着娘走了。如今……如今……我对不过娘啊！"说着又哭。国四爷劝道："现在可以请你娘回来，也不晚哪！"如莲哀哀的道："从去年出门，只回来一次，以后有半年没见面，去年冬天来信，说在南满站开了烟馆，事情很忙，暂时回不来了。"国四爷怕她方遭失恋之痛，又生忆母之情，伤心过甚，生出毛病，便又陪她坐了好一会，安慰了许多言语，直到天光大亮，方才辞别。临行时并约定今晚十二点以后，定教那个人来，先完了惊寰这一面，别的事以后再谈。如莲答应着，又叫住国四爷，正色谆嘱道："您见了那个人，务必告诉他，他是唱戏的，我这也是约他来唱戏。我无论怎样向他胡说混闹，他只许口里答应，不许生别的念头，有别的动作，您明白了。"

国四爷点头答应，自己走出，暗笑如莲这样的恳求我，不过是为要一个唱戏的来一趟，看外面还许疑惑她好婪戏子呢，谁知里面竟是件惨事啊！国四爷只顾暗笑如莲，哪知楼下打更的伙计，替国四爷开门以后，也在暗笑国四爷，这样风烛残年，还彻夜的流连花丛，痴迷不返，真是不知死的老荒唐鬼儿，又哪知道他此来并非倚翠偎红，倒是行侠作义呢！这真是：乃公目自高于顶，任尔旁观笑破唇。天下滔滔，正不必一一和他们理会，只要我行我素，管什么人后人前？然而这种涵养，也十分不易哩！莫发牢骚，书归正传。

如莲送国四爷走了以后，又伏在床上哭了一会，抬头见玻窗已全变成白色，屋里电灯的光也渐渐由微而黄，光景十分惨淡。忽自觉目眶隐隐作痛，便立到穿衣镜前，照了一照，自己猛吃一惊，见脸儿黄黄的又透出惨绿色，好像才害了一场病，颊边的笑涡也似乎消失了，两眼都略见红肿，而且红肿之外，还隐隐围着青黑的圈儿。看容貌几乎和数日前已前后两人，仿佛长了五岁年纪，而且长袍的领儿也像宽松许多，以先领子原紧附着颈儿，如今中间竟可伸进两个手指。如莲看了看镜中人，叹了一口气，知道自己已糟践得不成样子。忽又想起有三四日未曾合眼，每夜除了转侧，就是哭啼，日里还勉强打精神去迎来送往，只这几日便已憔悴到这般，自知要长此糟践下去，死也并非难事。便念到方才允了国四爷自己不再寻死，可是要真到没法活的时候，虽不能投河觅井喝大烟，去寻痛快的死，可是这样慢慢也死了人啊！想着心里便见多了一层主意。这时她又看到案上的剩粉残脂，瓶花手帕，在在俱有惊寰的手泽可寻。忽然想到惊寰只有明天的一面了，今天他虽恨了我，可是他心里还在将信将疑，明天定要来看个分明，可是从明天以后，虽是生离，眼看便是死别。他从此回家温存他的太太，一世也未必再想到我，便是想到我，也只于痛骂几声。想到这里，心中一阵感触，无意中低唱起那探晴雯鼓词的两句道："到他年若蒙公子相怜念，望天涯频频唤我两三声。"唱完又自惨然道："只求他不骂我吧，有唤我的工夫，还去唤他的太太呢！咳，我如莲实在完了，平常太不知惜福。同他玩了这十来个月，就不知折去我多少福分。可惜那种可心的日子，我居然糊里糊涂的度过，也没细细的咀嚼滋味，以后再想那种日子，做梦也梦不到了。可是人家惊寰，只要和他太太和好，夫妻俩你疼我我爱你，什么乐子没有呢？哦哦，惊寰以后倒舒服呢！不过这里只毁了一个如莲罢了。"说着举目瞧见墙上空白之处，便霍的跳起，从立柜里把惊寰的照片取出，举着脸对脸的说道："哥哥，咱俩就只这一点儿缘分么？相思病就害了三两年，如今在一处凑了没几个月，就又完了。哥哥，不怨你，只怨你妹妹如莲命穷，没福嫁你。"说着鼻子酸了，眼泪像雨点般落在相片玻璃框上。如莲却似毫不知觉，又把小嘴儿一鼓，摇动着下颔，像哄小孩儿似的叫道："啾，哥哥你还笑么？（按惊寰照片系作笑容者。）

哥哥,你笑,你永远笑,我愿意你笑,有该哭的事全归妹妹哭。你一世总笑吧!只求你笑,妹妹哭死也愿意。"说着就像发狂似的抱着相片吻了几吻,又把照片中人的脸儿贴到自己泪痕相界的颊上,直着眼儿忙了一会,又自语道:"我傻了,烟花柳巷里,真还讲的那样子冰清玉洁?偏我又当贞节烈窑姐了!认识惊寰这些日,不只你没沾过我一下,简直连那些话都没说过一回。还是去年在我家里吃大烟的那一天,我忍着臊跟你说一句,可恨也被周七闹成了虚话。我如今只恨周七,若没有他,我们俩就先在阳世成了夫妇,接着到阴间去过日子了。从那天以后,我还觉着日子长着呢!谁知又出了横事,昨天真要留下你,结个今世的缘分,你竟狠着心走了。你走也好,不然更不得开交。"便又把照片瞧了半响,忽然笑道:"哥哥,跟小妹妹睡去。"说完就把照片挟拢在臂间,好像挟着个人一样,竟自上床。其实只翻来覆去的过了正午,并未睡着。到三点多钟,邢妈进去收拾屋子,见如莲还抱着照片假寐,听得脚步声,就睁开眼,吩咐邢妈,说自己有病,不能起床,凡有客人来,一律向他们告假。邢妈答应着,又问如莲吃什么东西,如莲怕连日不食,被人起疑,就随便说了几样菜。到做好端进来时,如莲趁邢妈不在屋里,各样菜都夹了些,放出饭碗里,又把饭碗整个的泼在床下,便算把饭吃了。

这一日如莲只头不梳脸不洗的睡在床里,有时高唱几句,有时大笑几声,到不笑不唱时,就是面向床里流泪呢。熬到晚饭后,忆琴楼中,楼上楼下,人来人往,如莲在屋里倒不做一声。那邢妈向来知道姑娘脾气不好伺候,也不敢上前问长问短。到了将近子夜时分,邢妈忍不住又走进屋中,如莲正面向里躺着,忽然在黑影里问道："几点钟了？"邢妈答道："十一点多。"如莲一转身，霍然从床上坐起，高声叫道："是时候了，打脸水，姑娘上妆。"说着便跳下了地。邢妈见如莲无故高起兴来，心里极纳闷，又不敢问，便依言打来脸水。如莲教把屋里电灯尽皆开亮，自己洗罢脸，便坐在梳妆台前，涂脂描眉，着意的理妆。邢妈站在旁边，从镜里见她似乎笑得合不拢嘴，觉得姑娘这时喜欢，说话或者不致再碰钉子，便赔着笑脸道："姑娘病好了吧？我瞧您真高兴。"如莲回头瞧瞧她，点头道："高兴么？真高兴！你不知道我心里多么喜欢呢！"邢妈才要接着巧言献媚，如莲猛又叫道："邢妈妈。"邢妈答应了一声，如莲满面堆欢的道："你知道我心里喜欢，怎不给我道喜？"邢妈道："我知道姑娘有什么喜事呀？"如莲把手里的粉扑一抛道："你只给我道喜，我就赏你拾块钱。"邢妈虽知道她是取笑，但仍假装着请了个安，口里说道："给大姑娘叩喜。"如莲拍手哈哈一笑，伸手从衣袋取了一叠钞票，看也不看，便抛给邢妈。邢妈接过，笑着数了数道："不对呀！这是二十块。"如莲扭头道："多你也拿去！姑娘高兴，不要出手的钱。"邢妈暗笑姑娘必是受了什么病，只好收起道谢。如莲又正色道："不用谢，快出去告诉伙计们，陆少爷来，别往这屋里让，先让到旁边咱那客房。"邢妈听了仿佛要说话，立刻又咽回去，看了如莲一眼，就出去吩咐了。

这里如莲梳洗完毕，又在旗袍外罩了件小马甲，重在镜前一照，更显得叶叶腰身，亭亭可人。那脸上的憔悴形容，也已被脂粉涂饰得看不出来，依然是花娇玉润了。装梳才毕，看钟已过了十二点，如莲知道时候到了，好似昔日的死囚，到了午时三刻一样，却在没到时候以前，心里塞满了惊惧悲伤忧虑种种的况味，所以放不下思量，免不了哭泣。及至时候一到，自知大事将了，棋局难翻，拼着把身体尝受那不可避免的痛苦，心里变作万缘俱淡，百不挂心，只闭目低头听那造化的拨弄。所以如莲此时的一颗心儿，似乎由灰冷而渐渐死去，脑中也麻木起来，已想不到何事可乐，何事可哀，好像把个人傻了，只对着镜子，自己望着自己痴笑，任外面人语噪杂，笙歌扬拂，她自己仿佛坐在个无人的古墓中，竟已塞听蔽明，无闻无见。

过了不大工夫，外面一阵脚步响，那邢妈又走进来，悄悄的向如莲道："陆少来了，已让到旁边客屋里。"说了一遍，如莲好似没听见，说到第二遍，忽见如莲浑身打了个极大的冷战，站起来把手扣着胸口，在屋里转了两个圈子，就翩若惊鸿的一扭腰肢，飘然走出屋去，把个邢妈都看得怔了，只觉姑娘今天绝不似平素沉重，忽然轻佻起来，便自己暗暗纳闷。

且说如莲走到旁边客屋，到门口忽然停步，趑趄不进。她心里知道，过去未来，自己和屋中人只有这一次会面了，一踏进去，立刻要造成个悲惨的局面。所以她真怕见这屋内的人，恨不得延迟些时候。哪知这时竟过来个不解事的伙计，见如莲立在门前，忙上前把帘子打起，如莲立刻瞧见惊寰在迎面椅上坐着，这可没法不进去了，便轻移莲步，走到屋中，望着惊寰，没话可说，只向他笑了一笑。惊寰把昨夜的事正还萦在心里，觉得今日已和如莲有了隔膜，绝不似往日相见时的亲密，瞧着如莲向自己笑，也只以一笑相报。如莲倒自走向床边坐了，先低头去看脚上的蓝缎小鞋儿，两手都插进旗袍袋里，粉颈略缩，好似怕冷的模样。那惊寰昨天回家去，也是一夜无眠，想到许多办法，预备今天来怎样的开诚布公，把可疑的事向如莲问个清楚，又希望如莲怎样和自己解除误会，或者言归于好，或者割恩断爱，都要在今天见面时决定，所以从进门时，就憋着满腹的话要说。想不到一上楼就被伙计让进如莲的客室，不自禁的又气上心来，便把从家中带来的平和念旧的心，都消灭了一半。自想如莲的卧室是不许我进去了，必是她如今已把我和常人一律对待，才往这客屋里让我，说不定她那卧室里已有补缺的人。想着心里不胜愤懑，觉得这是自己向未受过的委屈，几乎要赌气而走，回家去痛哭一阵。但又转念一想，如莲向来刁钻古怪，还许我无意中曾得罪了她，她就故意给我些闷气生，只希望见了她说个明白，大家把误会解了也罢。好容易盼得如莲来了，向来见面尽都互相调谑几句，今天她竟连话也不说，只淡淡的一笑。惊寰看出情形改变，心里一恼，便把要说的话都不愿说了，也和她对怔起来。

过了一会，如莲一言不发，嘴里倒哼着唱起小曲，惊寰真觉气不打一处来，到底年轻沉不住气，竟先开口向如莲道："你那屋里又有借宿的么？"如莲看着他暂不答言，接着又唱完了一句，才笑着点头道："是，有。"惊寰气得鼓鼓嘴，还没说出话来，忽听外面有人喊道："大姑娘。"如莲忙道："什么事？"外面又喊道："来客。"如莲立刻眉轩目动的，望着惊寰一笑，就跳跳跃跃的走出去。惊寰向来见如莲每逢来客，都是皱眉蹙额的不愿出去，今天听到来客，却是高兴非常，不由心里一动，暗道："借宿的人来了。"又听如莲走出去问伙计道："哪屋里？"伙计不知说一句什么，接着似听如莲已走进对面房里。过了没两分钟，又听伙计喊道："打帘子。"另一个伙计让道："二爷这屋里请!"接着便听着隔壁如莲的卧室中，立刻有了人声，以后又听伙计脚步声出入两次，便寂静下去。这时惊寰知道方才对面屋里的客人，已让到如莲卧室中了，心里才明白如莲不让自己进去，是为给这个客人留着呢!惊寰此际似已被浸入冷醋缸里，通身作冷，心肝都酸，倒坐着没法转动，两条腿也跟着弹起琵琶来。正在这时，又听得隔壁如莲笑了一声，接着有人媚声媚气说了两句话，嗓音又像男子，又似女子。惊寰灵机一动，暗道："来的客人别真是女人吧!或者是如莲新交的女朋友，她们女人和女人好本是应该的，我吃这种寡醋就太可笑了。"想着便暗暗祷告，只望隔壁客人是个女子，那我和如莲中间一天云雾就散了。想到这里，听隔壁如莲又笑起来，那笑声颤颤的像是与人打闹。那个客人也低声说笑，说笑声却似从鼻孔所发的音。惊寰想如莲的为人，向不和客人耍笑，更瞧料这客人必是女子。但是他虽想得好，可是还不放心，只想看个水落石出，自己才得心平气和。便看看东边的床，晓得那床和如莲卧室的床只有一层薄板之隔，躺到这屋床上，便可把隔壁的声息都听得清清楚楚，就蹑着脚步走到床边躺上，头直抵着板墙，向隔壁侧耳细听。却又不闻声息，过一会才听如莲低声道："昨天对不起，抛你一个人坐着，你不恨我么?"那个女声女气的人又用鼻声说道："赶了巧有什么法子? 我恨你所为何来!昨天同你一个包厢里是谁?"如莲只答一个字道："客。"那女声女气的笑道："那个人很漂亮呀!"如莲似乎打了那人一下，又呸了一声道："漂亮什么? 来世也比不上你。"那人听了一笑，立刻又唧唧咯咯的，似乎两个凑到一处打起腻来。惊寰听到这里，耳边嗡然一声，仿佛身体已飞到云眼里，又飘飘的落下。迷糊了好大工夫，到神经恢复原状时，才又微微叹息，知道如莲已把心变了，隔壁的人必是昨天松风楼对面包厢上的少年。便又一抬头伺板墙看了看，忽见板墙上所糊的纸有一条儿已微见裂痕，无意凑过去了缝目窥觑。破孔中竟有些光透出来，但还不能瞧得清楚，便用手就着裂处又轻轻划了几划，再去看时，只觉在这一线天中，已把隔壁的秘密，都泄漏到眼底。见如莲正在床中盘膝而坐，身旁斜躺着一个妖娆少年，分明是昨天松风楼所见。两人的脸儿全能看到正面，如莲把一只手扶到少年肩上，一只手自托着腮儿，眼光直射到少年脸上，显出了无限爱恋之情。那少年的眼儿一汪水似的，也正向着如莲媚视，嘴里却款款轻轻的向如莲说话。惊寰只这一看，立刻就似塑在那里，想把目光移回再不能够，心里油浇似的，不忍看那负了自己的如莲，只向那少年注目。不知怎的，偏在这时神经一阵清明，倏然想起这少年是谁了，他是国四纯捧起来的花旦朱媚春。去年夏季，自己头一次到忆琴楼，如莲曾拉自己看过他和国四纯的情形，那时也是隔着板墙。这时也是隔着板墙，想不到又有这情形给我看了。又想起去年如莲和我提起他们，意思很不鄙薄，原来早有心了，如莲枉对我装得那样清高，到底脱不了妓女天性，居然姘了伶人，不知已和他睡了多少夜，我这傻子还蒙在鼓里呢！这时惊寰连喘息都粗重了，又见如莲脸儿一红，向那朱媚春含羞带笑的道："你今天还走么？"朱媚春用绢帕向她一甩，道："走！"如莲又秋波一溜道："敢！"惊寰看到这里，忍不住从喉里呀了一声，手脚一动，便昏倒在床上。按下这里不提。

再说如莲离开惊寰，到对面闲房里，见屋里坐的正是自己所约的那个朱媚春，先正色对他鞠了一躬，朱媚春连忙还礼。如莲把嘴向身后努了一努，朱媚春会意，便知道姓陆的正在这里。如莲悄悄道："朱先生，我的事大约我干老已和您说明白了。"朱媚春规规矩矩的道："是，我义父全告诉了。不过他老人家还托我给您带来口信，请您把这件事再细细想。"如莲凝眉咬牙的道："这时都到了大河边上，只有一个跳，还想什么？干老到底上了年纪，就这么絮叨。"说着又向朱媚春道："朱先生，我和您素不相识，您今天来，是看在我干老面上，给我帮忙，我这时先谢谢您。回头事情完了以后，就不留您再坐了。还求您别把这事告诉人。"朱媚春听了才要扭腰摆手表情作态，作那花旦式的说话，忽然想起此来是当悲剧的配角，并不是来充情剧的主人。又听国四爷说过，这姑娘如何的节烈刚强，有心胸有志气，自己也十分佩服，便连忙按下素日的习惯，垂手低头的道："是，姑娘请放宽心，我不能误了您的大事。不过我办这个，真于心不安。"如莲道："您是受人所托，只当票一段新戏，有什么不安？现在请到那屋里坐吧，把戏就唱起来，我无论怎样向您说笑，您只顺口答音，装出是老相好的样子。这戏不定唱多大工夫，可是必得我教您走您才许走呢。"朱媚春点首答应，便随着如莲进了她的卧室。他们在堂屋走过，立时把伙计老妈都看得怔了，大家全晓得如莲卧室只有陆少一人可以出入，今天不知如何，却把陆少抛在冷宫，这个生脸的少年竟补了他的缺。惟有邢妈略有些预料，看出这个新来的人像个戏子，便知道如莲这几天不饮不食朝思暮想的人儿到了，她这几日和陆少冷淡的缘故，当然也为了这个人。

又疑惑如莲不常出门，怎会结识了戏子？忽想到国四爷昨天在这里腻了一夜，如莲和他直说到天亮，又哭又笑的情形十分可疑，大约还是国四爷拉的皮条呢！

不提众人纷纷猜度，再说如莲领朱媚春进了卧室，略沉一会，两人便装模作样假爱假怜的做起戏来。试想，一个倾倒一时的名伶，一个玲珑剔透的名妓，合到一处，只随随便便的，已能造作如真，而况两人又把嗓音提得略高，那边惊寰自然听见。如莲虽在这里说笑不停，却把耳朵全注到隔壁。沉不大时候，听隔壁的床微响了一下，知道惊寰已来到床上窃听，便向朱媚春丢个眼色。媚春忙躺到如莲旁边，中间尚还隔壁着几寸的余地，如莲就说起昨天的事，故意说得亲密非常，媚春也软声相答。说过几句，如莲听板墙上有划纸的响声，晓得板墙上已生出眼睛，就移身转面向里，用手轻抚在朱媚春的肩上，其实手指悬空，离他的衣服还有三四分远近，不过惊寰在那边看来，已是不堪入目了。接着如莲便问朱媚春还走么，两人又装着调起情来。如莲忽听隔壁发出不好的声息，像是气得发了昏，不由心里一颤，几乎再装作不来，只觉眼眶里的热泪，一行行向肚里坠落，把心都烫得奇痛，暗叫道："傻子，傻子，可气死你了，你哪忍得住妹妹跟旁人这样，哥哥，你不知道，这是假的呀！"如莲这时心里一转，知道大功已经告成，可是自己和惊寰也已万缘俱断，只这中间一道板墙，竟将我二人隔开一世。想着几乎再把持不住，便要跑到惊寰跟前，说破一切真相。但又转念一想，这时便说破了，枉害了他，也救不成我。一条大路，我都快走到尽头了，难道还掉头去走小路么？便把牙一咬，面上又换上一层羞红的媚容，向朱媚春一递眼色，道："你走也成，天亮再走。"朱媚春道："天亮走怎么？"如莲装作生气道："你装糊涂，打你！"朱媚春一笑，如莲呸了一声，回手便把电灯机关捻灭，立刻屋中漆黑，对面不见人影。如莲又咯咯的自己笑了几声，便用极低的声音向朱媚春道："您请回，快走，别教隔壁听见脚步，快快。"朱媚春也不敢做声，蹑着脚儿溜出去，下楼一直走了。

如莲自己藏在黑屋里，偶尔还痴笑两声，过了一点多钟，才悄悄起来，出了卧室，悄悄的走向隔壁房间，先在门首掀起帘缝向里一看，只见里面清寂寂的并无人影，忙走进去寻，哪里还有惊寰的影子？如莲知道他这一气气得不轻，定已带着漫天愤恨万种伤心而去。走到床前，见板墙上划破一道长孔，知道惊寰必是从此看破秘密，立刻气走。忽又后悔早先不该和班子定下规矩，自己屋里客来客走，不许伙计们干涉，这只为惊寰出入方便，哪知因此一着，连他走我都不知道了。如莲这时空睁着两只眼睛，什么也瞧不见，一颗心儿也似不在腔里，神经恍惚的摸摸桌子，又摸摸镜子，走到西边，又转回东边，举着手好似捉迷藏一样，忽然用手向空一抱，高叫一声："惊寰，你回来！"接着两足向上一蹦，像攫取什么东西似的，跳起老高，到落下地时，已跌倒在床边，昏昏的死过去了。

且说惊寰隔着板墙瞧见如莲和朱媚春的许多把戏，气得迷糊了一阵，醒过来还忍不住再看，见如莲和朱媚春的浪态，竟是自己目所未见。后来二人调情，把灯灭了，惊寰立刻眼前金星乱冒，心里肝肠如绞，知道再迟一会，或者便要发狂，这里万不能再挨下去，便想起步就走。但是通身气得发软，抬身不动，只得望着房顶抖战。自想我为如莲可不容易，违背了父母，得罪了表兄，抛弃了发妻，只望和她天长地久，哪知道她水性杨花，为一个戏子背弃了我！接着背一阵发凉，想到自己那可怜的太太，那可怜的人起初虽对我有些过错，可是以后对我那般情分，早就补过来了，如今还为我病得要死，看来那才是一心爱我的人，我只顾恋着如莲，向不理人家一句，真对不过她。如今如莲变成这样，我有什么脸去见她？不如死了。想到这里，忽又转念道：“不对，我已把她害到这样了，我再死去，岂不更害她一世？我现在万事都已作错，自己已不算个人，只有赶紧回家去救那可怜的人，赎赎我的罪过。”惊寰此际受了天大的激刺，心思改变得天翻地覆，觉得如莲已成了个卑贱无耻的人，她负了自己，家里的太太是个清洁温柔而且可怜的人，自己负过她。两下相较，只求快跳出污秽的魔窟，立刻回家见着太太，就是死在她的床下，心里也安慰咧！惊寰想到太太，竟生出一些气力，便从床上滚起来，抓着帽子就走出去。匆匆到了楼下，脚还没迈出门去，忽听身后有人喊叫自己名字，惊寰立定回头，见有个人从一个房间里探出头来，细看才知是表兄若愚。

惊寰正怀着一心气恼，见他在此也不以为意，更不愿和他长谈，只略招呼道：“表兄也在这里么？我回家了。”若愚一步赶出，拉住惊寰道：“你别走，陪我们玩玩，我同几个朋友在这儿熬夜呢！”惊寰挣扎道：“不成，我要回家，你别搅我。”若愚此际已看出他面色改常，神情大变，心里有些明白，仍拉着他道：“你要走咱一同走，等我去穿衣服。”惊寰应道：“快些，我在门外等你。”若愚忙跑进去，须臾就戴了帽子，夹了大衣出来。两人一路走着，若愚笑着打趣他道："子丑未申，热客时辰。老弟你自己腻到三点才出来，乐子不小，乐子不小。"惊寰不应，若愚又说了一遍，惊寰本来满心是火，听着若愚的话，好似又浇上暴烈的煤油，而且心里正气得发昏，更不能略自含蓄，便自己和自己发了大怒，顿足道："该死！你别理我。乐，哪个王八蛋乐？"若愚看这情形，暗惴如莲居然未曾失信，可还不明白她怎样把这傻孩子气成这样呢。就又用话探道："半夜打茶围，还不乐？莫非谁欺负了你？告诉表哥给你出气。"惊寰道："你别问！这不是出气的事。"若愚自装出纳闷的神气，仰天说道："这倒怪了，那如莲和他那样好，怎能给他气生？不能……不能……"若愚连说了十几个不能，惊寰听着脑里更昏了，忍不住失口道："怎么不能？眼睁睁她……"说到这里忙自咽住。若愚却已抓住话把，不肯放松，见神见鬼的惊异道："哦哦，她能给你气生？我不信。"说着又冷笑道："别骗我，她眼看就嫁你了，你是她的男人，她敢……"惊寰急了道："再说这个，我要混骂了！人家又有了……"说着又咽下去。若愚露齿一笑道："她又有了什么？她有病了？那你真算运气不好。家里那位要死，外面这位又有病，这怎么办？"惊寰此际却听不出若愚是在故意捣乱，倒从他的语里想起他当初相劝善言，暗暗佩服他比自己见得高远，又惭愧没听他的话，更加肚里填满怨气，似乎就要炸裂。方才既不能向如莲发作，却恨不得向人诉诉悲郁之怀。如今被若愚用话一勾，他就把若愚看作可以发泄怨气的人，也顾不得思想，拉住若愚又向前走。

　　若愚还想要说话，不想忽听惊寰口里竟唏唏的作起声来。若愚定睛向他一看，才知他竟涕泗滂沱的哭了。若愚惊道："你，你哭什么？"惊寰把袖子向眼上一抹，呜呜咽咽的道："表兄别理我，我是混账东西。到如今，我才知道，谁也对不起。"若愚这时已知他就要把秘密泄露，便也不再相逼，只跟着微叹了一声。惊寰又接着道："我都告诉你，你别笑话我。今天才知如莲对我不是真心。"若愚听到这里，把头一摇，口里又不能不能的捣起鬼来。惊寰反着急道："赚你不是人！她真下贱，居然妍了戏子。"若愚道："胡说！凭她那样……"惊寰咬牙点头道："哼，眼睁是么。"若愚把头在空气里划个大圈道："不然，你要明白，眼见为实，耳听是虚。"惊寰跳起来道："巧了，就是我亲见的呀！"若愚假装作一怔，略迟才道："哦？居然有这种事？想不到，万万想不到。那戏子是谁？"惊寰从齿缝向外迸出三个字道："朱媚春！"若愚听了几乎要拍手大赞，赞美如莲的信用和她的巧计，但怕惊寰看破，忙自忍住，仍做很自然的样子道："哦，那就莫怪了。朱媚春脸子多们好，窑姐儿又都爱妍戏子，如莲怎禁得他引诱啊！可是你也不必往心里去，他们不是久局，日子一长，如莲和朱媚春腻了，还要反回头来嫁你。你耐心等着，准有那一天。"惊寰听了好似吃了许多苍蝇，连连呸了许多口，才恨恨的道："你看我真没人味了！少说这个。"说完便背脸去不理若愚。若愚见这光景，知是大功成就，但不知他这颗心被如莲抛出来以后，还要落到哪里。便又试探道："如莲是完了，家里那一位你又誓死不爱，日后该怎样？不如想个旁的路儿。听说大兴里百花班里新接来个人儿，俊的很，明天陪你去开开心。"惊寰听着向他把眼一瞪，道："你还往坏道上领我，瞧着我还不伤心？你又怎知我不爱家里那一位!"若愚冷笑道:"爱还见死不救呢,不爱该怎样?"惊寰听到这句,在黑影中恍见自己的太太正在病榻上忍死呻吟,希望自己回心转意,不由一阵心肝翻搅,好似发了狂一样,两手高举,叫道:"我对不起你!我就来了。"说着也不管若愚,只似飞的向前跑去。

若愚也不追他,只立定笑了一笑,自庆没枉费心思,今天居然大功告成,从此可以对得住惊寰太太,不致再心中负咎了。又想到去年二月初五日自己从莺春院把他找回家去,今天又恰是二月初五,前后整整一年,看来真是缘分有定,便暗自叹息,反自筹度现在第一件事便是要回家向自己太太报告,教她也跟着喜欢。第二件便是把如莲妍朱媚春这件事,赶紧托报界的明友登了报,索性给他二人中间再加上一层障碍,务必使惊寰认定如莲是性情淫荡,名誉极坏的人,永不致死灰复燃,方能给惊寰太太一个爱情上的安全保障。若愚想着便悠然自得的回家,向太太报告一切去了。若愚以先所办种种与惊寰夫妇释和的事,都不失为古道热肠。只有最后这一着,失之过于狠毒,所以他日后的噬脐莫及,也便种因于此咧。

再说惊寰抛了若愚,狂奔回家,路上虽遇见空的洋车,他也好似没看见,仍旧自己与自己赛跑长途竞走。好容易赶到家门,见大门紧闭,便举手捶打。原来近日惊寰因严父远行,慈母溺爱,所以毫无顾忌,比以先大不相同。捶了半响,门房的郭安才睡眼朦胧的出来开门,才开了一道缝,惊寰便直扑进去,一语不发,两步就蹿进天庭,并不入常住的书房,一直走到后院。这时天已三点多钟,各屋都已熄灯安寝,却只见那新屋里还有灯光,知道屋中必有仆妇看护病人。惊寰在外面原抱着火一般的热望，想着一进家门，便跑进妻的房里，跪在她床前，表明后悔，求她饶恕。哪知一到地方，倒胆怯了。自想我狠心弃了她一年，如今我走进穷途，才来就她，不特我自觉可耻，还许她赌气不理我呢！她若再不理我，我有什么脸活下去？又觉自己的死活尚在其次，最难堪的就是打叠不起一副厚脸皮去见她的面，便踌躇不进的在院中立住。过一会才自强硬头皮凑到窗前；想向里看，却见窗里挂的粉红窗帘遮得甚是严密，无处着眼，不禁暗叹道："果然这一桁窗纸，几眼疏棂，便是云出几万重了。我那可怜的人，当初你哀求我，如今你这毫无心肝的丈夫也来求你了，你知道么？天呀！我这时定要见你，就是明天早晨也等不得。这半夜准能把我急疯了。可是我有什么脸进这屋？我的妻呀！你怎不把我叫进去。"

　　惊寰正在胡乱叨念，忽听屋里有人说话，先是个半老女人的声音道："少奶奶，你闭上眼歇歇，天天总这样望天明，人如何受得了？喝一点水，就睡一会吧！"惊寰晓得这说话的是专侍候新妇的仆妇郝妈，暗暗感她对新妇倒很能体贴，日后定要多赏她些衣物钱财。接着又听新妇连咳嗽两声，咳嗽声音很是奇怪，其声空空，仿佛心中都空无所有了。那郝妈似乎替她轻轻捶了几下，过一会，新妇才声息微微道："我也想睡，只是睡不着。郝妈你困就到地下睡去，我这时不用人。"郝妈道："我睡了一天，一些不困。只怕您劳神。"新妇接着说了半句话，又呛起来，且呛且说的道："你到书房去看看，火还旺么？他还没回来，大冷的天，半夜三更的……身子又不结实……"郝妈劝道："您自己养病吧，就别管少爷了。"新妇又咳嗽一声，喘着道："咳，我总不放心，他在外边闹，万一有个……等老爷从江西回来，我没这口气就罢了，要还有这口气，一定求老爷把他外边的那个人弄回家来，那他就可以在家里安生，不上外面混跑……"那郝妈道："您少想那些个，把外边的婊子弄回来，于您有什么好处？如今人不在家里他还……"说到这里，似乎后悔不该向病人说这等动心的话，忙自咽住。惊寰在窗外也暗恨郝妈顺口胡说，不特惹她难过，又给我们夫妇离间。却又听新妇叹道："我么，我是不在这本账上的人了，只盼你们少爷……"以下的话又被咳声挡住。惊寰知道她这句话是只盼自己能好，她虽死无恨的意思。想不到自己对她那样薄幸，她还如此想念，心里感动得按捺不住，一跳便跳到堂屋门首，推门竟是虚掩，就直走进去。再看里屋却挂着棉门帘，惊寰已一年不进此屋，夜里进来，更像到了生人家里一样。但也顾不得犹疑，上前一掀门帘，便走进去。那郝妈瞧见进来了人，没看清是谁，就吓得喊叫。惊寰道："不要怕，是我。"郝妈才直眼一看，愕然道："少……爷……"，惊寰道："是我，你出去。"说着把郝妈向外一推，立刻跟跄跄跌到堂屋，惊寰再回头，见新妇几月不见，已是瘦骨支床，颈际又添了个碗大的瘰疬，像柴样的一束娇躯正裹在锦衾以内，床头摆着茶杯药碗，灯光也暗淡非常。惊寰见屋里这一派惨状，明白完全是自己所造成，不禁痛上心来，潸潸泪下。又见新妇歪着那黄瘦的脸儿，向自己愕然相看，惊寰忍不住咧开大嘴，哭着叫了声"我的妻！"便扑的跑到床前，手儿环着她的香肩，头儿抵到她的颏下，一语不发，先自呜咽起来。

新妇猝然遇到意外的景况，不知是幻是真，还疑惑是做梦。

因为这样的梦，以先曾做过许多啊。惊寰哭了一会，才抬头望着她颤声说道："我的可怜的人，我来了。妻，妹妹，姐姐，我来了。我该死，我对不住你，以先我是混账东西，现在我明白了。求你饶了我的错处，饶了我，亲人呀！你说一句。"新妇直着眼睛，怔怔的把手在惊寰头上抚摩，只见嘴唇作颤，听不见说话，半响才发音道："你……你是他，你来了，你可来了！"说完眼儿一闭，似乎昏去，那手儿却在他头上更揉搓得重了。惊寰接着且哭且说道："我今天才明白，世界只有你是真爱我的人，可惜我以前瞎了眼，把你害成这样。只求你饶了我。从此我再不离你，守着你过一世，好补我的过处。亲人呀，你说句话，饶了我！"新妇睁开眼，向左右上下看了一遍，伸手摸摸枕边，摸摸自己的脸，摸摸惊寰的肩儿，又瞧瞧自己的手，才低语道："真的么？他真来了！"惊寰想不到她一病半年竟而衰到这等，举止神态，都不似少女，又见她将信将疑的模样，知道她对自己想念过深，希望久绝，才有这般景况，心里更加痛切，便用头顿得床沿作响道："妹妹，是你那个不是人的男人来了，惊寰来了，你不必疑惑，快饶我，我从此不出这屋子了。"那新妇这时把惊寰的头儿，扶得抬起，细看了一会，脸上微露笑容道："真……真的，你可是真来了。"惊寰忙应道："是是，我是惊寰，你不是做梦。"新妇忽然自己一笑，那笑声好似她小时在母亲怀里所发的一样，笑着说道："嘻嘻，娘，他回来了。阿弥陀佛，娘。"又看着惊寰道："你别走。"惊寰紧紧抱住她，把嘴凑到耳边，说道："妹妹，你把心定一定，惊寰回来，再不走了。你定定心好和我说话。"说着就偎她温存许久，又连乱叫着姐姐妹妹，过一会才觉新妇咳嗽着用手把自己脸推开，她口里道："你抬开，我明白了。"惊寰才把脸离开她几寸，却还注视着，见她满面啼痕，眼光已不似方才散漫，知道她神志已定，便又哀告道："方才我的话你听明白了"？我已对前事十分后悔，……"新妇抬手把他的嘴掩住道："你真来了，不离开我了，我真想不到有这一天。天呀！我也有……"说着又咳嗽。惊寰又道："你对我以前的错处还记着么？怎不说饶我的话？"新妇想了想，倒哀哀的向惊寰道："你待我没不好，我饶你什么？还要求你信我。"惊寰道："信什么？"新妇道："就是以前三番两次跟你分辩的事。"惊寰紧握着她的手道："我信，我信，不论那件事是不是你所说，即就是你说的，我如今想起来倒感激你卫护我呢！当初我是该死，才跟你胡闹。亲人，快别提那些了。"新妇此时才看出惊寰是在地下跪着，急得把身儿一动道："你怎么跪着？快起来！"惊寰更跪得挺直道："我求你饶我以前的错处，你不饶我怎能起？"新妇抓住惊寰的头发，悲声道："你怎还说这个，咱俩有什么饶不饶，只望你从此爱我，我死了也甘心。快起来，别教我着急。"说着见惊寰不动，才又流泪道："你要非得逼我说，我就依你说一句，哥哥，我饶你了。"说完便把惊寰的头发，向怀内一拉，惊寰乘着这个机会，先把一条腿提上床沿，接着就把全身滚到床上，新妇也将身朝后略退，立刻两人的头儿各占着半边鸳枕，脸对脸的偎在一处，虽然隔衾相抱，照样也成了同梦鸳鸯。这一夜惊寰的引咎自责，曲意相慰，以及海誓山盟，和新妇的受宠若惊，投怀如梦，以及轻嗔薄恨，都自不必细表。只苦了个郝妈，半夜里被少爷推出门外，又不敢回去睡觉，没奈何就坐在堂屋里打盹。屋里惊寰所说的话，她都听见了，心里暗替新妇高兴，喜欢得再睡不着，天才一亮，便去推老太太房门，去报告少爷夫妇复合的事。

惊寰母亲听了自然欢喜，尚还疑惑，自己也顾不得端婆母的架子，悄悄的跑到儿媳卧室门外，掀帘缝向里一看，见他夫妇和衣相偎，正睡得酣适，便退出来。这消息立刻传遍了全家上下，没过正午，就又传到若愚的家里，立刻人们都有了喜色。

惊寰在新妇屋里起床后，见有仆妇进来，便直跑到自己母亲房里去梳洗，见母亲和众人都望着自己笑，知道早被人看破，只得装作看不见。到吃过早饭后，惊寰涎着脸儿，向母亲问历来给新妇请的医生和所开的药方，老太太把药方都检出来，又告诉了许多医生的名字。惊寰知道这些饭桶都是欺世盗名之士，没一个靠得住，又见药方脉案都写得很凶恶，更后悔自己负心，竟把她害到如此，立志要替她访求良医，用全力给她治病，便到新妇房中，告诉她自己出去一会。新妇似乎连这片时都不忍分开，恋恋许久，才嘱咐他快去快回。惊寰出门去，便到各亲友家挨门访问，哪里有出色良医？末后访到一家，竟得了个机会。原来这时直隶督军正害了老病，派人到江苏请来一位名医，这名医真是位国手，在前清做过太医院长，恰住在这亲戚家里。惊寰托了许多人情，才求得那名医允于明天来看。惊寰大喜回家，对新妇说知此事，仿佛已请到活神仙，只要神仙驾到，立刻手到病除。新妇此际因丈夫回心见爱，对前途生了无穷的希望，也自怕死贪生起来，更盼着早脱沉疴和心爱的丈夫唱随一世，自然闻语欣然。当夜惊寰又宿在新妇房里，给她温药调羹，实际当了看护夫。到了明日，一过午后，惊寰便派郭安雇辆汽车来接那名医，盼到上灯时候，名医才姗姗而来。先让进书房，吸了半点钟的鸦片烟，才去诊脉。诊过以后，又回到书房，坐在椅上，看着笔墨，沉吟了半晌，方绺着胡子道："兄弟没拿手的病，向来不敢开方。这位病人，是思虑太重，心血交枯，早已转了痨病。你要在前一个多月，请明白人治，还有几分把握。如今……"说着瞧瞧惊寰，又道："兄弟开方也是没用，请您另请高明。"惊寰听医生口气不好，立刻颜色更变，忙又追问道："您瞧还有挽救么？"那名医笑道："挽救，怎能没有？不过兄弟实在才疏识浅……"话只说到半截，便立起拱拱手，表示告辞。惊寰没法只得送出，仍派郭安用汽车送回。惊寰才知新妇已入危险，心里的悲痛自不必说，但对新妇还不敢露出神色，到夜里仍用旧药方煎药给新妇吃，虚报说是这名医所定的方剂。又过一日，惊寰仍不死心，又约来本埠一位名医黎桐冈先生。这位黎先生虽没辞开方，但所说的话和那位太医院长也大同小异，惊寰更凉了半截。

开过方子，惊寰送医生出了门，自觉满腹辛酸，便在门口呆呆站了一会。忽听巷口有人喊道："看朱媚春的新闻一个铜子。"惊寰听了，心里一动，就将卖报的招呼过来，买了一张，拿着走回院里，且行且看。翻到里面，才在小新闻里寻着一段标着二号字的题目，是"春莲之爱"，而后又一行小题，是"门当户对妓娙伶"。惊寰脑里轰然一声，料道说的定是那件事了，便赶紧向下看，见正文是："忆琴楼之名妓冯如莲，花容月貌，秀丽天然，北里胭脂，无出其右。惜其对待客友，松香有架，草木无情。人以其桃李冰霜，亦加原谅，故琵琶门巷，依然不断游骢。讵知妮子近来大改故常，与男伶朱媚春妍识，鹣鹣鲽鲽，双宿双飞，一日不见，如隔三秋，大有终身相倚之意。此事满城风雨，尽人皆知。素日拜倒石榴裙下者，亦皆醒悟，已无愚人再往报效。恐其生意从此一落千丈，而朱媚春亦将名誉破产云。"惊寰看罢，心想这段东西，虽然似通不通，却天然是天津才子派的笔墨，可还说得情真事确。这件事一传出去，如莲的生意怕要坏了。又想到报上说这事满城风雨，尽人皆知，看起来只有我一个混虫，一直蒙在鼓里。若不是那天活该看破，还不知教她骗到几时。一阵气愤，便把报撕作一圈，扔上房去。正是：天下有情痴，姑屈君掩书一哭；人间无限恨，莫嗤我取瑟而歌。后事如何，且听下面分解。

第八回　千金市骏骨明身世夜月返芳魂
一殡出双棺忏业冤春风回旧梦

　　话说惊寰自经了这情场剧变，心儿划了条绝大的创痕，原想捧着这残破的心儿，请自己的太太去收拾补缀。怎奈新妇虽承受了他的请求，可惜事与愿违，偏又病入膏肓，眼看不起，反在惊寰的新创之下更涌起旧创。所以此际的惊寰，只有悲伤愧悔，对于那辜情负义的如莲，虽然在风前月下，偶然还飏不下思量，但再联想到朱媚春，便切齿痛恨一番，随即恝置断念。最难堪的就是看着辗转床第的新妇，以前是冷落经年，把她抛得像个寡鹄，如今虽厮守度日，可怜自己眼看又要变成鳏鱼。纵然觅尽奇方，照旧毫无生理，惊寰成日守看新妇，还须强颜为欢，谋她眼前的安慰。但想到这偎在自己怀里的可怜人，不知何时就要奄然化去，从此一别茫茫，再无见日，心里的惨伤，直是无可方喻。后来在无可奈何之中，勉强自己开辟出一条路径，便是一面照样竭力觅医救治，一面把自己所有的爱情，都偎献给她，希望她即使到不起之时，也在灵魂中带着自己的爱情逝去。因而从此以后，惊寰就将看护的责任，全自担负起来，药物羹汤，莫不亲手调量，寒暖眠食，更为加意看护，稍有闲暇，便坐到新妇床前，和她说些闲话，讲些故事。还时常呢呢的谈些爱情，故意说到将来她病好后，夫妇间的行乐计划，恩爱约章。凡是惊寰心里所能想到，嘴里所能说出，全一一的表示出来，以求那新妇开颜一笑。那新妇见这心爱的丈夫如此体贴温存，深情厚貌，这原是自己早已绝望的事，如今竟在意外得来，岂有不喜心翻倒？这时知道若能病好离床，前途都是乐境，所以也有时忘却痛苦，偶作欢容。那惊寰看到这种情形，还疑她心境渐开，回生有望。哪知新妇已深入痨瘵之境，五内俱伤，四肢渐败，绝非精神娱快所能修复，只熬时候罢了。惊寰服侍病人，直到了七月，他只全神注定新妇，惙惧着不定哪日要发生死别之悲，便把旧梦全忘，脑里已不存如莲一些余影，更没工夫念到那旧时腻友，下落何方。每日只想着新妇死后，自己该怎样归宿。有时若愚夫妇同来探病，问知情形，也只得相对唏嘘，扼腕咨嗟而去。

转瞬又进了八月，过了中秋，已是金风瑟瑟，吹面生寒。病人遇了节气，更加重步，眼看就要临危，请来许多医生，都劝不必枉投药石，教病人多喝苦汤，须先预备后事，恐怕已等不到九月。惊寰听了比自己将死还为伤痛，知道和她夫妇一场，只有这几天相见了，只得守一时是一时。人世的时光，再没比这时珍贵，便捌着万种伤心，更日夜腻在房里，去珍重那永别以前的少许光阴。还要对新妇赔着笑脸，连眼圈儿都不敢稍露微红。可是每一瞧到新妇已呈死象的脸儿，心里便刺痛不已，真是一看肠一断了。

这样居然熬了几日，到了二十一那天，又赶上是惊寰母亲的寿辰。在合家恼丧之中，自然不待宾客，可是有几家内亲，照样前来祝寿，若愚夫妇不待言也在其中。这日惊寰见新妇精神转旺，两颊红鲜，目光有神，说话也似添了气力，以为她病势减轻，便也出去应酬。戚友知道本家正有心事，都不多坐，只若愚夫妇被老太太留住说话。这时老太太因新妇已是眼前的人，把戚友女眷都拦住不教看视，若愚夫人自然也不能独去。到晚饭时，老太太因家里只有母子二人，男女仆妇都不当用，一旦丧事出来，一定手忙脚乱，若愚夫妇是至近内亲，应得帮助，便留他夫妇住几日。若愚夫妇晓得老太太意思，即时应允。若愚夫人便派人立刻回家去取随身东西，安置在上房西间，和老太太住连房。

晚饭过后，若愚夫妇到西间歇息，惊寰也要回去看护新妇，被若愚夫人悄悄叫住道："表弟，你在这屋陪表哥说话，我去瞧瞧病人。"惊寰凄然道："您不必去，她就是三两天的人，嫂嫂留个忌讳。"若愚夫人摇头道："我不讲究这些，姐妹好了一场，怎来了不去瞧她？"惊寰无奈，只得陪若愚同坐，任她自去。过了半点钟工夫，见若愚夫人也恰从新妇房里，垂着头怏怏的出来。惊寰无意中叫了一声，若愚夫人抬头看见他，忙又把头低下。惊寰在月光中已瞧出她泪痕满面，知道情形不好，怀着满心恐惧，也不敢问。若愚夫人走过几步，又自站住，犹疑了一下，才叫道："表弟。"惊寰忙赶到她面前，若愚夫人用那悲悯的目光瞧着他，半响才道："你不必上厢房去了。"说着沉了沉，又道："表弟妇……你也不必伤心，生死有命，她这是回光返照，至迟不过两天，快预备吧！你的心尽到了，不必再守着她。"说着鼻孔一酸，就掩着泪走进上房。惊寰痴痴的倚着院里的荷花缸，只觉一身软化，万念皆灰，要哭也哭不出来，对着天上的月光，只怨恨上天，怎只会处罚人的罪恶，竟不容许改过自新。我错待了新妇，虽是罪大恶极，但是我已诚心改悔，愿意把将来有生之日，都作我补过之年，怎的上天非得把她从我怀里夺去，断绝我忏悔的路，定要我抱恨终身？天呀！看起来人不许一步走错，只要走错了想改悔都不易咧！接着身上一软，便沿着荷花缸溜在地下，好容易又站起，便神智昏昏的，步步向厢房挪去。忽听背后叫道："惊寰！"惊寰回头，见若愚立在上房台阶上摆手道："你这屋来谈谈吧，病人有仆妇看着就行。不是我劝你狠心，你去守着也没用，枉给自己添病。"惊寰摇摇头仍向前走。

正在这时，猛听外面有捶打大门之声，隔着外院直送进来，打得很是厉害，好像有什么急事。若愚惊寰都吓得一怔，弟兄俩便同走出外院，到门洞里查问，见门房的郭安正隔着门和外面说话，却不敢开。若愚问他道："外面是谁？"郭安道："不知是谁，他们说来找少爷，有好几个人呢。"惊寰忙推开郭安，向外问道："谁呀？"外面只叫道："找陆惊寰陆少爷。"惊寰答道："我就是陆惊寰，哪一位找？"外面又换了个老年人的声音道："在下国四纯，访阁下有话面谈。"惊寰听了一呆，暗想国四纯来找我作什么？自己拿不定主意，瞧着若愚，若愚道："国四纯不是那位前清遗老大名士么？你怎会认识？不如回他家里有事，改日自去拜访。"惊寰略一犹疑，若愚却在无意动了好奇的心，又改口道："管他来干什么，开门问问再说。"惊寰无话，便唤郭安开门。哪知门一开放，立时先挤进一男一女，惊寰在黑影里也没看清是谁，第三个拄着拐杖缓缓走进，却真是国四纯。那先进来两人中的男子问道："陆少爷在哪里？"惊寰才答应一声，已被他劈胸揪住，高声喝道："我可找着你了！小子拿命来！"那女人也扑到惊寰面前，哭叫道："姓陆的，你害苦了我了，咱俩人拼了吧！"惊寰惊诧之中听出声音甚熟，却又没法挣扎，不及询问。这时国四纯忙上前拦住道："怎又忘了我的话？有事坐定慢说，不可乱闹。"说着见若愚要向门外跑，忙用拐杖挡住道："这不是明火抢劫，何必去报巡警？"惊寰此际才看出向自己拼命的这一男一女，是周七与冯怜宝，晓得又出了祸事，虽是来意不善，里面却又夹着国四纯，尚不致生甚凶险，便也把若愚叫住。国四纯道："快把门关了，借一步细谈。今天来有要紧的事，跟陆先生很有关系。"这时周七已把惊寰松了手，怜宝也不再闹。惊寰没法不往里让，只可引这一群人进了书房。其中只把个若愚闷坏，及至进了书房，见除了这个年老的国四纯还有个女人不认识外，另外一个男子，竟是在自己手里背约潜逃的周七，心里更觉纳闷。但还忍着装没瞧见他，周七瞧见跟着惊寰身后的是何大少，也大吃一惊，忙低了头。

国四纯进来，不用人让，便向椅上坐下，先把手按着周七夫妇道："你们不要喊闹，人家这是公馆，容我把话说完，自然有办法。"周七虽想打闹，见若愚在此，早不敢动。怜宝却披头散发，许多不依不饶，但来时和国四纯有约，也只得寻机再闹。国四纯转脸向惊寰道："在下今年七十四岁，别说身份，只论岁数，实不必管你们的闲事。无奈天缘凑巧，你们的事我全知道，又看在如莲的面上，不忍瞧着你们出祸，所以随他们来。"惊寰听到如莲二字，觉得在耳里很生，在心里很熟，不由悚然一惊。国四纯望着他点头叹息道："痴儿痴儿，只顾你自命多情，可知造了大孽！你那如莲快要死了。"惊寰听得摸不着头脑，只管怔着。国四爷叹道："你真是个恶少！如今会忘了她么？哦哦，你心里还许这样想，如莲死了，应该去告诉朱媚春，来告诉我作什么？痴儿，你还不明白呢！那个痴心女儿，拿性命报答你，只落你一个恨字么？"惊寰越听越不明白，若愚却有些预料了，不由身上打了个冷战。国四爷一眼看见若愚，便问道："这位是谁？"惊寰忙介绍道："是舍表兄何若愚。"国四爷笑问若愚道："当日到忆琴楼去劝如莲的是阁下和令尊夫人么？"若愚不知该怎样回答，只微一点头。国四纯还没说话，那边周七早喊起来道："出主意的是何大少呀！国四爷只告诉我是姓陆的亲戚，我还说要把这出主意的宰了，想不到是何大少！我……"国四爷向他一摆手，又对惊寰道："阁下和如莲决裂，是为她认识了朱媚春，她所以认识朱媚春，是为诚心要阁下伤心决断。至于如何要和阁下决断，这位令亲很知其详，请他说话，比从我嘴里说有力量。"说着又向若愚道："阁下当初所办的事，也是一片热肠，我很佩服。不过如今如莲已眼看就死，决无生望，您所疑虑的事再不会发生，年轻人口头要留德行，不可使死者身后还蒙不白之冤。请你把和尊夫人到忆琴楼的缘故，细说一说。"

　　若愚被国四爷在众人面前逼住，不能狡展，又想如莲果已垂危，何必教她九泉饮恨？便硬着头皮，对惊寰把旧事重提，说起当初惊寰夫人如何替自己受冤枉，自己如何心中负咎，如何劝你不听，后来如何在习艺所里想起主意，教周七和罗九等给你和如莲破坏，如何周七背约，计策失败；从上海回来以后，如何被夫人逼迫，如何到忆琴楼去求如莲，如莲都说的什么，自己夫妇又如何连激带劝，如何得了她的允许，如莲如何定的日期，如何的守信不误，都说了一遍。惊寰听着在屋里转起圈来，国四爷叫道："站住，这一节你明白了，听我接着说。从令亲夫妇走了以后，如莲哭的泪人一样，把我请去，将细情都说明了。和我讨主意。我劝她不可为别人误自己的终身。如莲只一根脑筋，说是若不绝了你，你太太要死了，更害你做不成人，宁可她自己死了，也不愿教你落个损坏名誉。而且又不肯对令亲夫妇失信。她说的条条有理，我这个老头子一世就受了书的毒，一听她所据的理很正，又看她是个妓女，舍了你还能嫁别人，竟而给她出了主意，借重那朱媚春，教你吃醋。头一天在松风楼，第二天在她那里，都是你耳闻目睹的了。痴儿，你只觉他们亲热的肉麻，哪知是专为唱戏给你听，他俩连衣服都没沾到一处。而且除去见了那两次的前后，他俩也永未曾见面。你还疑惑媚春住过她许多次呢！我七十四岁的人，敢发誓和你说，那朱媚春是永不能人道的，他是个天阉呀！"说着见惊寰已掩面而泣，便又接着道："如莲从允过令亲以后，早安了死的心，幸亏很早被我瞧出，费许多话才劝得她答应留着残喘，再等和你重圆的机会。你知道出事以后的十几天里，她已瘦成什么样子咧！"惊寰听到这里，嘴里不知叫了一声什么，向前一跳拉了怜宝乱喊道："领我去！我的如莲！苦死你了，苦死你了。"说着顿足不已。国四爷忙令若愚把他按在椅上，自喝了口茶，长叹道："我这又是烦恼皆因强出头，可谓老而不知休止。"说着痰嗽几声，又向惊寰道："今天我们来就为要你给她个办法。"惊寰哭道："什么办法？活一同活，死一同死好了。"国四爷笑道："何必这样张致？听我说完。如莲虽允许我不再寻死，谁知她还是没心活着，自己拼命把身体作践，说觅个渐进的死法，这尚不要紧。偏在这时候不知哪里的混账王八蛋，竟在报上说如莲和媚春搭了姘头。这于媚春还无大损，如莲的生意从此真就一落千丈，忆琴楼不能住了，连挪几个班子，生意都不见起色。如莲虽不介意，那债主却不似当初缓和，忽然逼得紧了，日日上门诟谇。如莲何曾经过这种事，再加上一面想你一面自伤，就一天比一天虚弱。医生全不晓得缘故，岂知她诚心要死，时常不食，极冷的夜里倒不盖被，十天八天也不准睡两点钟的觉，日子长了竟成了一种弱症。请医生煎药也不吃，近来病已成形，群医束手。我因爱她的为人，时常去看她，她也自知不起，求我向南满站写一封信叫她母亲回来，好见一个活面。哪知她母亲和周七，去年在南满站开了烟馆，今年春天就遭了官司，坐了半年的牢。好容易出来，恰接着了信，就两手空空的赶回来，母女相见哭的好惨。正值我在如莲那里，怜宝向我问她女儿的病源，如莲还不教说。我因她亲娘到来，或者有法子挽救，便背着如莲把底里全告诉了。那时他夫妇正专心给女儿治病，也没怎样。今天我到他们那里，见如莲已眼看难活，外面有债主逼命，怜宝急了，因事情全由阁下身上所起，就要拉周七抬着如莲，一家三口，都到你家来死。我怎样也拦不住，只好劝着他夫妇先随我来见你，善办恶办，全在阁下一言。这事通盘都说完了，阁下想怎样？"

国四爷说完，这时周七因若愚在座，没脸再闹。怜宝却趁这机会一把抓住惊寰，坐在地下撒泼叫道："姓陆的，装没事人可不成。我女儿死在你手里，趁早给她偿命。"说着又大闹起来。惊寰站起来道："走走，我见她一面，一定给她偿命。我对不住那一个，死了正好。"国四爷忙喝住怜宝道："闹是没你便宜，别吵人家家眷。"若愚听着心里一动，忙探头向院里看，见院内无人，内宅屏门紧闭，知道没被内宅听见方才放心，回头也劝了怜宝几句。国四爷又向惊寰道："事已至此，我只是一个调人，请你说个办法。"惊寰惨笑向老人道："您知道我家里还有个快死的么？"国四爷愕然道："谁？"惊寰道："您不必问。"说着仰头道："天，怎么把后悔的事全给了我？老天待我太厚了！天呀，我还怎样？同命鸳鸯，再外加一个，更好，更好。"又凝一凝神，向国四爷道："您领我见如莲一面，教我怎样就怎样。"国四爷道："面自然要见，不过现在要先安慰安慰怜宝，然后……"惊寰忽然跳到怜宝面前，张着嘴向她傻笑道："我现在要娶如莲从良，你要多少身价？"怜宝尚惊疑未语，国四爷已大笑道："好好，阁下就学个千金市骨吧，这倒是补过之道。纵然她眼前便要咽气，只要名义上嫁你一分钟，也了她素日的心愿。而且你给怜宝些钱，一来教她还债，二来也好过活，真是两全其美。这是聪明人办的事，你要是财力不足，我看在如莲是我义女的情份上，可以量力相助。"惊寰顿足哭道："这还说什么力量不力量？拼着办罢了。你们全好，就是我一个不对！你们也没一个早来一步，早告诉我一声，直到这个要命的时候，才教我知道。这不是活倾杀我？"说着又举目向众人乱看，望着若愚道："你害我不浅，表兄！表兄，在你表弟身上缺了大德了。"又向怜宝道："你放心，你放心，我偿命，我偿命！"又跳过去拉着国四爷的手叫道；"国老老……伯，如莲还活的了么？"

这时屋里众人见惊寰像疯了一样，大家都不敢张嘴。只国四爷按住他的肩头道："你沉下气，听我说，这不是哭闹的事。我不怕你伤心，如莲虽还活着，也只剩了一口气。你想，若再有半点指望，她娘怎会抛下她来和你拼命？你不要管她活不活，死不死，我盼望你能追念着旧情，可怜她是为你而死，趁这时候娶她从良，她要还活着呢，就抬她到你家来见个活面，也好教她瞑目。她要已死了呢，你只当纳了个鬼妾，买她一副尸骨，葬在你祖茔之侧，也算完了你俩未尽之缘。我这是瞧阁下读书明理，才说这种书呆子的话。你要……"说到这里，惊寰浑身乱颤叫道："我不能再等了，我的如莲，你们快教我见她。国四老伯，冯祖太太，积积德，快教我见她一面，要多少钱，我给多少。"说着右手拉定国四爷，左手拉定怜宝，就往外闯。怜宝却死命赖住道："不成不成，咱得说说。"惊寰口吃着道："说……说什么，我全依……依你还不成？"怜宝道："不成不成，咱们说好了再去！"若愚在旁边正负手踌躇，这时也过来拦惊寰道："你出去不成，家里这个快死的交给谁？"惊寰听了身上一软，扑的坐在地下，手拍着砖地道："老天爷，我这遇见的都是什么事？怎不教我这时死了？我可怎么办呢？"怜宝趁势走回国四爷跟前，向老人耳边说了几句，国四爷哦哦两声，向惊寰道："你起来，我告诉你，你现在就按娶从良人儿的规矩，先把手续办清了吧。你是个明白人，我把怜宝的心思告诉你。她本是妇道人家，没大见识，以先她本打算把如莲抬到你家，教她在这里咽气，好讹你一下。虽然教我拦着没把如莲抬来，但是她心里还算计着，我若和你说不出个所以然，她依然还预备去抬如莲。如今她听你拼着花钱，要见如莲个活面，她可就又想歪了，只怕领你到了她家，如莲已咽了气，那时你要转了轴，她就没了讹你的把握，所以不去。"惊寰道："本来说的千金市骨，死活有什么关系？怎这样胡狡！"国四爷道："所以她是妇人之见，不必再谈。你先给她个把握，快说吧，没时候延迟了，怕如莲不能忍着死等你。"惊寰瞪圆眼睛向怜宝道："你说你说，要多少？"怜宝瞧瞧周七，周七见怜宝看他，才要说话，忽又拿眼瞧瞧若愚，便自低下头去。怜宝只得自己说道："如莲的外债有一千五，还有我们夫妇，你瞧着办。"惊寰伸着手道："两千，三千。"怜宝道："不是我讹你，痛痛快快，你一共给五千块钱。"惊寰道："五千，成成。可是我上哪里弄钱，哪里弄钱去呀！"说着用手在头上拼命乱抓，仿佛搔破头皮，便可有五千块流出来。

　　这时若愚见这次从天而降的祸事，分明由自己身上所起，自己原来一片好心，想不到弄出这般结果，连气带怕，只觉心乱如麻，更没法出头排解。此际又见惊寰为现时抓不出钱，见不了如莲的面，眼看着像要急死，自知这是用着自己的时候，不能再忍下去，便上前向怜宝道："你真会讹人！寻常买一个欢蹦乱跳的大活人才多少钱？如今我们买一个真正棺材馅子，你敢要五千！这不过是惊寰念着如莲的旧情，才办这种傻事，这新鲜出奇的机会教你赶上了。我既在这里，不能看着，这事没的可说，话该巧了。我今天才收了人家还我的一张支票，是三千五百块，就把这个给你。你要，就是这些，我们一半行好，落个好里好面。要真闹翻了，任凭你讹，我们拿这些钱打官司，大概也够。"说着在袋里拿出一张支票，在怜宝面前一晃，又道："要不要？你说。"
怜宝跳起来道："我们孩子是赚大钱的孩子呀！要活着，十万八
万也赚得来。如今死在姓陆的身上，我要五千还说少了。你留着
那三千五打官司，咱就打……"

正闹着，忽然后面周七把她一拉，直拉到墙角，向她说了许
多话。怜宝才乂走回来，一边走一边望着国四爷，气焰已低了许
多。国四爷看出神气，便插嘴道："三千五也差不多了，还完债
还剩两千，也够你们吃几年。你要一定嫌少，我老头子给你添几
百。"怜宝这时却随风转舵道："国四爷，教你受累就够了，哪能
要您的钱？您既在中间说，就便宜这姓陆的。可是他得发送我女
儿。"国四爷道："那个自然。你先收下这款子。"便把若愚手里
的支票接过，要交给怜宝。怜宝迟疑道："这支票准取得钱来
么？"国四爷道："我作保，你要取不出钱，就到我家里去取三千
五百块。"怜宝方才收下带在腰中。

惊寰却又从地下跳起，拉住怜宝道："全完了，还不教我见
如莲的面？"怜宝道："自然教你见！不用你去，我就给你送来。
死活可不敢保。"国四爷站起向惊寰道："事到如今，还谈什么忌
讳？你既然千金市骨，如莲此际无论生死，定要教她进了你的门，
才算了她嫁你之愿。你也不必跟去，就等着送来吧！"惊寰还自
不依，无奈又被若愚苦苦相劝，紧紧相拉，只得喊着："快送来，
快送来。"国四爷又向怜宝道："回头你是要跟来的了。"怜宝这
时才露出了悲容，揾着泪道："我还跟来作什么？就是活着，把
她送到这里，我就也只当她死了，省得多伤心。要是已经咽气，
我更不必来了！我还跟陆家认亲么？"国四爷叹息一声，便告辞

道："我这管闲事的走了，知我罪我，全在你们。"说着便自扶杖走出。周七连若愚的面也不敢看，低头随怜宝溜出书房。

若愚见惊寰伏在桌上正哭，只得把他们送出门外，才自回来，心里十分懊丧，心想陆家真是家门不幸，无故的闹得一塌糊涂。眼看就有一个死的，平空从外面还要送进一个来，这都是千年不遇的事，偏又把自己搅在漩涡里。幸亏姑丈不在家，若在家时，更要不堪设想。叨念着走到书房门首，才要掀帘进去，忽觉从旁边扑过一个人影，不由吓了一跳，借月色看看时，才知是自己的夫人。若愚大惊道："你跑出来作什么？"若愚夫人道："你们乱的什么？来的三个都是谁？乱喊胡叫的。"若愚悚然道："内宅听见了么？"夫人道："幸而没有。我在屋里恍惚听外院有人说话，知道前院来了人，自己坐着闷，就出来再去看表弟妇一会，因为看一时少一时了。我在她屋里坐着，就隐约听外面你们乱喊乱闹，又见表弟妇脸上变的更难看，目光也散了，心里害怕，就出来想招呼你们。哪知一进外院，就听你们像是和人拌嘴，忙隔着玻璃偷看，没看明白，他们就走了。里面还有女人，到底怎么回事？"若愚顿足道："捣霉罢了，凭空出了祸事，现在来不及说。"若愚夫人惊异道："怎么？"若愚道："你先不必问，今天你可得多受点累，内宅的病人，就交给你。你关上内宅门，把老妈子都叫醒了，大家坐夜。我和惊寰全不能进去。"夫人道："告诉我到底是怎么件事？别教我害这糊涂怕。"若愚道："咱们的案犯了，就是咱给惊寰破坏的那个如莲，也要死了。她的父母找来拼命，有个国四爷跟来，都说明白，惊寰已答应弄这快死的人从良。一会儿他们就把那如莲抬来，还不定是死是活的呢。回头抬来只可安置在书房。这时惊寰已快把人疯了，我得守着他。外面有什么响动，你莫大惊小怪，也别出来，还得别教姑妈和病人听见。"夫人怔了半晌道："真是做梦也想不到。这不眼看就有两口死的么？你可得把惊寰看定了，怕里外病人一倒头，他跟着出什么毛病。"若愚点头道："我晓得，你快进去，依着我的话办。"夫人依言走入，随手又把屏门关了，若愚这才又进了书房，见惊寰抱着头在屋里乱走，若愚忙叫道："来，我和你商量。等会儿他们把人抬来，就放在书房里间吧。"惊寰更不答言，只一头点，若愚方才被夫人提醒，知道惊寰把万种伤心后悔的事都担在他一人身上，他那柔弱的心灵，绝对承受不住，说不定已安下寻死的心，只可竭力监视着他，又绕着弯的劝解。惊寰似乎耳朵聋了，一句也没听见，但是眼泪也不流了，坐下立起的又好像犯了失心疯。过了一会，忽然跳起道："如莲来了，我接她去。"说着就跳出书房，若愚一把没拉住，急忙跟他出去。惊寰跑到大门口，自己开了门，若愚立在他身后，向外看时，只见钩月在天，清光满巷，哪有个人影？若愚拉惊寰道："哪有人来？快进去！"惊寰只站住不动。

　　说来电巧，正在这个工夫，忽见远远有一人转近巷口来。走近了才看出只有两个人，合搭着一张木板，稳稳的走来，板上隆然凸起像是躺着个人，若愚才料道是了。惊寰已三步赶过去，叫着问那两人道："抬的是如莲么？"那两人应道："是，还有个姓周的跟来，他只送到巷口，指点明白了这个大门，已经回去。说是……"惊寰听到这里，已急不暇待的问道："还活着么？"说着就要掀起蒙着的被子去看。若愚赶过拉开道："别在这里停着，快搭进去。"就拉了惊寰，领着那两个人，搭了木板，直进大门，缓缓的抬进书房。若愚指挥着把木板轻轻放在床上，又四人合力把木板慢慢撤出来，那被子包裹的人，就卧在床心。若愚也顾不得问个底细，就先打发这抬人的两个走了，还未回头，猛听身后惊寰哇的声大哭起来。赶过来看，见惊寰已把被子揭开一角，一个死人般的脸儿，立刻露出来，乍一看几乎不认得是如莲，瘦得肉尽见骨，身上盖着两幅旧缎被，身下一床旧褥，躺着一丝不动，直看不出还有气没气。惊寰却以为死了，所以大哭。若愚却通身汗毛都竖起来，想不到当初的一个活泼女郎，竟而变到这样。想起来全被自己所害，便也顾不得什么避忌，走过把如莲的鼻子一按，尚还很热，嘴里也有热气出入，就按着惊寰道："别哭，人没死，这是昏过去，迟一会还能醒过来。"惊寰也用手在她脸上摸了摸，觉得真是没死，就叫道："如莲，妹妹，你睁眼，瞧瞧我。"说着见如莲不动，便又向若愚哭道："她不睁眼，是没死么？怎么一点不动呀！"若愚道："这别忙，本来要死的人，又搭着颠簸了一路，要受多大损伤？等一会缓过来，自然会醒。"惊寰就又跪在床前，不住声的哀声呼唤。

若愚正要去寻些热水预备着，忽听外面有人弹得窗上玻璃响，忙跑出去，见自己夫人也面色惨白，惊颤颤的立在廊下。若愚吃惊问道："什么事？"夫人道："表弟妇情形不好，眼直向上翻，气也渐渐微了，看光景就要咽气。你告诉惊寰一声，是看看去不？"若愚摆手道："不要声张，表弟妇就交你一人管，咽了气你们也先别哭，更别叫惊寰。这时他够受了，教他先尽一个办吧，没的把他逼死。"夫人又道："那个如莲已经来了么？"若愚着急道："来了来了，也就快死，你别絮叨了。这是什么时候。"就把夫人推进内院，自己又跑进书房。方才身在局中，尚不自觉，此际冷眼看来，斗然感到伤心惨目。满室萧然，一灯惨碧，将死的如莲横陈榻上，生气已微。那可怜的惊寰，似醉如痴的跪在榻旁，哀哀苦叫，却任他叫得涕泪突横，更叫不回那暂逝的芳魂，博她个开眸一语。若愚只得在旁看着，不觉也魂销欲绝。

　　过了十几分钟，惊寰竟叫出了功效，如莲似乎眼皮微动，口里也像有了声音。惊寰忍不住，更提高声音叫道："如莲，你醒醒，睁眼瞧瞧你的惊寰。"如莲慢慢呻吟一声，忽的睁起些微眼缝，若愚忙取过一杯温热的水，递给惊寰，惊寰便要向如莲口里灌，若愚忙拦住道："不成，留神呛死。你用嘴一滴滴的度给她吧。"惊寰便把水含在口里，对准她的嘴儿，一滴滴的度过去，猛然想起当日情死吃烟的时节，也是这般光景，不由得酸泪直涌，都落在如莲的颊上。照样灌了两口水以后，如莲竟悠悠醒转。眼也全部张开，只是凝然直视，脸上也没一些表情，仿佛空张开眼，什么也瞧不见。过了一会，眼光才会转动，似乎才看见惊寰，猛然眼光现出异色，嘴也略开。惊寰知道她心里已经明白，便又说道："如莲，你的惊寰在这里。"接着如莲喉里做声，通身略动，猛又眼珠向上一翻，把惊寰吓了一跳，怕她立刻要死。不想如莲慢慢在眼里生出光来，直望着惊寰，呻吟了一声，接着从喉里发音道："我……我……"惊寰忙道："我是惊寰，你这是在我家里，你已经嫁了我，这屋子是你自己住的。你养病，咱们好过日子。"如莲嘴唇一动，似乎现出一丝笑容，精神也增了一些，喘着道："怎，怎么……"惊寰忙道："你别多想，以前的事，我都明白了，所以把你娶到家，从此你是我家的人。"如莲喘着想了一会，又问道："我娘呢？"惊寰不敢说实话，只得绕弯道："你嫁过来，你娘怎能跟着，你要想她，我给你接去。"如莲闭了闭眼，半晌又睁开，在衾里的一只手似乎挣扎着要动。惊寰忙拉住她的手，如莲才脸上现出安适之状，鼻翅儿颤动着道："惊寰……真的……"惊寰道："怎会不真？妹妹，咱俩心愿遂了，我是你的丈夫，总守着你了。"如莲头儿微动道："我快死……你何必……"惊寰听着心似刀剜，强忍着道："你别说这个，你养好了病，以后净是乐事。"如莲颤着道："晚了……哥哥，晚了……"惊寰哭道："莫说你死不了，就是死也算我陆家的鬼，我定要对得过你，定给你出个大殡，埋在我家坟地里。妹妹，咱俩生不能同衾，也要落个死则同穴。"如莲略一摇头，脸上颜色一变道："不……你有你太太……我不埋你……一处。"惊寰道："你不愿意和她埋在一穴，就在旁边另起一个坟，立个碑碣。"如莲喘道："写字？"惊寰道："碑上自然写字，写惊寰薄命妻冯如莲之墓。"如莲连咽几口气才又断断续续的道："不……妻……妾……"惊寰道："依你，愿意写妾就写妾。"如莲这时已目眶塌陷，气息仅属。但还忍死扎挣，好像有许多话说。挣了半天，才说出话道："不……我不姓冯……冯是我娘……的姓……我有亲……爹……我娘嫁过一个盐商……生的我……我姓何……写何如莲……娘……告诉我……父亲是……何……靖如……我没……见过……"惊寰听到这里倏的通身一软坐在地下，若愚也一阵抖索，凑向前低头问如莲道："你父亲是何靖如，是你娘嫁过何靖如么？是不是只嫁了一年？"如莲微微点头道："娘告诉我……我没见过……"若愚立刻双泪直涌，扑的也跪在床前，叫道："你

是我妹妹呀！天哪！你怎不早说？我父亲就是何靖如，当初我小
时候，曾听说我父亲弄过外宅，只一年就打发了，哪知就是你娘，
竟把你落在苦海里。可疼死哥哥了！怪不得你嫂子说你长的像我，
我怎瞎了眼，会看不出来？"说着大哭起来。如莲听得这话，心
里翻搅，要哭已没了泪，只把眼圈一红，又昏过去。惊寰忙又呼
唤，不大工夫，如莲重又醒转，望着若愚似乎要笑，却只见颊上
微动，呻吟道："你是我……同胞哥哥……哥哥……妹妹死在你
手里……哥哥你害……你好……"说着把牙一咬，又向惊寰看了
看，叹息了一声，接着眼珠一翻，咯的一声，可怜这多情的薄命
女儿，竟带着无边幽怨，芳魂渺渺的身归那世去了。

　　这一绝气，惊寰立刻大叫了一声，倒在地上，若愚却号啕大
哭起来，恨不得哭得跟她死去。自己想到从起初就和如莲作对，
千方百计收拾她，一直害得她死。到今天才知她是自己的胞妹，
费尽银钱心力，倒害了个亲骨肉，怎不懊悔悲伤，凄然欲绝？正
自己哭着，忽听内宅人声嘈杂，料道内宅也是不好，只可哭着走
出去看。才出书房，恰见自己的夫人匆匆的从里院出来，一见若
愚便拉住道："你……你知道，表弟妇咽了气。惊寰……惊寰！"
若愚顿足道："里面的那位也死了。天呀！全是我害死的，可怎
么办？"夫人惊道："怎么说？"若愚且哭且诉的道："那个如莲已
经送来，已经断气。"夫人道："是么？"若愚自己揪着头发流泪
道："我得了报应，如莲是咱的亲胞妹。我才知道，她娘嫁过咱
爹，在打发了以后才生的她，临死她才说出咱爹的名字。我真是
害人反害己了，天呀！"夫人愕然道："怪不得我当初见她，觉得
像你，因没往心里去，就未细问。谁想的到咱爹在外间还留了个

孽障呀！早知道就把她收留，哪有今日？"若愚叹道："这真是前生冤孽，现在顾不得说。这家里一死两口，该怎么办？惊寰昏在屋里，更是不了，万一他心里一窄，跟着寻了死，祸更大了。"夫人道："真个的，惊寰要知道两个都死了，真有危险。"说着想了想道："要不就教他挪到旁处躲几日，等他悲伤略减，然后……"若愚猛然道："对对，只可把惊寰先搬到咱家，我教郭安去雇车，你就带着惊寰回咱家去，……千万留神守着他，先别同他提表弟妇也死了的话。"夫人点头，若愚便走出去。夫人自己站在院里，无意中望着天边秋月，心里说不出的凄酸。暗想如莲虽则薄命，到底还占了上风，以前真享受过惊寰的爱，临死还得惊寰守着咽气，还算罢了。只表弟妇真是苦命得到家，寻常得不到丈夫的怜爱，好容易盼得丈夫回心，自己却又没命享受，到死还是被情敌把丈夫抢去，倒是我这不相干的人送了她的终，不禁替她可怜。又想到若愚说惊寰昏在屋里，怕他出甚毛病，便顾不得屋里还有死人，就走进去，见那景况真不堪入目，一个尸横床上，一个气厥床前。走过看时，惊寰在地下已张开了眼，叫他却又不应。再看死去的如莲，几乎认识不出，脸上却还平和，只眉端还隐带些幽怨，便对尸身洒了许多眼泪。

不多时，若愚带着郭安进来，把惊寰扶起，惊寰只直着两眼一语不发。若愚和郭安将他抬出去，若愚夫人在后跟着。到了门口见已雇了三辆洋车，若愚夫人坐上一辆，把惊寰推上一辆，由郭安护送着。若愚又嘱托夫人，千万看定惊寰，不可大意。夫人答应，那车便拐出巷外走了。若愚自己关上门，到上房窗外，报告老太太新妇已死。其实这时太太已经听着消息，正在屋里哭呢。

若愚又把如莲死在书房的前因后果，禀告一遍。老太太始而吃惊，以后又念如莲的身世可悯，境遇可怜，深为叹息。便托若愚明日去买两份一样的衣衾棺椁，择个吉时装殓。若愚答应，又把惊寰到自己家里的事说了，老太太也甚愿意。若愚因院中停着两个死尸，一夜没敢睡觉。熬到次日天明，便出去买办一切物件，夜里入殓。也没教惊寰回家，若愚都用全神料理得完善。入殓以后，才想起给新妇的母家和如莲的娘送信。新妇母家从去年夏天便搬往张家口，只得写封快信寄去。怜宝却没处寻找，只得罢了。

话说惊寰在若愚家住了三四天，神智方才清爽，只闹着要回家，却被若愚夫人像哄小孩似的哄着，不许他走，而且便是偷着跑出，也被看门的人挡回，只急得他整天哭闹。过了十几日，若愚夫人见实在关不住，便和若愚商量，送他回了家。惊寰一进家门，见停着两口棺材，才知新妇也已逝去，自念两妻尽死，己尚独生，真是百身莫赎，恨不得叫来天地鬼神，问问他们，何以单单扼我至此。这一场痛哭，直有泪溢江河，恨填宇宙之势，晕而复苏者好几次，被若愚劝住。又另雇了两个仆人，轮班看守惊寰。过一日，便有新妇的母亲到家，在棺前哭了一阵，又见院中停有两棺，问知底细，几乎闹起风波。幸亏若愚夫人从中调解，才得平息。若愚为要忏悔自己的罪恶，便要自掏腰包，给新妇和如莲两人合出一个大殡。新妇的母亲硬坚持着，非要给自己女儿单出大殡不可。后来费了许多唇舌，才说得她应允，便定了九月十九日，双驾一齐发引。若愚约集亲友，筹备得非常周密，不怕花钱，只求阔绰。到了日期，若愚只教惊寰坐马车送殡，不许在路上行走，又派许多人卫护着，殡仪好生壮阔。路上看的人，人山人海。

大家见殡中有两个棺材，两副铭旌，影亭里又供着两个少女的影像，都大为惊疑。便有好事的混加揣测，说这陆家的妻妾，素常感情深厚，大太太得病身故，姨太太誓不独生，也跟着绝粒而死。这些谣言，一传十，十传百，传扬出去，立刻大家都知道了，全当作事实，竟而成了一段美谈，也不必细表。

出殡三天以后，若愚见惊寰久居家中，终日睹物思情，烦恼哭泣，知道便是他不出毛病，家居也是不妥。忽然想起个主意，便出自己的名，向江西惊寰的父亲处去了一封电报，述说新妇已死，惊寰家居懊丧，身体日弱，医生劝去转地疗养，惊寰原只中学毕业，因为本地没有好大学，尚未深造，如今趁这机会可送他到日本去，一半治病，一半求学，如蒙姑丈允许，自己可以担任送去云云。过几天接了回电，惊寰的父亲对若愚的计划，竟非常同意，请若愚瞧着办理。若愚便拿着电报，给老太太看了，老太太虽不愿儿子远离膝下，但又怕他在家里出了意外，希望出外去可以开阔胸怀，只得忍痛立允。至于惊寰，此际已是万念灰冷，只求速死，在家出外，全不关心，只由若愚随意摆布。

若愚把家事安置略妥，就辞了姑母，别了夫人，带着惊寰直赴日本去了。到日本住在东京，白天请教师给他补习日文，夜里便领他出去各处游逛。惊寰初到异方，触目生趣，胸怀渐渐开展，不由把寻死的心就淡了许多。过了三个多月，日文已颇有程度，适值年假将完，若愚就替他在一个高等专门学校报了名，考试居然被取，从此入学读书。若愚见他已神智如常，不必自己再为陪伴，又过了些日，就托了两个留日的朋友照应惊寰，又谆嘱了许多话，才自乘轮船回津。赶到天津，恰值仲春二月，便先到了陆家，见着姑母，报告惊寰在外平安，才自回到自己家里。夫妻见面，若愚夫人给丈夫置酒接风，欢饮中间，提起陆家的事，夫妇都不胜凄惨。若愚叹道："天下事居然这样巧，不能说不是孽冤。两个绝代的女子，虽都死在惊寰身上，可是间接全死在我手里。而且我和惊寰，都是以前走了错路，到后来明白时，却都已晚了，连个改悔的机会都抓不着。我一向的主意，是宁害了如莲，必须救惊寰的太太，哪知惊寰的太太没救成，倒断送了自己的胞妹。原来一片好心，想不到落这样结果，我到死也不能心安了。"夫人揾泪道："不谈这些吧。论起如莲的死，我也有一半功劳。我心里好受么？不过咱们没生心害人，问心无愧，也就罢了。"若愚这时想起如莲临死向自己叫哥哥的情形，十分惨伤，便低头不语。夫人又道："明天是清明，你回来还没祭祖先，索性咱明天出郊扫墓，就带便祭祭如莲和表弟妇的坟。"若愚答应。到次日午饭后，便派人雇了辆马车，到西乡去扫墓。又带着些花圈祭品，夫妻坐着车，才走到西马路，忽见街上人都塞满，拥挤不动，马车只得在人群中夺路而行。猛然又听众人齐声喊："好。"若愚抬头一看，原来是过红差，军警作队走过，后面绑着两个犯人，正在鬼叫着唱。若愚见头前走的犯人，才想起这犯人是与自己同过患难的罗九。暗想这人并非甚坏，怎犯了死罪？又转想他必是挥霍过度，穷了不守本分，走近路去抢劫，竟把性命送掉。人为财死，果然不错。不禁暗叹钱真是好东西，有者能生，无者即死。看起来自己虽然富厚，也经不住挥霍，日后该把家财整理整理，不可像以先的不事生产了。想着红差已经过去，行人尽散，马车走起来，瞬息出了西关。路上虽是黄土漫天，却不断的见着红桃

绿柳，点缀出几分春色。到了何氏祖茔，祭扫已毕，因陆家茔地
相离不远，便教马车跟着，夫妇自走了去。到了陆家茔地，走进
去，见前后两座新坟，峇然对峙，眼见便是两个薄命人埋骨之所。
当初一个是深闺弱女，翠绕珠围，一个是北里名姬，花娇柳媚，
如今都剩了一抔黄土，三尺孤坟。在这无人荒境中，听那萧萧的
白杨作语，更不知棺中白骨，已朽到什么程度，真是余情犹在人
心，玉体已归尘土，夫妇俩不由都凄然下泪。那如莲的坟，是埋
在祖坟圈起后的土地上，惊寰夫人却埋在二门以外惊寰的正穴里，
预备将来和惊寰拼骨同穴。若愚夫妇为要在如莲坟上多流连一会，
便先到惊寰夫人坟前祭了。若愚夫人跪着默祷了一会，站起来，
把一个花圈放在坟头，才同踏着茸茸细草，走到茔地后面。见如
莲的坟孤立在风中，虽是隔年新坟，也自生了纤草。坟前立着小
碑一块，上刻着"陆氏薄命妾何如莲之墓"，碑旁生着一小株桃
花，枝干极细，随风摇摆，只一条横出的细枝上，缀着四五朵桃
花，开得寂寂寞寞的红，一阵风来，便刮落几瓣。若愚把祭品摆
在坟前，花圈放在坟顶，夫妇一同叫着："妹妹，你的哥哥嫂嫂
来看你！"若愚念到墓中长眠的胞妹，生时那样胸襟，那样志气，
那等烈性，那等痴情，虽然落在风尘，绝没给我何氏留一点羞辱，
从小时在怜宝手里，不知受了多少艰苦，长大了自己立志嫁人，
偏横遭波折。惊寰夫人虽然生前薄命，可是死后还得与夫同穴长
眠。如莲却是独鬼孤坟，寂寞凄凉，直到茫茫万古。这才是天下
第一命薄的人！她若生在我家里，便是千金小姐，无忧无虑，快
活一世。可怜她怎就落在外边？可恨自己不能早日看出，直把她
害死。想着忍不住大哭起来，夫人也跟着嘤嘤啜泣。若愚哭完，

抱着坟头叫道："妹妹，还恨我么？哥哥对不起你。将来我有儿子，一定过继你一个，你这坟上，我还要盖个亭子，省得雨水淋你。妹妹，你的魂儿有灵，也要常回家去看看哥嫂。我家里给你再立牌位，常时上供，你可去呀！"说着又哭。

正哭着，忽觉身后有人轻拍肩头，以为是夫人来劝，回头看时，夫人还坐着掩面而泣。面前站着的却是个白须老人，细看才知是那位国四爷。若愚连忙长揖问道："老伯怎也到这里来？"国四爷笑道："这里我常来。如莲出殡，我派仆人跟着，访知埋在这里，我没事就来一次。如莲是我的干女儿，生前很孝顺我，死后怎能教她寂寞。可是我这风烛残年，能来几次就说不定了。而且常常出郊一游，于身心颇为有益。阁下方才口口声声哭着妹，妹是什么缘故？那陆惊寰又为甚不来？莫非又得了新欢？"若愚长叹，就把如莲临死才述明身世的话说了一遍。国四爷咳声道："人的命运直是天生，非人力所能推挽。如莲的命，奈何一薄至此？这就是造化故意弄人了。这样说，那怜宝还是你的庶母。"若愚听了，忽然想起一事，忙问道："她和周七现在何方？我急要找他们，您知道不？"国四爷道："你是要大大的周济怜宝一下，以慰死者之心么？那倒不必了。他夫妇得了那笔钱，拆半还了账，就都回河南龙王庙故乡，仍自安分务农去了。怜宝经这次变故，倒老实许多。"若愚听了点头不语。国四爷又自笑道："阁下莫笑我老于喜事，其实如莲这孩子，真是不世出的才。我和她相处稍久，知道她聪明绝顶，要是生得其地，万非一切男子所能及。因她身在风尘，还以为是鬻牛之子，哪知竟是你们缙绅人家之后，那就无怪其然。总算我老眼不花，我曾经烦名人给她作了许多题咏，上月带个石匠来，要刻在碑后，被陆家守坟人看见，还不依不饶，讹我许多贿赂去，才得刻成。阁下莫笑我痴啊！"说着哈哈一笑道："此尚非痴，犹有痴于此者。如莲生时曾告诉我，她没坠落风尘时。惊寰每天清早必到她门前巡逻，如今她死了，我也依着惊寰旧样，差不多每日坟前一走。当年是柳绿情郎，门前走动。如今只剩我白发老父，坟上徘徊。一生一死，看起来他们夫妻情深，还不如我们父女义重呢。"说完就倒背手去嗅花圈上的鲜花。若愚也绕到碑后一看，只见上面字迹纵横，龙蛇飞舞，把一面碑刻得略无隙地。都是些哀感顽艳的诗词，看人名时，都是当代大家，像陈三原、苏孝须、祝古祎、樊云山等人，都有所作。只有国四爷是一篇短短的墓志，把如莲的生平写得栩栩如生。暗想如莲死后得这一番遭遇，也不枉苦了一世。便深深的谢了国四爷。这时若愚夫人，因哭着被风吹得头疼，提议回家，若愚只得辞别国四爷，扶夫人上了马车，归鞭东指。走过了半里多路，回头看时，国四爷还在地下采撷野花向坟前上供呢。若愚夫妇一路上都是含着满腹余哀，各不作语。夫人只紧紧偎着若愚，又把他的两手都握着。车进了西关，若愚忽然笑问道："意珠，我这次回来，觉得你对我亲密了许多，竟使我想到初结婚时的情景。你忽然跟我增加了爱情，是为什么？"夫人脸上一红，凄然道："我自从看见那两个苦命人的结果，才知道像咱夫妻这样幸福，很不易得，我应当自知惜福，所以不由就把你看重咧。"若愚看了她一眼，微笑不答，只紧紧握着她的手，半晌才道："我饿了，家里没什么好吃，咱一直到松风楼吃西餐去吧！松风楼群芳馆，现在已改作饭店咧。"

中国现代小说经典文库

刘云若 （上）

主编：黄勇

汕头大学出版社

图书在版编目(CIP)数据

中国现代小说经典文库. 刘云若：全2册／黄勇主编. —汕头：汕头大
学出版社, 2014.3(2016.4重印)
ISBN 978-7-5658-1210-1

Ⅰ. ①中… Ⅱ. ①黄… Ⅲ. ①小说集-中国-现代 Ⅳ. ①I246

中国版本图书馆CIP数据核字(2014)第035153号

刘云若　　　　　　　　　　　　　　　LIUYUNRUO

总 策 划：赵　坚
主　　编：黄　勇
责任编辑：宋倩倩
责任技编：黄东生
装帧设计：袁　野
出版发行：汕头大学出版社
　　　　　广东省汕头市汕头大学内　　邮编：515063
电　　话：0754-82904613
印　　刷：北京富达印务有限公司
开　　本：695mm×940mm　1/16
印　　张：18
字　　数：230千字
版　　次：2014年3月第1版
印　　次：2016年4月第2次印刷
定　　价：53.60元
ISBN 978-7-5658-1210-1

发行/广州发行中心　通讯邮购地址/广州市越秀区水荫路56号3栋9A室　邮编/510075
电话/020-37613848　传真/020-37637050

前　言

　　旧派通俗小说发展到二十世纪三十年代，逐渐生出些新的气象，秉承"社会—言情小说"余势而又对其心理纽结作更深细更复杂发掘的是被誉为"天津张恨水"的刘云若（1903—1950）。

　　刘云若原名刘兆熊，1903 年出生于天津，是现代著名的言情小说家。少年时即享有文名，在《东方日报》副刊《东方朔》上发表文章。被该刊引为台柱。后历任《北洋画报》、《商报周刊》编辑、主撰。1930 年应邀担任《黑旋风》主编，写作并发表了他的第一部长篇言情小说《春风回梦记》，大受读者欢迎。其后创作欲罢不能，在三十年代初至四十年代末的二十年间，又先后写出了四十多部长篇言情小说，其中《红杏出墙记》、《小扬州志》、《恨不相逢未嫁时》（又名《旧巷斜阳》）、《海誓山盟》、《粉墨筝琶》等都是民国通俗小说中的优秀作品，1950 年春因病去世，终年四十七岁。

　　刘云若堪称民国通俗小说史上领袖群伦的人物，其成就与张

1

恨水、不肖生等同时代少数几位言情或武侠作家等肩，共同将民国通俗小说艺术推向了顶峰。旧派小说确以鸳鸯蝴蝶派为发端，但随着"五四"新风气的临袭和中国社会现实的日趋恶化，旧派小说家们也在一步步地蜕变发展。不少人向新文学借鉴技巧，并且开始在爱情、武侠、侦探之外关注国难，描写底层社会的残酷现实。在经历了哀情与黑幕充斥，武侠与神怪并行的叠变之后，公认的能将社会小说与言情小说熔为一炉并开启了章回体通俗言情小说成熟之路的两位巨子：一位是张恨水，另一位便是刘云若。刘云若的长篇言情小说往往在错综复杂的爱情悲剧中编织出一种巧合而循环纠结的情爱网络，由此勾勒社会的广阔背景，使其中的人物命运波澜起伏、节外生枝，巧合中体现出必然，平静中孕育着疾变，形成一幅耽于情、溺于情的恩爱与忏悔交织的情爱图画。刘叶秋在《忆刘云若》一文中说："《春风回梦记》……作品主题，无比明确；人物描写，形象鲜明；情节安排，紧凑细密。无论思想性和艺术性哪方面说，都足以跻身世界名著之林，而毫不逊色。"郑振铎也对刘云若极为推许，认为他的造诣之深，远出张恨水之上，其创作是"这一类小说中最出色的作品"。综观刘云若的小说创作，他对人物情感的解剖和心理世界的描写极富特色，文笔生动洗练，叙述从容不迫，往往使读者沉醉于热烈的情感体验中不能自拔。

刘云若对通俗言情小说的发展贡献很大，在现代文学史上具有不容忽略的地位。本书收录了刘云若的代表作品《春风回梦记》，读者朋友可以从中窥测到刘云若作品的独特风貌。

目　录

上册

下册

春风回梦记

第一回　　伉俪江湖闻歌圆破镜
　　　　　恩冤尔汝语燕定新巢

　　在天津租界中一家旅社里，某年的初春，夜里一点多钟，大明旅社里的一家烟馆，正在榻上客满房里烟浓的时节，人多得简直有些旋转不开。烟容满面的烟馆掌柜佟云广，被挤得攒到账桌后面，正办着一手钱来一手烟去的交易。他那鬼脸上的表情，时时的变化不定，这时正向着烟榻上卧着的一个穿着狐腿皮袄，三十多岁大白胖子道："徐二爷，昨天给你府上送去的八两清水膏子，你尝着怎样？"那徐二爷正喷着一口烟，喷完喝了口茶才答道："好的很，明天你再给熬十两送去！真个的，那八两该多少钱？"说着从怀里把很大的皮夹拿出放在床上，预备付钱。佟云广笑道："二爷，你忙甚么？只要你赏脸，我供你抽到民国六十年再算账也不迟！"说着，又郑重的叫了声二爷道："二爷，可不是我跟你卖人情，每回给你送的烟，都是我内人亲手自制。不是我跟你送人情，我的内人向来不管烟馆事，说到熬烟，她更没工夫伺候，只有给你二爷熬烟，她居然高高兴兴的办，足见二爷真有这头口福。若是经伙计们的手，哪有这样香甜！"这时躺在徐二爷对面给他烧烟的一个妖妖娆娆的妓女答话道："佟掌柜，这可不怨我和你开玩笑，怎么你们太太沾了徐二爷就这样高兴？难道和徐二爷有什么心思？你可留神她抛了你，姘了徐二爷！"这几句话说得满屋里的人都笑。那佟云广也不由脸上一红，口里却搭讪道："芳姑娘，先不劳驾你吃醋。凭我女人那副嘴脸，就是回炉重做一下，也比不上你一半好看，你放心吧！"说完回头一看，立刻露出一脸怒容，向那缩在破沙发上吸烟的一个穿破棉袍的中年人道："赵老四，你这两毛钱的烟，玩了够半个钟头，只顾你占着地方不让。都像你这样，我这个烟馆就不用开了！"说着又向坐在椅上一个穷酸面目的人道："吕先生，咱们都是外面上的人，谁也别挤谁说出话来。前账未清，免开尊口。一言超百语，闲话休题！"吕先生还嗫嗫嚅嚅的想要说话，那佟云广却自把头扭转，再不理他，只口里自己捣鬼道："真他妈的丧气！窑子里有窑皮，烟馆里就有烟腻。"说着又缓和了颜色，向旁边独睡的小烟榻上躺着的一位衣服干净面容枯瘦的老头儿笑道："金老爷，上一回有我的亲戚，想在东首干一个小赌局，托你向上边疏通疏通，不知道你办得怎么样？"那金老爷一手举着烟枪，一手耍着烟签子，比画着道："佟老大，你是个通世路的明白人，你的亲戚可以跟你空口说白话，你也可以跟我空口说白话，我可怎么能跟上头空口说白话！"说到这里，那佟云广忙道："你说的是。我们亲戚原曾透过口风，反正不能教你为难。"那金老爷道："你倒会说空话，不给我个所以然，怎样说也是白费。"佟云广忙凑到金老爷跟前道："我给你烧口烟。"就拿烟签子，挑起烟在灯上烧，趁势在金老爷耳边唧喳了半响。金老爷一面听着，一面点头。这时那徐二爷和那芳姑娘穿了衣服要走，佟云广忙过去趋承了一遍。他们走后，还有两三个烟客也跟着走了，屋里立刻宽松了许多，候缺的也都各得其所。佟云广便回到账桌旁边，料理账目。

这时忽然屋门一响，一个大汉子大踏步走进，行路带着风声，闪得屋道的几盏烟灯火头儿都动摇不定。大家抬头看时，只见他黑紫的脸庞儿，微有些灰色，却又带着油光，浓眉大眼，躯干雄伟，但是精神上略似衰颓。身穿一件灰布棉袍，已脏得不像样子。屋里的人见他进来，立刻都不言语。佟云广却皱了皱眉。那大汉直奔了佟云广去，他一伸手，只说一个字道："烟！"那佟云广也一伸手道："钱！"那大汉道："佟六哥，你这不是诚心挤我？有钱还跟你空伸手！"佟云广道："周七，你听我说，向来你给我出力不少，白给你烟抽也是应该。只是你抽足了，就是屋里喷痰吐沫，随便胡闹，给我得罪主顾。花钱养个害人精，教我这本账怎么算！"那周七道："佟六哥，我是知过必改，往后先缝住了嘴，再上这屋里来。"说着，忽想缝住了嘴怎么能抽烟？忙改口道："我还是带了针线来，抽完烟再缝住了嘴。"那佟云广把一盒烟给他道："少说几句，快过瘾，完了快滚！"这时那周七一头倒在破沙发上，叹道："佟六哥，我要花钱买烟，哪能听你这个滚？谁让我把钱都赌得光光净！咳，老九靠虎头，铜锤坐板凳，都跟我拜了盟兄弟。猴要棍，吐血三，也变了我周老七的结发夫妻，简直他妈的都跟定了我。好容易拿了一副天杠，偏巧庄家又是皇上玩娘娘，真是能死别捣霉。"这时旁边一个烟客插嘴道："周老七，你也该务点正了，成年际耍赌嫖！大家都看你是条汉子，够个朋友，帮扶你赚得钱也不在少。你要规规矩矩，不赌不嫖，再弄份家小，早已齐家得过，不胜似这样在外飘荡着？"那周七长叹口气，把烟枪一摔道："马先生，只你这几句金子般的话，强如给我周七几百块洋钱。可是你哪知道我周七原不是天生这样下作，而今现在，不教我赌钱吃酒，你说教我干什么正经？咳，我周七也快老了，烟馆里打个杂差，赌局里找些零钱，活到哪日是哪日，死了就落个外丧鬼也罢！"

他正说着，忽然隔壁一阵弦索声音，悠悠扬扬弹了起来。立刻大家都打断了话头，只听弦索弹过一会，便有个女儿家的一串珠喉，和着弦索缓声低唱。金老爷幼年原是风流子弟，吹打拉弹的惯家，这屋里只有他一人听得最入神。只听得唱到首句头三个字"……剑阁中……"便摆手向众人道："听，别做声！这是子弟书里的《剑阁闻铃》。"这时那屋里人又接着唱道："剑阁中有怀不寐的唐天子，听窗外不住的叮当作响声，忙问道：'窗外的声音是何物也？'高力士奏是林中雨点和檐下金铃。唐天子一闻此语长吁气，这正是断肠人听断肠声。可恨这不做美的金铃不做美的雨，怎当我割不断的相思割不断的情。"唱到这里便歇住了，只有弦索还自弹着。金老爷便喝了个没人知情的隔壁彩，回头向佟云广道："好动人的唱儿！你知道这唱的是谁？"佟云广道："隔壁住的是个行客，也没有带家眷，这唱的大约是现招呼了来。"金老爷点点头，道："我想绝不是娼寮里的人。现在盛行着西皮二簧时调大鼓，谁还学这温三七的子弟书？这个人我倒要见识见识。"说着就叫过烟馆里的小伙计道："赵三，你到外面向茶房去打听，这隔壁唱的若是个卖艺的人，回头那屋里唱完了，就叫她到这屋里来。"赵三答应自去。

这时那屋里又唱起来，金老爷更是听得入神，不想那边沙发上的周七，却听得连声叹气。金老爷转头来看着周七，只见他不只叹气，眼角里却还汪着泪珠，不觉诧岿道："周七，凭你这样一个粗人，还懂得听鼓儿词掉眼泪，替古人担忧，这倒怪了！"周七擦着眼笑道："我哪懂得什么鼓儿词锣儿词？只因方才马先生说话，勾起我的心思，又听得那屋里唱的声音像哭一样，不知怎的就心里十分难过，倒被你金老爷见了我的笑。"金老爷便不再言语。沉一会儿，那隔壁已是红牙拍罢，弦管无声，这陷便又高谈阔论起来。金老爷听了曲子勾起色迷，又犯了酸，自己唱道："已闻佩响知腰细，更辨弦声觉指纤！这个人儿一定不会粗俗，想是个芦帘纸阁中人物也。"大家正莫名其妙地看他酸得可笑，忽然小伙计赵三推门进来，向金老爷道："唱的是母女俩，倒是卖诱的，隔壁从杂耍园子后台叫得来，现在完了要走。听说是两块钱唱一段，你叫么？"金老爷听了价目，想了想，咬咬牙道："叫进来！"那赵三又出去了。

不一会，从外面引进两个女人。金老爷见头里走的是个将近四十岁的妇人，身上穿着旧素青缎子棉裤袄，手里提着个用蓝布套着的弦子和一个花绒鼓套，面貌虽然苍老，但就眉目位置上看来，显见年轻时是个俊人。后边的那一个，因为紧跟在妇人背后，面目被遮得瞧不见，只看得一只绝白腻的玉手，和蓝库缎皮袍的衣角。赵三向金老爷一指，那妇人向他点了点头，身体向旁边一闪。金老爷立刻眼前一阵发亮，只见一个十六七的苗条女郎，生得清丽夺人，天然淡雅，一张清水瓜子脸儿，素净得一尘不染，亭亭玉立在这满堂烟鬼中间，更显得光艳耀目，把屋里的乌烟瘴气，也似乎照得消灭许多，望去好似那三春烟雨里，掩映着一树梨花。金老爷看得都忘了自己的年纪，无意中摸到自己口上的短须，才觉自己是老头子了，饿虎扑羊式的先和这十六七女郎攀谈，不大合式，便转头向那妇人道："请坐请坐。"那妇人不客气，一屁股坐在烟盘子前边金老爷身侧，一面向那女郎招手道："烟馆里就是这样不宽松，你不要气闷，孩子，来，来，坐在娘腿上。"那女郎摇摇头，低声道："不，我站着好。"这时赵三已搬过一把椅子来，那女郎也便坐下，却把两只手都笼到袖口里，低头看衣襟上的细碎花纹。金老爷便向那妇人道："方才隔壁可是你们这位姑娘唱？"那妇人道："正是。隔壁那位客人，一阵高兴，叫我们来唱买卖。可巧园子里的师傅都忙，我便绰了把弦子跟了来。谁知客人竟要听这八百年没人理的子弟书，要不是我跟来，还抓了瞎。"金老爷眼珠转了几转，看看妇人道："方才弦子是你弹的？"那妇人点点头道："教你见笑！"金老爷用手一拍大腿，笑道："嗳嗳，我认识你！你饲当初六合班的冯怜宝。除了你，女人队里谁有这一手的好丝弦？提丘来有十二三年不见了，听说你是跟了人，怎么又干了这个？你禁老了，面貌也改的几乎认不得。"那妇人道："抽大烟就把我鼓骨换了胎，怎么会不老？二爷你眼力还好！"金老爷笑道："你别这样称呼，你可还认得我？"妇人慢慢摇头道："倒是面熟，一时想不起来。"金老爷道："咱们曾一处玩了一二年，你还记得跟大王四同走的金老三？"那妇人向他看了半晌，忽然把他肩膊一拍道："你就是金老三呀！烟灯上可真把你烧老了，不说简直认不出。哪里还有当初一点的俏皮样子！想起咱认识的时节，真像做梦一样。"金老爷也叹息了一声，指着那女郎问她道："你这个孩子是新制还是旧存？"那妇人也瞪了他一眼，道："你少胡说！你不记得么？我嫁过一回人，那是那个盐商何靖如。他弄我当外宅不到一年，因外面风声不好，又把我打发出来。这孩子是跟他在一处怀的孕，后来又落到窑子里才生的。到大王四认识我的时候，她才两岁。你忘了你常抱着玩的那个小凤么？还记得她三岁生日的那天，大王四送了踊个金钱，你亦买了副小镯子。如今改名叫如莲了，只仗她发卖喉咙养活我。"说着就叫道："如莲，见见你的干老金三爷！"如莲在椅上欠欠身，只鞠了个浅躬。金老爷坐在烟榻上也连忙还礼，一面向那冯怜宝笑道："你别教她这样称呼，看大王四在阴间吃醋！"怜宝惊愕道："怎么说？大王四死了？"金老爷道："死够七八年了。可怜三四十万的家私，临死落个五更抬，还不是你们姐儿几个成全的！"怜宝正色道："你别这样说，他在我身上没花多少钱，我也没有坏了良心害他。这里面冤不着我！"金老爷点头道："这我知道。只花灵芝和雪印轩郭宝琴那几个就抄了他的家。想起当初同嫖的人，都没落好结果，如今只有我是剩下的。听说何靖如也死过七八年了，有个少爷接续起来，家业还很兴旺。他那少爷也是好玩，前些日我还常见。他名字是叫什么……什么，咳，看我这记性！原在嘴边，一时竟想不起。"怜宝笑道："管他叫什么！当初何靖如那个老梭胆子的人，弄外宅就像犯王法。他家里人始终不知道有我，我也不明他家里的内情。如今我们如莲又不是男孩，没的还想教他认祖归宗去分一份家产？所以我对于老何家的事，绝不打听。要不为你是熟人。我也绝不提起。"说到这里，只所如莲叫道："娘，还唱不唱？不唱走吧！"怜宝道："孩子倦了，旧人见面，谈谈比唱不强？还唱什么？倦了咱走，现在几点钟了？"

　　金老爷听了地末一句话，不由笑道："难得你这些年还没改了你那河南口音。"又向众人道："你们听她口里的几字和钟字，跟周七一样不？"说完用眼睛去找周七，只见那破沙发上却没有。向左看时，周七却正靠在烟榻旁边一个小立柜上，眼睛直直的向冯怜宝傻看。金老爷笑道："周七这小子又直了眼了。你们是落在江湖内，俱是穷命人，就认个乡亲也罢。"那周七似乎没听见金老爷的话，突然抢上两步，向冯怜宝叫道："唉，这位嫂子，你可是河南龙王庙镇上的人？"那冯怜宝被他惊得一跳，忙立起来，口里答应道："是呀！"眼睛却细细向他打量。周七又问道："你从家乡出来有多少年？"冯怜宝忽然泪汪在眼圈里，怔怔的道："我先问你，你可姓周？"周七点点头，又往前凑了一步。冯怜宝又颤声问道："你的学名叫大勇？"周七听了，不由分说，便抢上前把她揽到怀里。怜宝只带着哭音叫了声"我的……"头儿已紧紧抵到他的胸前，口里再也发不出声音，众人见她只有肩头微微的颤动。周七却张着大嘴，挂着两行眼泪，一只手向金老爷比画着，口里模模糊糊的道："我俩二十年，……二十年……"如莲忙从椅子上立起，在一旁发闷，自己知道娘当年是天津有名的红倌人，恩客多得比河头鱼鳖还多，只当又遇见什么特别恩客，又要给自己凭空添个干爸爸，心中委实不大舒服。阖烟馆里人见他二人这般情景，都测不透底细，不由得交头接耳，议论纷纷。只有金老爷是个玲珑剔透的人，听言察理，早瞧科八九分，便劝道："你们夫妻离散了二十年，如今见了面，真是大喜，还哭什么？各人肚里装的委屈，等回家去哭上十天半月，也没人管，何必在这里现象！"周七和怜宝原是一时突然激于情感，才抱头一哭。如今听了金老爷的话，才各自想到自己是年近四十的人，在人前搂到一处，不大像样，便一齐松手离开，脸上都是一红。周七用袖子拭着眼泪道："从那年咱从家乡逃出来，路上没遇见土匪，却遇着乱兵。我被乱兵捉了去，你怎样了？"怜宝叹道："咳呀，提不得，你被兵捉了走，我教他们按在地下，剥了衣服，在河边柳树下，一个挨一个的，把我……"周七顿着足，掩着脸道："我懂得了，你少说得这些细致，亏你也不嫌难看。"怜宝道："如今还嫌什么难看？要这样脸皮薄，你媳妇这二十年的事，臊也把你臊死了。"周七点头道："对，对。我混，我混！如今还讲他妈的哪门子清白，真是想不开！你说，你说。"怜宝说："这你还明白，命里该当，教我一个妇人家有什么法子？那时教他们几十个大小伙子收拾得快要没了气。咳，你忘了那时我才十九岁呀！后来他们见我浑身冰凉，只当已死，便抛下我去了。我在河边上不知道发了多少时候的昏，后来被咱村里于老佩看见，把我救了，没法子只得跟了他。哪知道小子坏了良心，把我带到天津，就卖到窑子里。"

　　说到这里，忽从外面又来了几个烟客，佟云广知道他们这样拉钩扯线的说，烟客都回肠荡气的听，不知到什么时候才完。这一堂客还不赖到明天正午？先来的不肯走，后来的等不得，营业怕要大受损失，便借题开发道："周老七，你们夫妇重逢，这是多痛快的事，还不回家去叙叙二十年的离别，在这里聊给旁人听作甚？"金老爷听掌柜的说话，明白他的意思，也趁波送人情道："周七，你们回家吧！明天还一同来，我请客给你们贺喜。"冯怜宝是个风尘老手，有什么眉高眼低瞧不出来？明知掌柜是绕弯撵他们，便向周七道："咱们走吧，你住在哪里？另外可还有家小？"周七苦笑道："呸，呸，呸！我都没个准窝巢，哪里来的家小？咱们离开多少年，我就光了多少年的棍。如今烟馆赌局就是我的家，里面掌柜就是我的家小。想住在哪里便是哪里，还不用开住局钱。"说到这里，那边佟云广喊道："周七，你要说人话，不看你太太在这里，我要胡骂了！"周七笑道："佟六哥，你多包涵，怨我说溜了嘴。"便又接着向怜宝道："你住在哪儿？我去方便不方便？"这句话惹得金老爷大笑道："男人问他媳妇家里方便不方便，真是新闻！周七这话难得问得这么机伶，倒教我听了可叹。"那怜宝擦着眼泪笑道:"哪怪他有这一问?若是早几年见面,我家里还真不方便,如今是清门净户的了。"周七听着还犹疑,怜宝笑道:"女人只要和烟灯搭了姘头,什么男人也不想。这种道理,你不信去问旁人。"金老爷从旁插言道:"这话一些不错。要没有烟灯这位伏虎罗汉,凭她这虎一般的年纪,一个周七哪里够吃!"怜宝道:"金三爷,你还只是贫嘴。"说着忽然想起了如莲,便叫了声"我的儿,还忘了见你的爹!"哪知如莲已不在屋里,便又叫了一声,只听门外应道:"娘,走么?我在这里等。"怜宝诧异道:"这孩子什么时候跑出去?见了爹倒躲了。"周七愣头愣脑的道:"谁的孩子?叫人家见我叫爹,人家也不乐意,我也承受不起,免了罢!"怜宝忙睒了他一眼,在他耳边轻轻说了几句。周七还要说话,被怜宝一握手捣得闭口无言。怜宝便道:"到家里再给你们引见也好。"说完,又和烟馆里众人周旋了几句,就拿了随身物件,领着周七出来。

才出了楼门口,便觉背后嗡然一声,人语四起,知道这些烟鬼起了议论,也不理会。寻如莲时,只见她正立在楼梯旁,呆看那新粉的白墙。怜宝便走上前,拉着她的手道:"你这孩子,躲出来做什么?"如莲撅着嘴道:"您只顾说话,也没瞧见这些鬼头鬼脸的人,都呲着黑牙向人丑笑。我又气又怕,就走出来。"怜宝道:"孩子,你也太古怪,这里原是没好人来的所在。"说着一回头,指着周七道:"这是你的爹。有了他,咱娘俩就得有着落了。"如莲在屋里已听明白了底里,因为替她娘说的话害臊,便躲出来,知道这姓周的便是娘的亲汉子,只不是自己的亲爹,便含糊叫了一声。周七也含糊答应了一句。在这楼梯上,便算草草行了父女见面的大礼。三人下了楼梯,出了大明旅社,走在马路上。

这时正是正月下旬，四更天气，一丸冷月悬在天边，照在人身上，像披着冰一般冷。如莲跟着一个亲娘，一个生爹，一步一步的往北走。又见他夫妇，话说得一句跟一句，娘也不知是怕冷还是为什么，身子都要贴到这个爹的怀里，觉得紧跟着走，是不大合式，便放慢脚步，离开他们有七八步远，才缓缓而行。因为方才在烟馆里看了这一幕哀喜夹杂的戏剧，如今在路上又对着满天凄冷的月光，便把自己的满腔心事，都勾了起来。心想自己的娘，在风月场里胡混了半世，如今老得没人要了，恰巧就从天上掉下个二十年前的旧男人，不论能养活她不能，总算有了着落，就是吃糠咽菜，这下半世也守着个亲人。只是我跟了这不真疼人的娘，又添上这个平地冒出来的爹，这二位一样的模模糊糊，坐在家里对吃对抽，只凭我这几分颜色，一副喉咙，虽然足可供养他们，可是我从此就是天天把手儿弹酸，喉咙唱肿，将来还能唱出什么好结果？娘不就是自己的个好榜样？我将来到她如今的地步，又从哪边天上能掉下个亲人来？想到这里，心里一阵忐忑，又觉着一阵羞惭。接着又脑筋一动，便如同看见自己正在园子台上，拿着檀板唱曲的时光，那个两年多风雨无阻来顾曲的少年，正偷眼向自己看，自己羞得低下了头，等一会自己偷眼去瞭他时，他也羞得把头低下了。她这脑筋里自己演了一阵子幻影，忽然抬起头来，又看见当天的那一丸冷月，心下更觉着有说不出的慌乱。自想，我和他不知道何年何月也能像我娘和这个爹一样，见了面抱着痛痛快快哭上一顿，便死了也是甘心。想到这里，不由自己"呸"了一声，暗笑道："我真不害臊，娘和爹是旧夫妻，人家跟我连话也没说过，跟人家哭得着么？"又回想道："想来也怪，凭人家那样身长玉立粉面朱唇的俏皮少年，就是爱惜风月，到哪里去不占上风？何必三年两载的和我这没人理的苦鬼儿着迷？这两年多也难为他了。这几年我娘总教我活动活动心，可惜都不是他。若是他，我还用娘劝？可是我也对得起他。"她正走着路，胡思乱想，只听着她娘远远的叫了一声，定定神看时，只见她娘和周七还在那边便道上走着，自己却糊里糊涂的斜穿过电车道，走过这边便道来，自己也觉得好笑，轻轻的"呸"了一声，慢慢的走拢了去。怜宝忙拉住她的手道："这孩子是困迷糊了。我回头看你，你正东倒西歪的走。要不叫你，还不睡在街上？早知道这样困，就雇洋车也好。如今快走几步，到家就睡你的。"如莲心里好笑，口里便含糊着答应。

又走了几步，便拐进了胡同，曲曲折折的到了个小巷。到一座小破楼门首，怜宝把门捶了几下，门里面有个小孩答应。怜宝回头向周七道："这就是咱的家了。马家住楼下两间，咱们住楼上两间。东边一大间，我和如莲住着。临街一小间空着，有张木床。咱俩就住外间，叫如莲还住里间好了。"说着门"呀"的一声开了，黑影里只见个十几岁的小孩子，向着人揉眼睛。怜宝问他道："你娘睡了么？"那小孩朦朦胧胧的也不知说了句甚么。怜宝等进去，便回身关了门。三个人摸索着上了楼，摸进了里间。怜宝摸着了火柴，摸着了煤油灯点上。周七眼前倏然一亮，屋里陈设得倒还干净，有桌有椅，有床有帐，桌上放着女人家修饰的东西，床上还摆着烟具。周七在烟馆赌局等破烂地方住惯了，看这里竟像个小天堂。怜宝笑道："你看这屋里还干净么？都是咱闺女收拾的。若只我住，还不比狗窝还脏？"周七坐在床上，叹息道："我飘荡了这些年，看人家有家的人，像神仙一样。如今熬得个夫妻团聚，就住个狗窝也安心，何况这样楼台殿阁的地方！"冯怜宝一面拨旺了煤炉里的余烬，添入些生煤球，一面道："这样说，这二十年来你的罪比我受得大啊！我这些年，纵然对不起你，干着不要脸的营生，倒也吃尽穿绝，到如今才落了魄。好在咱闺女又接续上了，只要运气好，你总还有福享。"周七道："说什么你对不起我，论起我更对不起咱家的祖宗。到如今前事休提，以后大家归个正道，重收拾起咱的清白家风，宁可讨饭也罢。"怜宝听了不语，只向如莲道："孩子，你要困就先和衣睡。等我抽口烟，就跟你爹上外间去。"如莲揉着眼道："不，我上外间睡去。"怜宝道："你胡说！外间冷，要冻坏了。"如莲笑道："我冷您不冷？只要多盖被也是一样。"说着不由分说，就从床上抢了两幅被子，一个枕头，抱着就跑出去，就趁里屋帘隙透出的灯光，把被窝胡乱铺好。到怜宝赶出来时，如莲已躺下装睡着。怜宝推她不醒，心里暗想：这孩子哪会困得这样，分明是岁数大了，长了见识，才会这样体贴她的娘。不由得好笑。又想：今天她既会体贴娘，将来为着别人来和娘捣乱的日子也快到了。不由得又耽了心事。当时便替她把被盖好，从里间把煤炉也搬出来，才重进里间屋去。

如莲原不是要睡，闭着眼听得娘进去了，又睁开眼望着屋顶胡想。这时正是四更向尽，残月照到窗上，模模糊糊的亮，煤炉在黑暗中发出蓝越越的火苗。被子里的人，只觉得一阵阵的轻暖薄寒，心里便慌悠悠的，似醉如醒。一会儿只听得里间的房门呀的声关了，接着便有扫床抖被和他二人喁喁细语的声音，从木板缝低低的透出来。如莲原是从小儿学唱，虽然心是冰清玉洁的心，怎奈嘴已是风花雪月的嘴，自己莫名其妙而他人听了惊魂动魄的词儿，几年来已不知轻易的唱出了多少。近一二年便已从曲词里略得明白些人间情事。到了这时节，才又晓得这初春节候，果然是夫妻天气，和合时光。想到这里，便觉得自己除了身下有床板支着以外，前后左右，都空宕宕的没倚靠处，心里一阵没抓搔似的不好过，便拥着被坐起来，合着眼打盹。偶然睁开眼看时，只看见屋里淡月影中煤灯里冒出的沉沉烟气，便又合上眼揣想屋里的情景。想到自己这老不要脸的娘，即刻又连想到自己，连想到这个新来到的爹，不知道为什么把那惑乱人心的少年又兜上心来。如莲不由得自己用手在颊上羞了几下，低声笑道："我真不害臊，成天际还有旁的事么，无论想什么就扯上他，从哪里扯得上！从现在起，再想他，教我来世不托生人身。"哪知誓才起完，那少年的影儿依然似乎在眼前晃动，赌气子又睁开眼，呆呆的看煤炉里的火苗，心里才宁贴些。哪知这时节，里屋又送出些难听的声息。侧耳听时，隐约是帐摇床戛，爹笑娘哼。如莲脸上一阵发热，忙倒在床上，把被子紧紧的蒙住了头，口里低低祷告："神佛有灵，保佑我一觉睡到大天亮！"不料神佛哪得有灵，翻来覆去的更睡不着，身上又发起燥来，只疑惑炉里的煤着得正旺了。探头看时，炉里火势比方才倒微了些，赌气再不睡了，坐起来从怀里拿出条小手帕，放在颈后，把两个角儿用手指填到耳朵里，实行她那塞聪政策，便一翻身跪在床上，摘下窗帘，趁着将晓的月色，看那巷里的破街，痴痴的出了会子神，心里虚飘飘的已不知身在何所。这样不知有多大工夫，猛然一丝凉风，吹得她打了个寒噤。收定了心神看时，眼前竟已换了一番风色。原来昨宵今日，这一样的灰晶晶晴天，在不知不觉间，已由残夜转成了清晓。这时才又觉得脊骨上阵阵的生凉，回头看看床上堆着的被子，觉得可恋得很，不由得生了睡意，玉臂双伸打个呵欠，便要躺下去。

这时节，在将躺未躺之际，偶然向街上看了一眼，忽然自己轻轻"呀"了一声，又挺直身躯，脸儿贴近玻窗去看，只见个獭帽皮袍的人，慢慢的从楼下踱了过去，又向东慢慢转过弯，便不见了。如莲心里一阵噗咚，暗想这身衣服，我认得，可惜看不清面目。他大清早跑到这胡同来干什么？这总不是他！又一想，倘不是他，我心里怎会跳得这样厉害？可是若果是他，为什么走到我的楼下连头也不抬？大约不知道我在这里住，可是不知道我在这里住，怎又上这里来？想到这里，忽然转念到这胡同里有许多不正经的人家，莫非他到这里来行不正道？那他怎么对得过我！便不由一阵酸气，直攻到顶心，自己咬着牙发恨。哪知道又见那个人忽然从西边再转了过来。如莲心里跳得更厉害，看他将要走近楼下，便想要招呼他，又没法开口。心里一急，身体略向前一扑，不想头儿竟撞到玻窗上，乒的一声响。楼下那人听见响声，抬头看时，二人眼光撞个正着。呀，不是那少年是谁！这时两人都把脸一红，那少年低了头拔步便走，如莲也倏的把身体缩回去。但是那少年走不几步，又站住了。如莲也慢慢的再从玻窗内露出脸儿来，二人便这样对峙了好一会。如莲想推开窗子和他说话，无奈窗户周围被纸糊得很结实，急切推不开。再向街上看那少年，只见他依然痴痴的向上看，只是被晨风吹得鼻头有些红红的。如莲顾不得什么害羞和害怕，便向外招了招手，回头悄悄的下床趿了鞋，走到里间门首，向里面听时，周七的鼾声正打得震天雷响。便又轻轻走出了房间，下了楼梯，到小院子里，觉得风寒刺骨，只冻得把身儿一缩，暗想，这样冷的天气，这傻子来干什么？我倒得问问他。想着到了门口，拔开插关，才要开门，忽然又想到这扇门外，便是我那两年来连梦都做的人，开门见了他，头一句我说什么？还是该向着他笑，还是拉着他哭？想到又踌躇不敢开门。到后来鼓足了勇气，伸手拉开了门，身体似捉迷藏一般，也跟着向旁边一闪。但是眼睛忍不住，已见那人俏倚在对面墙上。只可立住了，探出身子，一手扶着门框，一手却回过去拢住自己辫儿，想要说话，却只张不开口。看他时，脸上也涨得似红布一样。如莲嘴唇和牙齿挣扎了半晌，才迸出一句话道："你冷不冷？"那少年通身瑟缩了一下，道："不。"说完这几个字，两下又对怔住。还是如莲老着面皮道："你进来。"那少年想了想，问道："进去得么？"如莲点点头，那少年便慢慢走进门首。如莲把身一闪，让他进去，回手又掩上门。那少年进了门，匆匆的便要上楼。如莲一把拉住，笑道："往哪里走？只许你进到这里。"说着觉得自己的声音高了些，忙又掩住了嘴。那少年趁势拉住了她的手，问道："你娘在家不在？"如莲笑道："你不用管，这里万事有我，你放心。我说你姓什么，家在哪里住，有什么人，有……"自己说到这里，才觉得问得太急了，又有些问出了题，把脸一阵绯红，忙住了口。那少年答道："我姓陆，名叫惊寰，住在……"如莲又截住他的话头道："我先问你，你多们大岁数？"惊寰道："十九。"如莲听了，低下头，半晌不语。好一会才抬头问道："你成年际总往松风楼跑什么？"惊寰看着如莲一笑，接着轻轻叹了一声。如莲脸又一红，低声道："我明白，我感激你。我再问你，大清早你往这破胡同里跑什么？"惊寰跺跺脚，咳了声道："是你今天才看见罢了！我从去年八月里知道你住在此处以后，哪一天早晨不上这里来巡逻！"如莲听了，心下一阵惨然，眼泪几乎涌出眶外，便双手握着他的手道："可怜冬三月会没冻死你个冤家！你好傻，冻死你有谁知情！"惊寰苦笑道："到如今只要你看见一回，就不枉了我。我也不如怎的，虽然每天在园子里和你见面，但是早晨要不看看你住的楼，就要从早晨难过到晚晌。可是向来没看见你一次。今天是怎么了，你会大清早起来看街？"如莲点头道："今天么，"说着自己小声道："这可该谢谢我这新来的好爹。"惊寰听不清楚，问道："你说什么？"如莲笑道："我说今天是天缘凑巧，该着咱俩人认识。咳，闲话少说，你说你这两年苦苦盯着我，是想要怎么样？"惊寰见问，怔了一怔道："我知道我想要怎么样？好容易有了今日，你还忍心跟我假装。"如莲用牙咬着嘴唇道："你的心我懂。我的心呢？"惊寰点点头。如莲接着道："说句不害臊的话，你可别笑话我。"惊寰道："傻话，我怎么还笑话你？"如莲红着脸，自己迟疑了半晌，忽然从怀里掏出块粉帕，用手按在脸上，声音从手帕里透出来道："只要你要我，我终久是你的！"说完又低下了头。惊寰一面伸手去扯她脸上的手帕，一面道："妹妹，妹妹，我从当初头一次见你，就仿佛曾经见过，直拿你当做熟人。这里我也说不出是什么道理，可是总觉得这里面有些说处，反正我从两年前就是你的了。"如莲听了也不答言，只是脸上的手帕始终不肯揭下来，惊寰却只管动手。她忽然霍的把手帕揭下，露出那羞红未褪的脸儿，却撅着嘴道："你好，没见过你这样不认生，见人就动手动脚。谁认识你？还不给我出去！"说着用手指了指门。惊寰只当是真惹恼了她，心里好生懊悔，正想开口哀告，如莲又寒着脸道："你快走，不然我要喊娘！"惊寰原是未经世路的公子哥儿，站在生人院里，和人家的女儿说话，本已担着惊恐，如今又见她变了脸，虽然不知真假，却已十分站不住，便也正色问道："妹妹，你真教我走？"如莲点点头。惊寰便看着她叹息了一声，慢慢的走出去。走到门首，才要拉门，只听后面如莲自言自语道："好，你怄气，你走，走了这一辈子也别见我。"惊寰止步回头，只见她正咬着嘴唇笑，便止住了步道："走是你赶我走，又说这个话！"如莲笑着招手道："你回来。教你走你就走，你倒听话。"惊寰咕嘟着嘴道："不走你要真喊娘呢！"如莲笑道："你真是土命人。你来了，我会喊娘？别说我不喊，就是她撞了来，你也不用怕。娘要管我，我就教她先管管自己。你放心，我娘没有关系。

只是我昨天新来了一个爹，恐怕将来倒是麻烦。"惊寰听了不懂，如莲便把自己的身世和昨夜烟馆认爹的经过，约略讲了一遍。说着又问道："我的事是说完了，你的事怎么样？告诉你一句放心的话，我是没有人管得住，说走就走。你呢？"惊寰怔了半晌道："我不瞒你，我家里已给我定下亲事，不过我的心是早已给你了，世上哪还认得第二个人？只要你跟我是真心，我真敢跟家里拼命，把你拼到家里。"如莲扶着惊寰的肩膀，低着头沉吟了半晌，忽然眼圈一红道："像我这下贱薄命的人，还想到什么执掌昭阳，一定给人家作正室？只图一世里常有人怜念，就算前生修来的了。"惊寰听了，心下好生凄酸，紧紧拉住她的手道："你何必说得这样伤心，把自己看得这般轻贱？我却觉得你是云彩眼里的人，为你死也死得过。"如莲叹息道："但愿你的心总是这样，便是事情不成，我耽一世虚名也不冤枉。可是以后你有什么办法？"惊寰道："这真难说，我父亲那样脾气，无论如何我不敢和他说，就是说也说不过去，只可慢慢等机会。但盼天可怜，你我总有那一天。"如莲想了想，忽然笑道："你教我等到何年何月？"惊寰道："三二年你可等得了？"如莲道："好，我就先等你三年。这三年里你去想法子。"说完自己沉吟一会，才又赧然道："我却对不住你，要去不干好事了。"惊寰不懂道："你去干什么？"如莲正色道："你可信得过我的心？"惊寰也正色道："你可真要挖出心来看？"如莲点头道："那我就痛快告诉你，我将来跟你一走，把我娘放在哪里？即使你家里有钱，也不见肯拿出来办这宗事，你肯旁人也未必肯。还不如我早给她赚出些养老的费用，到那时干干净净的一走，我不算没良心，也省得你为难，也免得你家里人轻看我是花钱买来的。"惊寰道："你说的理是不错，可是你要去干什么？"如莲道："那你还用问？靠山的烧柴，靠河的吃水，试问我守着的都是什么人，还有别的路？左不过是去下窑子"惊寰连连摆手道："这你简直胡闹。咱们今天一谈，你就是我的人了，再教你去干这个，我还算是人？再说，你这要干净的人，为我去干这种营生……"如莲撇撇嘴道："干净？我还干净？我要干净倒真出古了！不怕你瞧不起我，实话说，在前年上北京去的时候，我娘就把我的清白卖了几百块钱，她都顺着小窟窿冒了烟。何况我每天跟着这样一个娘，去东边卖歌，西边卖眼，教千人瞧万人看，和下窑子有什么两样？反正我总要对得住你。这几年台底下想着我的癞蛤蟆已不算少，成天际鬼叫狼号，挤眉弄眼，也得给他们个捣霉的机会。再说我有地方安身，咱们也好时常见面，省得你天天在园子里对着我活受罪。"惊寰摇头道："宁可我多受些罪吧，你还是不干这个的好！"如莲看了他一眼，只见晓日已从东面墙隙照到他那被晓风冻成苹果色的颊上，红得可怜，便又拉着他的手道："那你还是不放心我？只要我的心向着你，他们谁能沾我一下？也不过只有进贡的份儿罢了。现在我已拿准了主意，咱们是一言为定，等我找妥了地方，再想法告诉你，你快去吧！"惊寰还迟疑不走，如莲不由分说，一直把他推出大门口，口里道："这院里又不是咱的家，在这里恋什么！"惊寰走出门外，又立住回头道："我说干不得，你再想想！"如莲摆手道："想什么？我就是这个主意了。快走吧，你这身衣服，在这巷里溜，教人看着多么扎眼。"说着把身儿向里一缩，把门一关，惊寰再回头，只见两扇门儿，已变成银汉红墙，眼看是咫尺天涯，美人不见，只得望着楼上看了几眼，提起了脚，便走了去。哪知走不到几步，只听后面门儿呀的一响，忙立定回顾，见如莲从门里探出脸儿来，叫道："回来。"惊寰便又向回走，如莲笑着道："傻子，你不当官役，用不着起五更来查街。明天再这样，我发誓再不理你。这样傻跑，冻病了谁管！"说到这里，惊寰已快走到门首，她便霍的将身儿缩入，把门关了。惊寰又只看见两扇大门立在面前，人儿又已隐去。对着门发了一会呆，只可再自走开。等他快走到巷口拐角的地方，如莲又探出身来，向着他一笑。他回头才待立住，如莲又缩回去。

沉一会儿，如莲再开门出来，只见冷静静的空巷无人，知道他去远了，呆呆的自己站了一会，忽觉得两只手都冻得麻木了，耳朵也冻得生疼，心里却一阵凉一阵热的不好过，自己诧异道："他在这里说了这半天，我也没觉冷，他走了怎忽的冷起来？这倒怪呢！"说着自己呸了一口，赌气回身关门进去。上了楼，见煤炉已经灭了，听听里间周七的鼾声还在响亮，回头看看自己的床，见被子还那样散乱的堆着，自己轻轻咳了一声，这才脱了隔夜未脱的鞋，上床去，拉过被子躺下。忽觉被子冰得人难过，才知道在外面站得工夫大了，衣服上带进来许多寒气，被被子一扑，便透进衣服，着在体上。如莲忙把头蒙上，在被底瑟缩了好一会，细想方才的景况，心下一阵甜蜜，一阵凄凉，辗转反侧了好大工夫，到外面市声喧动，才慢慢的睡着。正睡得香甜，忽然梦见和他住在一间屋里，自己睡在床上，他坐在床边，向着自己呆看。忽然他低下头来，努着嘴唇向着自己笑。晓得他要轻薄，便笑着伸手去抵住他的肩窝，但是他口里的热气，已呵到自己额上，暖煦煦的温柔煞人，不由得那里抵住他肩窝的手便松了，心里一阵迷糊，反而醒了。

睁开了眼，只见自己的娘正坐在床边，蓬着头发青黑着眼圈，脸对脸儿的向自己看。怜宝见如莲睁开眼，便摸着她的玉颊道："你梦里敢是拾着洋钱，就那样的笑？"如莲原是要起来，听了这句话，便又闭上眼，在心头重去温那温馨的梦境。怜宝摇着她的肩膀道："好孩子，天过午了，起吧。"如莲便在被里伸了个懒腰，张开双手向着娘。怜宝伸手把她拉起来，顺势揽在怀里，看着她的脸儿道："你莫不是冻着了？怎么睡了一夜好觉，脸上反倒透着苍白？"如莲看着娘扑哧一笑，道："我没冻着。我看娘夜里倒没睡舒贴，眼圈怎这样黑。"怜宝呸了一声道："你快起来漱口洗脸。你爹已经把饭买来，只等你吃呢！"如莲懒懒的下了床，站在地下发怔。听得周七在里间咳嗽，便叫道："娘，您将洗脸家具拿出来。"怜宝道："你这孩子，不会自己上屋里去，难道跟你爹还认生！"说着就拉着她进去。如莲见周七正候在床头上吸纸烟，床上还辉煌的点着烟灯。他看如莲进来，局促不安，觉着坐着不是，立起来也不是。如莲倒赶上前去，亲亲热热的叫了声："爹，您起得早！"周七倒半晌说不出话，最后只迸出"姑娘"两个字，沉一会才又说道："请坐，坐下。"如莲道："您坐着，我要洗脸去呢。"说着便奔了梳妆台去。怜宝在旁边，倒心里一块石头落了地。起初她只怕如莲不承认周七这个爹，日久了发生意见，冷了孩子的心，以后的日子就不好过了。又在昨日见如莲对周七冷淡的情形，更担着一份心。如今见如莲的样子，和昨日大不相同，心里觉着她前倨后恭，颇为不解。又想到她昨日或者是因糊涂了，便也不甚在意。如莲洗完脸，便从小几上端过一杯茶，笑着递给周七。周七连忙立起，恭恭敬敬的接过，如莲笑道："爹，您坐着，干么跟自家的女儿还客气！"怜宝也从旁笑道："孩子，你别管他。他哪是受过伺候的人！"说着又对周七使了个眼色道："你还没给女儿见面礼呢！"周七从口袋里一掏，便掏出一张五块钱的钞票来。如莲一见便认得这钞票是昨夜大明旅社听曲的客人所赏，还是自己交给娘的，心里不由好笑。便笑道："我不用钱，还是您带着零花吧。"周七也答不出什么话，便望着她手里混塞。如莲把身一躲，回头向怜宝道："娘，我不要。"怜宝道："这让什么！你爹给你钱，你就拿着。"如莲便从周七手里拿过来，回手又交给怜宝道："我没处去花，您先给存着。"怜宝把钱带起来，就张罗着吃饭。

　　三人围着小几坐下，怜宝把预先买来的熟菜都一包包的打开道："如莲，这些都是你爱吃的，你爹特为你买来。"如莲暗想，我娘为他男人，在我身上可真用心不小。便向周七笑道："还是爹疼我，我应该怎样孝顺您？"怜宝道："好孩子，我们又没儿子，后半世还不着落在你身上？除了你还指望谁？"如莲道："只要我赚得来，您父母俩，就是享不着福，也还挨不了饿。昨天我听说这些年爹受了不少的苦，真是可怜。以后我总要想法子教您舒服几年。"怜宝道："难得孩子你这片好心，我们只要不受罪就够了，还想享什么福！"如莲笑道："您先别说这个话，昨天我半夜醒来，想到您父母俩这样年纪，还能受什么奔波？我现在也不小了，正该趁着年轻去挣下一笔钱，预备您俩养老。主意是早已打定了。"怜宝听了，眼珠转了几转道："现在你卖唱，每天进几块钱，也将就够度日的了，还去干什么？"如莲看着娘呆了一会，忽然眼圈一红道："娘，我说话您可别生气，难道我一世还总去卖唱？我将来也有个老，我现在想着就害怕。您老了有我，我老了有谁？娘，您也要替我想想。"怜宝听到这里，心里突然一跳，就知她话里有话，事有蹊跷。自己原是风尘老手，有什么瞧不透？便道："孩子，你的话我明白，我还能教你跟我受苦一世？只要你给我们留下棺材钱，我巴不得你早些成了正果。你享了荣华富贵，娘我就是讨了饭，心里也安。"说着看了看如莲，便用手帕去擦眼泪。如莲也觉得一阵焦心，看着娘几乎要哭。转念一想，心肠突然一硬，便拉着娘的手道："咱娘俩是一言为定，倒别忘了今天这一番话。告诉你句实话，我已是有了主儿的人了。主儿是谁，早晚您会知道。这件事谁一阻拦，我便是个死。但是我要规规矩矩的给您挣三年钱，才能跟他走。"怜宝听了，心里暗自诧异，这孩子向来没和我离开一时，是什么时候成就了幽期密约，同谁订了海誓山盟？但自己又知道如莲的脾气，说得出便做得出。现时若和她执拗，立刻就许出毛病，只可暂时应许了她，慢慢再想办法，便道："孩子，只要你舍得离开娘，现在跟人走，娘也不管。只望你放亮了眼，别受人家的骗。"如莲道："我又不是傻子，您放心，绝不会上当。"怜宝想了一会，叹道："随你吧，可是你这三年里，向哪儿去给我们挣养老的费用？"如莲道："那您还用问？当初您从哪里出来，我现在就往哪里进去。郭大娘在余德里开的莺春院，上次您领我去过一趟，我看就是那里也好。先在那里使唤个几百块钱，也好教我爹爹换身好。"说着看了看周七，只见他铁青着面孔，低头一语不发。这时怜宝听了如莲的话，心里悲喜交集。悲的是女儿赚上三年钱就要走了，喜的却是早知道自己女儿的容貌，若下了窑子，不愁不红。就是只混三年，万儿八千也稳稳拿在手里。又后悔若早晓得她肯这样，何必等她自己说？我早就富裕了。她想到这里，颇觉踌躇满志，脸上却不露一丝喜容，仍装出很悲苦的样子道："孩子，娘我虽然是混过世的人，可再不肯把你往火坑里送，这可是你愿意，将来怨不上娘。不过你说的倒是正理，这样你也尽了孝，我们也松了心。将来到了日子，你跟着人一走，我们抱着心一忍，大家全有了归宿。就依你这样吧！回头咱把郭大娘请来商议商议。"

说到这里，只见周七霍的立起身来，哈哈大笑了几声，拔步向外边走。怜宝道："你上哪儿去？"周七道："我走！"怜宝顺手把他拉住道："你吃完还没抽烟，上哪里胡闯去？"周七惨笑道：

"我可不是还出去胡闹。此间虽好，不是我久恋之乡。昨天在这里住了一宿，叙叙咱夫妻二十年的旧，十分打搅了你。如今我还去干自己的老营生，咱们只当昨夜没遇见，大家仍旧撒开手吧！"怜宝诧异，也立起来道："我不懂，你这是为什么？"周七把两眼瞪得滚圆道："为什么？我周七在外面荒荡了许多年，拉过洋车，当过奴才，爬过烟馆，跑过赌局，什么下贱事不做？就是干不惯这丧良心的丑勾当。我昨天来，你今天就教女儿下窑子，真算给我个好看。还该谢谢你们对我的心！"怜宝道："你也不是没在旁边听着，那不是我强迫，是如莲自己愿意的呀！你要是不愿意，也尽管痛快说，何必这样混闹？"周七冷笑道："我说什么？女儿又不是我的种。她要是我的亲女儿，何必费这些话？今天这楼上早是一片鲜红，教你们看看我两刀四段的好手艺！我一个顶天立地的男子汉，没有能力养活你，却教你的女儿给人家搂个四面，赚钱来养活我；我吃了这风月钱粮，就是一丈长的鼻子，闻上十天，哪还闻得有一丝人味？可怜我既养你们不得，自然管你们不了，只得趁早离开，落个眼不见为净。你们自去发你们的龌龊财，我周七自去讨我的干净饭，咱们是将军不下马，各自奔前程。只盼你无论到了何时，万别提到我周七一个字。"如莲听到这里，心中暗暗感激这位爹，想不到竟是这样好人，昨天我太小看他了。可惜他说的是正理，我为的是私情，也只得落个对他感激，却没法听他的话。便站在那里，装作害臊，低头不语。怜宝这时却生了气，指着周七道："你真是受罪的命！我们还不是为你？倒惹得你发脾气，有话不懂得好说，真是吃饱了不闹，不算出水的忘八。"周七瞪着眼苦笑道："好，好，我本来是受罪的命。福还不是请你去享？这种福我还享不来！"说着又长叹一声道："想不到这二十年的工夫，竟把你的廉耻丧尽！"怜宝怒了道："你说廉耻丧尽，我就算廉耻丧尽！我只晓得有钱万事足，挨×一身松。明明卖了这些年，你还同我讲什么廉耻！你要我讲廉耻也行，你立刻给我弄两万块钱，我和女儿马上就变成双烈女。"周七掩着耳朵跺脚道："这不是有鬼来捉弄我，无故的教我跑到这里来听这一套！"又对着怜宝道："你就是再说狠些，我也没奈何。不过你要回想当初在咱家里当少奶奶的时节，咳，我还听你说这些作甚么？真是他娘的对驴操琴。"怜宝道："好，你骂，你骂！我从烟馆里把你弄到家来，就为的是教你来骂我。"周七一口唾沫喷在地下道："骂？你还不值得。把你骂到驴子年，也不能骂得你要了脸。我也真混蛋，跟你这样人还多什么嘴！罢，罢，我周七走了，从此一别，咱们是来世再见！"说罢，拔脚便向外走。这时怜宝倒有些良心发现，止不住流下泪来，叫道："你等等走，我有话说！"周七站住道："还有什么可说？快讲，快讲！"怜宝揾泪道："咱们二十年前的结发夫妻，久别重逢，你就这样的无情无义，你哪一点对得过我的心？"周七道："你少说废话，我对不过你，你更对不过姓周的祖宗。就凭你的心术习气，便是立刻改邪归了正，我也和你过不来。千不怨，万不怨，只怨我周七没有吃×饭的命。有福你自己享吧，我干我的去了！"说完，更不回顾，直向外面闯出去，蹬蹬的下了楼。如莲也忙赶出，怜宝喊道："你去干什么？"如莲随口道："您别管。"说着已出了屋。怜宝只当她要去把周七拉回，便坐在屋里不动，静听消息。如莲赶下楼来，周七已出了门口。如莲紧走几步，拉住他道："您慢走，我跟您说句话。"周七瞪起眼道："说甚么？我不回去。"如莲笑道："我也没教您回去。"又正色道："我真没想到您是这样好人，永远也忘不了您这一片好心。您要明白我可不跟我娘一样，这一时也说不清许多，只求您告诉我个落脚处，将来……"只说到这里，周七已十分不耐烦，使劲甩脱如莲的手，竖眉立眼的道："留你娘的什么住脚？没的还想教你们这俩不要脸的东西去找我！"如莲道："您是不知道我有我的心。"周七撇着大嘴道："你们还有什么好心？少跟我说废话，当你的小窑姐去吧！"说完迈开大步，直奔出巷口走了。如莲倒望着他的后影暗暗叹息了一会。

正是：圆一宵旧梦，客老江湖；看出谷新莺，春啼风月。后事如何，且听下回分解。

第二回　玉楼天半起笙歌藁砧捣去
锦帐夜阑开影戏油壁迎来

　　话说如莲在门首站了一会，便回身走上楼去，只见怜宝还坐在床头拭泪，便道："娘，您不必伤心，他是一时想不开，等回过味来，还不回来给您赔罪？说不定今天就会回来。方才我下楼赶去拉他，还吃他骂了一顿。"怜宝道："他就是回来，我也不要他了。是我缺男人，还是你短个爹？过得好好的日子，没的请他来给咱们添气？"说着看了看桌上的钟道："呀，闹着闹着，就四点多钟了。你收拾收拾，咱们快上园子去，别再误了场，显得对不住掌柜的。"如莲摸着自己的头道："我今天身上不舒服，嗓子也发紧，想告假再睡一觉，晚场再去。"怜宝想了想道："也好，好在是礼拜一的早工，还没甚要紧，等我托楼下的老大到园子里去告诉一声。"如莲道："您自己去吧！顺路到余德里找郭大娘，商量商量方才咱们说的事。"怜宝听了，看看如莲，脸上透出犹疑的神色。如莲晓得娘已对自己生了疑心，不放心把自己放在家里，便道："您走的时候。千万把门倒锁上，省得我睡觉时有人来闹。楼下的小金子，一天上这屋里跑八趟，真讨厌死了。"怜宝听了便答应着，又躺在床上吸了两口烟，使教如莲睡下，替她把被子盖好，方才倒锁上门自去。

　　如莲对着门冷笑了一声，便转过身子来睡下，心里很是泰然，倒睡得酣适，直睡到上灯时，方才醒来。怜宝还未返家，便自己坐起来，拥着被呆想一会，听得楼梯作响，知道娘已经回来，又听得钥匙碰得响声，便叫道："娘回来了？"怜宝在外面应了一声，推门进来，手里提着许多东西，放在桌上，便向如莲道："孩子，你早醒了？"如莲道："我醒了一会，正闷得慌。"怜宝笑道："郭大娘留我谈了好半天，还教我给你带了好些东西来。只顾和她谈得忘了时候，教你坐了这半天的牢。"如莲拖着鞋下了地，拿杯凉水漱漱口道："郭大娘说些什么？"怜宝坐在床上道："郭大娘听得你要去，喜欢得两个手掌都拍不到一处。她说只要你肯到她那里，怎说怎好，想使用多少钱都成。莺春院楼上的三间通连的大房子，原有个搭住的竹云老二占着，你若去时，就把竹云挪到楼下，那个房间给你住，还要给你现置一堂讲究的家具。教我回来问你什么日子进班，她就预备起来。"如莲屈着指头算道："今天是二十一，我下月初一去吧。"怜宝点头道："明天我就回复她，再拿一二百块钱，给你做衣服。咱们就这样定规了。你先吃些东西，等我抽口烟，就上园子去，跟掌柜的告长假。你先在家里歇几天。"如莲摇头道："不，我还要唱几天。"怜宝笑道："你真是唱着有瘾，那么就再唱两天，到二十四包银恰满了月。"如莲牙咬着嘴唇不响，怜宝便把从外面带来的东西，教如莲挑了几样吃。吃完，娘俩又闲谈了一会，到了十点多钟，如莲才起身梳洗完毕，在梳妆镜前自己端详了一会，向着镜里一笑，回头向怜宝道："娘，我好看不？"怜宝点头道："俊！连我看着都爱，莫说是他。"如莲诧异道："他是谁？"怜宝笑道："傻孩子，他就是你方才告诉我你有了主儿的主儿，我知道是谁！"如莲撇着小嘴道："你瞧这个娘，净跟我们不说好话。"怜宝对着自己的女儿看了一会，情不自禁，便走向前抱着如莲的脸儿闻了闻。如莲忙把她推开，道："您看您这老来疯！"怜宝叹息道："我瞧见你，就想起我十七八岁的时节，简直和你长的一样，不过你的鼻子比我凸，眉却没我弯。"如莲听了一笑道："娘，我身上热，要换件皮袄。"怜宝怔了怔道："孩子，你忘了？那件灰鼠皮袄，前些日子因为我没钱买烟，当了十几块钱，如今哪还有皮袄换？你早说我还可以想法子赎出来，现在怎么办？"如莲笑道："您看您这大惊小怪，没有就不穿。再说这时虽热，回来时倒怕夜里凉。现在咱们走吧。"说着娘儿俩出了屋，倒锁上门，下楼出巷，雇车直奔松风楼去。

从后面小胡同进了后台，便听得前台弦管悠扬，知道是吴万昌正唱着梅花调，离如莲上台还隔着两场，便向后台同事的人都打了招呼，自寻了清静地方坐下。如莲向四外看看，这后台真是杂乱非常，唱靠山调的高玉环，正同弹弦子的小马两个人动手动脚的闹。小马手占便宜，玉环嘴不吃亏，便滚作一团。那一边说相声的李德金，和配莲花落丑角的庆老桂，唱单弦的于寿臣，正挤在一个小茶几旁推三家的牌九。正推得高兴，不想前台的梅花调已经下来，该着于寿臣上场，管事人前去催他，于寿臣便把手里的两张牌掖在腰里，出场去了。李德金正输得起急，忽然散了场，气得唱了两句秧歌，便坐在一旁，从口袋里掏出一把花生米，满揉在嘴里，慢慢的咀嚼，把嘴鼓得像气包子一样。这时一个弹弦子的小兔高忽然走了过来，向怜宝叫了声干娘，接着便凑到如莲面前，搔首弄姿，又甜哥蜜姊的搭讪着说话。如莲只哼了一声，再不理他。小兔高只得转头去和怜宝道："近来如莲的玩艺大长了，真够内行，可惜……"说着向左右看了看，又低声道："可惜老韩托的弦太不花哨，要不了许多菜，要是教我托，管保……"怜宝听到这里，便故意笑着逗他道："你有这片好心，为什么不早说？现在我们如莲快洗手了，用不着再倒扯玩艺，可惜你这片好心！"小兔高道："唱得眼前就红，台下的人缘又一天比一天好，为什么要洗手？"怜宝冷笑道："为什么？告诉你，咱们的交情还不够。你别黄鼠狼给鸡拜年了，快滚开这里吧！"

　　如莲见小兔高碰了她娘这样个软硬钉子，心下十分好笑，又不便笑出来，就立起走近台门，把台帘掀开一条小缝，向外先对东面打量，第一眼在这千头蠕动中间，先瞧见陆惊寰仍坐在廊柱前每天坐的座位上，比早晨身上少了件马褂，却多了件漳绒坎肩。虽然正低着头看报，也十分的光彩照人，直仿佛满园子的电灯，只向他一个人身上亮，旁的座客都显得暗淡非常。如莲看了一会，暗恨惊寰为什么不抬起头儿来，我正在这儿看你；又想到这台上台下有哪个人值得他一看？我又在帘儿内，他抬头作什么？想到这里，心里不胜得意，便又回眼向台前的龙须座上瞧，只见自己的老捧客那位大黑花脸胖子，和他那一伙狐群狗党，也都正在那里高坐，虽然各有各样，可惜都是个粗具人形。其中有一个瘦子眼快，看见如莲在台里隔着帘缝往外看，便轻轻告诉了那大黑花脸的胖子。那胖子立刻迷缝着三角眼，向着台帘丑笑，浑身的肉都像颤动了一下，如莲便知道那胖子自疑惑是自己特为向外看他，所以得意到这样。又见胖子那群朋友一阵摇动，似乎都跟着肉麻起来。如莲好不耐烦，便转眼又向惊寰瞧了一下，只见他此际倒抬起头来了，向台上看了一眼，只没看到台帘，便很不高兴的又低下头去看报。

如莲自己暗笑，便缩身回来，向怜宝道："娘，我今天使唤什么？"怜宝笑道："你随便。据我看，今天台下人多，你要高兴，就使唤个拿手《宁武关刺汤全》好。"正说到这里，只见前台检场的大李八走进来，手里拿着五块钱，向怜宝道："台下有位茶座，烦大姑娘唱段《闹江州》。"怜宝还未答言，如莲忙问道："谁？"大李八道："是一个老茶座罗九爷，就是每天在前座坐的黑胖子。"如莲寒着脸道："劳驾你告诉他，改天再唱罢，今天我们已有人烦唱《活捉》，钱全收了，对不起的很。"怜宝瞪了如莲一眼，心里很不愿意，但又不敢不顺着女儿说，便向大李八道："八先生，你向他说得好点，我们改天再补。"大李八只得快快自去。怜宝悄声向如莲道："为什么放着钱不赚？"如莲撅着嘴道："我就不高兴唱《闹江州》。今天便是有个皇上抬两筐金子来，我也不唱。"怜宝听了，默然不语。如莲也低下头去自己思量，想了一会，忽然粉面上涌出笑来，向怜宝横溜了一眼。怜宝问道："你笑什么？"如莲道："我笑我今天不知怎的心乱，方才暗自背词儿，竟都生了，回头就许免不了崩瓜沾牙。"怜宝道："那你不许检拿手戏唱？何必单唱《活捉》？"如莲一笑不语。怜宝见今天如莲的脾气，忽然变得与往日不同，虽然不明所以，但瞧料着有些蹊跷，便暗暗留了心。

这时台上又换了场，如莲便预备起来，掏出粉纸，在脸上细擦。那高玉环正走了过来，见如莲擦粉，便笑道："小妹妹，别再梳妆了，这就够十五个人瞧半个月的。来，来，我再给你添点俊。"说着便把自己颊旁一朵压鬓红花摘下来，替如莲簪在左边鬓下。如莲向她谢了谢，自己在镜中端详了一会，忽然见镜中的自己，实在是顾盼动人，暗暗惊讶道："我今天才知道我如莲这样好看，也足配得上惊寰了。"又看见镜中自己戴的半边俏压鬓花，十分鲜艳，衬着小脸儿，真是娇滴滴越显红白。便又想到惊寰是坐在台的右边，我这花却簪在左鬓，他瞧不见，岂不枉费了？便又央玉环给换戴在右边。玉环笑道："瞧你这麻烦，戴在哪边不是一样？还是诚心专要给右边的人看，莫说左边的人都是活该死的。"玉环这话原是无意所说，不想如莲听了倒绯红了脸。怜宝在旁冷眼看来，便明白了几分。这时前台莲花落已完，该着如莲上场。如莲见自己的鼓板已被检场人端出去，弦师已坐在前台定弦，便站起走到台帘边，隔帘缝向外一张，只见惊寰拿着支纸烟，两只俊眼正向台帘这边看。如莲偷偷一笑，惊寰看见，端颜正色的微微点了点头。如莲又看那罗九爷，只见他正张着大嘴，举着手，仿佛正等着给自己喝那出场彩，不由得皱皱眉头，暗恨这几年不兴带耳朵套子，若兴时，真少听许多讨厌的声音。

这时外边铃儿一响，如莲只得掀开台帘，迈开风流步儿，慢款袅娜腰肢，走了出去。只听得眼前平地一声雷似的喊起拼命彩，又夹着爆竹般的鼓掌声音，知是罗九一般丑人在那里作怪，便瞧也不瞧，寒着脸走到鼓架前，轻轻拿起檀板，绰起鼓键，和着弦索，轻描淡写的打了个鼓套子以后，又照例铺了场，说到今天要唱《活捉三郎》的时候，用眼向惊寰瞟了一瞟，只见他欣然相向，便也向他透出一丝笑容，两个人同时会意。如莲铺场已毕，喝了一口水，用小手帕擦擦嘴，便正式唱起来。这《活捉三郎》的曲子，事迹既然哀艳，词句又复幽凄，加着如莲的一串珠喉，直有猿啸莺啼的两般韵调，听得惊寰的脊骨从下向上一阵阵的发凉。看那满楼灯火，似乎变成雪白，真有"满座衣冠如雪"的景况。又看着仿佛眼前是一片空旷的仙界，只有一个仙女在那里唱歌，简直说不出心中有何种况味。亏得台下一阵喝彩喧乱之声，才把惊寰出舍的灵魂惊回壳来。这时如莲已唱过小半段儿，唱的时节，身子不是向着正面，就是偏向左方，总把脊背给惊寰看。但唱到深怜蜜爱荡气回肠的词儿，就慢慢回过身来，看着惊寰唱，仿佛和他说话一样。惊寰把这些情绪都领略了，坐在那里一阵阵的销魂。这时如莲唱到阎婆惜的阴魂见了张文远，诉说往时的恩爱，忽然转过身来，对着惊寰唱。惊寰平时最爱听如莲所唱的"想当初，乌龙院中，朝云暮雨，红罗帐内，鸾凤交栖"这几句，便凝神定气的听，哪知如莲唱到这里，声音忽然发颤，竟似有意无意的唱错了两个字。惊寰心里轰的一跳，又见如莲唱完这两句，向自己使了个眼色，便转过身去。这时台下幸而没有许多知音，罗九等不特听不出唱错，而且看不出如莲的神情，所以没落倒好。不过两廊里的许多老年座客，已窃窃私议起来，惊寰也低下头暗暗诧异。如莲今天是怎么回事？明明是"乌龙院中朝云暮雨"，为什么唱作"莺春院中"？这错的全不在理上，想是看着我，便想起今天早晨的事，无意中唱走了嘴。忽然灵机一动，想到早晨如莲和自己约定的话，才明白如莲是故意唱错，给自己送个信儿。余德里可不是有个莺春院么？她大约要上那里去了。又暗暗埋怨如莲，你就是找定了地方，什么时候不能告诉我，何必在台上闹这个鬼？倘若大家起了哄，岂不糟心？真是伶俐得可爱，又糊涂得可怜。想到这里，抬起头来，见如莲正唱着向自己看，便向她微点了点头，表示你的心思，我已明白了。惊寰心里觉得大局已定，和她不久便可聚首，心气倒安稳了。这时他偶然回顾，见许多座客都向自己看，神色有些不对，晓得如莲对自己的神情，已被众人看出破绽，立觉局促不安，有些坐不住。又见如莲仍不断的把秋波向自己横溜，心里暗自着急道："你只管看我做什么？倘被这些讨厌的人瞧破，给咱俩叫起邪好，多么难看！又苦于没

法示意给她，又一想我不如走吧，好在相聚就在眼前，又何在乎
这一会工夫。但又怕得罪了如莲，便趁她转过脸来的时候，偷偷
向她递了个眼色，站起来就向外走了。如莲见他坐得好好的，忽
然走了，只当他明白了"莺春院"三个字，大愿已了，便自走
去，好向自己显露他的聪明，暗自在心里好笑，便用眼光将他的
后影直送出去，无精打采潦潦草草的唱着后半段曲子。忽然无意
中向左边第二个包厢中一瞧，只见那厢中坐着园子的内掌柜，向
着自己笑。一会儿她弯下那肥大的身躯去拾东西，不想从她身后
露出一个人面来，明明怜宝在那里坐着，看如莲瞧见了她，便别
过头去，装着不在意的神情。如莲心里一阵扑咚，暗道这可坏了
醋，娘向来不上包厢，今天忽然上厢，又鬼鬼祟祟的藏在人背后，
分明是来监察我的。娘又是贼里不招的老江湖，什么事瞒得过她
的眼？方才的情形，定已瞧得个全须全尾，连姑爷也相了去了。
但又想到就全被她看见，又有什么大不了？便也平下心，装作没
看见怜宝，仍旧唱着。

　　这时正唱到上板的时节，是全曲的精彩处，台下座客都凝神
静气的听，只有罗九等还不住乱喊好，喊得如莲不住的皱眉，别
的顾曲客人也都偷着向他们撇嘴。到如莲唱得剩了十几句，忽然
一阵人声，从下面直乱上楼来。只见一个中年肥大妇人，倒挽着
袖管，横眉立目，口里骂骂咧咧，大屁股一扭一扭的，从椅子缝
中直扭到台前，奔了罗九一般人去。罗九正伸着脖子，张着大嘴，
向着如莲出神，心里一阵阵的发热昏，听得人声，回头看时，不
禁大惊失色，想躲已来不及，被那妇人劈头用左手把脖领抓住，
两手左右开弓，拍拍的就是左右两个反正嘴巴，打得罗九黑脸上
都泛出紫光来。那妇人打着骂道："我把你个王八蛋的蛋，老娘
的精米白面，把你撑肥疯了，就忘了当初当茶壶的时候，穷得剩

了一条裤子，我替你洗了，你蹲在床上等干。到如今好容易混的有了半碗饱饭，又你妈的穷心未退，色心又起，背着老娘捧起花大姐来了！你妈的……"这时罗九双手握着脸道："咱有话家里说去，别在这里闹！"那妇人又是一个嘴巴，打得罗九眼前冒金星。她又接着骂道："你倒愿意家里去，家业是老娘一个人的，你想回家，老娘不要你。小子你勉强着点，有话就这里说吧！"罗九见不是头，忙央告道："你也给我留点面子！就是我有十分不好，你今天抓破了我的脸，将来教我怎么见人！"那妇人冷笑道："你还见人？你怕见不了那个小臭×。拿着你老娘的钱出来买俊，一直美了你这些天，今日就是你的报应到了。"说着向台上看了一眼，更自高声喊骂道："我就是单挑了这个时候来，也叫你认识的臭婊子看看听听，什么人认识不了？单选这个东西！还是罗九的××上有钩儿？"说到这里，声音更特别提高，向着台上嚷道："你别忘了罗九当初是大茶壶，你怎么下贱，诚心要当茶壶套！"这时如莲正唱得剩了两句尾声，她在妇人初进来喊闹的时节，已想趁波打住，但因剩下不几句，不如勉强对付完了。这时听那妇人的话简直是冲着自己说，心里又是气愤，又是肮脏，觉得实在唱不下去，又夹着这时有许多座客跟着鼓掌起哄，喧乱非常，赌气把鼓板一摔，趁乱跑回后台，进去就一屁股坐在椅子上，咬着牙落眼泪。后台的人见她这样，立刻都围拢来问。如莲更气得浑身打战，一句话也说不出来，但觉得满腹冤苦，没个分诉处，暗想罗九这人在我面前讨了这些日子的厌，今天出了这个笑话，真给我解了恨。但是这种情形，教人看着，就像我和罗九有什么关系，这可不肮脏死了我？想到这里，就仿佛肚里吃下去苍蝇，一阵阵的翻，觉得几点前吃的晚饭，现在都要呕出来，便用手帕捂着眼，一头歪在桌上哭。

正哭着哩，忽然觉着有人扶自己的肩膀，抬头看，原来是自己的娘。怜宝摸她的辫子笑道："傻孩子，你哭什么？这有你的什么事！"如莲听了，更泪似泉涌，抽抽噎噎的道："娘，您瞧这不气死人？唱得好好的，那个娘们来搅我，说的话多么难听，简直是冲着我来，这不气死了人！"怜宝笑道："你到底是小孩子，多余生这个气，难说有只狗向你汪汪，你也和它生气？要说那个娘们也太看得起她的男人了，也不瞧瞧他那份鬼脸，也配你一看？更莫说别的。你就别理这个了！"如莲擦着眼泪道："我倒不是理这个，幸而他走得早，不然要教他看见这种情形，这许疑惑我……"怜宝笑道："我不懂你的话，他是谁呀？"如莲这时才知道自己气急败坏，说话太忘了情，露出大马脚，不禁然的把脸绯红。又见众人都向自己看，更羞得无地自容，恨不得寻个地缝钻进去。怜宝心里像明镜似的，怕羞坏了她，便拉着她的手道："你去看看，罗九那小子笑话还没闹完呢！他那副狗相，保准把你笑死。"说完，不由分说，拉着便走。如莲趁势就立起身来，走到台帘边。怜宝掀开一道缝儿，教她向外看。如莲只看了一眼，竟把气恼全消，格格笑起来。只见那妇人把一只鲇鱼片的脚，蹬在板凳上，手拈着罗九的耳朵，将他的黑脸直按到自己裆里，做成个老和尚撞钟似撞不撞的架式，一只手在罗九的后脖颈上只顾敲打。那罗九弯着腰，服服贴贴的承受，口里许天告地的讨饶。那妇人只做听不见，一面打着，一面目光四射，向罗九那一般党羽骂道："你们这群不是父母养的东西，净勾着罗九胡行乱走，吃着喝着，还给你们的姊姊妹妹赚胭脂粉钱。敢则这事情便宜，就把你们吃顺嘴了，也没打听打听老娘是干什么的！惹恼了我，把你们的娘都找来，都剥光了，把你们一个个全按着原路塞回去！"她正骂得凶，罗九的朋友们都知道她的脾气，没人敢劝，又不便躲，只得都围随着恭领盛骂。松风楼的掌柜们也都晓得那妇人是著名的泼辣货，凡是耍过落道的，谁不知道她这出名的簪花虎马四姑？所以也没人敢上前张口。台上的玩艺也没法唱了，只得空着台休息。后台的生意人也都出来看热闹，站满了半台。座客们更不住的鼓掌大声起哄，把煤气灯都震得颤动。

正在乱得一塌糊涂，忽然从人丛转出一个老头儿来，满面红光，一脸的连鬓白胡子，身躯高大，虽然有六七十岁，腰板儿还挺得很直，手扶着一根白木拐棍，慢慢的走到那马四姑的背后，猛然将她背膀一拍，那马四姑猛吃了一惊，回头想骂，及至瞧见是那老头，便赔笑叫道："二大爷呀，您来了！"那老头儿道："好闺女，你放手，听我说。"马四姑叫道："二大爷，您要是疼苦我，就别管我们的事。今天我们有死有活，这小子可把我害苦了。"这时那罗九低着头喊道："二大爷，您积德给劝劝！"老头一把将马四姑的手拉开，一手将罗九提到自己身后。马四姑在手将松开之际，还在罗九脖子上狠命咬了一口，疼得罗九鬼号了两声。那老头儿还没说话，马四姑一屁股坐在地下，撒起泼来，喊着："我不活着了，谁要把罗九放走，我就不用走了，在这里等着明天看验尸吧！"那老头儿听了，白眉一皱，满面倏的放出凶光，把拐棍在楼板上拄得乱响道："马四姑，你要知道是我二大爷在这儿劝你。"马四姑抬头看看他，又低下头，便不敢再喊了。那老头儿接着道："怎么着，连我的面子都不赏，诚心教我老头子受急？好，好，我这也算不吃没味不上膘。罢了，我华老二闯了一辈子，临了想不到栽到你手里，打我的老脸，从此还管什么闲事！你们事有事在，打不出人命来，对不住我。我走了。"说着气愤愤的转身就走。那马四姑见他真恼了，不由吓得大惊失色，便拉住他的衣襟道："二大爷，您别怪我，真教罗九把我气糊涂了!"那老头儿道:"你站起来,你站起来!"连说了两句,那马四姑还赖着不动,老头儿呕了一声,提起拐棍在马四姑腿上只一拨,马四姑怪叫一声道: "二大爷,我起,我起,别打! 疼,疼!"老头儿咬牙恨道:"快起来,不然,凭我跟你死鬼娘的交情,打死你也过。"这时马四姑不敢回言,挣扎着要起。罗九在旁边搭讪着过去要扶,被马四姑一口浓唾沫喷得倒退了两步。她便自己挣扎着起来。那老头儿向外一指,高声道:"有什么事家里说去,别在这里现眼。快走,快走!"马四姑看了他一眼,又狠狠睨了罗九一下,便一步步的向外挪。罗九低头下气,跟在背后,不声不哼的走。那老头儿又把拐棍乱挂着嚷道: "快,快,快走!"马四姑吓得几哆嗦,忙应道:"走呢。"说着脚下便加快了。于是乎马四姑押解着罗九,老头儿又督促着马四姑,三个人作一队下楼去。

　　楼上座客望着他们的后影,唱起哄天彩来。这时园子的执事人等,才高喊着众位落座压言,台上的玩艺又接着演唱,才慢慢压下观众的喧哗。如莲在后台把这幕丑剧看得个满眼,笑得肚肠子都疼。但是自己笑定回想,依然心里肮脏得难过,便回头向怜宝道:"娘,咱们走吧。"怜宝点点头,拉了如莲的手,才要向后台的后门出去,一个后台管事的郭三秃子转过来,赔笑道:"您娘儿俩走么? 要是大姑娘没有大不舒服,千万早场也上,别再歇工。只说今天白日大姑娘没来,台下问的人多了,散的时候还有人说闲话。您娘儿俩个只当捧我们!"怜宝明知道郭三秃子怕如莲因为方才的事害臊,明天告假不来,所以给一个虚好看。才想到开口回答,如莲把怜宝的袖子一扯,将她拉到屋角,附耳悄悄说道:"我明天就告长假,您回复他吧。"怜宝也低声道:"你这又何必!"如莲道:"我说这样就这样,明天打死我也不来。"怜宝笑道："傻孩子，这是同谁怄气！好吧，就依你。好在唱也再唱不了几天，包银唱不足月，就退给他们也不要紧。"说完，又返身把郭三秃子叫到一边去说。如莲见怜宝说着话，郭三秃子忽而皱眉，忽而哀恳，忽而叹气，最后只听怜宝高声道："这实在对不过掌柜们的，往后遇机会再补你们的情吧！"说完也不管郭三秃子，只招手把如莲叫过，后着她的手就走出门。郭三秃子直送下了楼梯，怜宝回头道："不劳远送，该退回的包银，明天就托人送来。"郭三秃子摆手道："您送回来我也不要，只当我送给大姑娘买双鞋穿。"怜宝谦让了几句，便谢了一声。娘儿俩别了郭三秃子，就雇洋车回家。

上了楼，如莲便一头倒在床上睡，闭着眼一语不发。怜宝摸了摸茶壶，还不甚冷，斟了半碗，送到如莲嘴边。如莲摇摇头，还是不睁眼。怜宝自己喝了，坐在床边，笑道："喂，你别睡，我看见了！"如莲突然睁开眼道："看见什么？"怜宝笑道："他。"如莲道："他是谁？"怜宝道："姑爷。"如莲坐起来道："谁的姑爷？"怜宝眯着一只眼笑道："还有谁的？我的！"如莲听了，立刻又躺下，把眼一闭道："我知道您没好话，不理您了。"怜宝笑道："你起来，我和你说正经。"如莲依旧闭着眼道："您说，我听得见。"怜宝道："我问你，他姓什么？"如莲道："姓周。"怜宝道："叫什么？"如莲道："不知道，就知道行七。"怜宝这时才明白过来，笑道："这孩子跟我调皮，看我拧你。"说着就向如莲乳际伸手，如莲怕痒，在床上打了个滚躲开，咯咯的笑道："您别闹，我说，我说。"怜宝又着腰含笑看着她道："说，说！"如莲道："他姓陆。"怜宝又问道："叫什么？"如莲道："我忘了问。"怜宝笑道："看你还是讨没脸！"说着又要动手，如莲急忙拉住了怜宝的手，口里央告道："实在我不知道，等我过天问来

再告诉您。说真个的，您看他这人怎样？"怜宝点头道："真不
错，连我看了都爱，别说闺女你！"如莲又闭上眼道："您爱给
您，我不要。"怜宝笑道："瞧你这孩子说的混话，实在的，我有
了这样一个姑爷，也不枉我苦了前半辈子。"如莲听娘说到这里，
立刻脑里涌出了惊寰的音容，便合着眼细想，再不愿开口了。怜
宝还要逗她说话，想着如莲此刻是得意忘形，又是女孩儿家，口
没遮拦，不难慢慢探出情形，不想如莲却装起睡来。怜宝又要去
胳肢她，如莲软声央告道："我真困极了，有什么事，您先闷这
一夜，等明天早晨再说。好娘，您饶了我吧！"怜宝听她说的可
怜，虽明知她不是真困，但不忍再闹她，只可由她睡去，自己草
草的抽了几口烟，也便和衣睡下。哪知如莲是自己有自己的心事，
闭着眼装睡了一点多钟，连转侧也不敢，怕把怜宝引得睡不着，
耽误了自己的事。沉了很大的工夫，才睁眼轻轻坐起，瞧手表已
快两点了，怜宝在身边正睡得沉酣，知道抽烟的人轻易睡不着，
睡着了便不易醒，就轻轻起身下了床，坐到椅子上。只见满屋灯
影沉沉，显得光景很是凄凉，暗想可惜床上躺着的是娘，倘若是
他，那我会叫他睡得这样安稳！又转想迟不了几天，便可和他厮
守了，心下又不胜欣喜。坐了一会，觉着心里很闷，便揭起窗帘
向外瞧，只见天上一钩斜月，正向着人凉凉的亮，眼前千楼万舍，
全静寂寂的，仿佛全世界都入了睡；暗想我又不知他家住在哪一
方，该向着哪边看，看不见他的家，我还看什么？便转回头来，
仍旧低头自想，我正在这里想他，不知他现在是不是也正在想我。
这样胡思乱想了一会，又伏在桌上打了一会盹，不想迷糊糊的竟
睡着了。

　　一觉醒来，见已天光大亮，不由吃了一惊，连忙揉了揉眼，
就蹑足走出外间，到窗前向外看时，只见巷中冷静，并无一人。

站着怔了一怔，自想，我想错了，他真听话，不叫他来就不来。你不知道我有话等跟你说，这真该打。正在恨着，忽见从东边巷口慢慢踱过一个人来，定睛细看，不是他是谁！如莲忙将身向后一缩，不教他看见自己，就悄悄跑下楼去。到了门口，弯下腰就木板门内的小孔向外一张，只见陆惊寰恰走到门口，立住了向楼上张望。如莲也不理他，只在心里暗笑。惊寰在外面傻等了有十几分钟，似乎沉不住气，连低声咳嗽了几声。又过了一会，他脚下有些活动，看样子像要走去。如莲再忍不住，便隔着门缝，放粗了声音，喊道："你这小子是干什么的？在门口探头探脑，安着什么心？再不滚开，我喊巡捕了！"这时惊寰正怀着满腔心事，又在这万静的僻巷中，猛听得凭空门内有人发话，慌乱中竟听不出是如莲的声音，还只当是如莲的娘，吓得话也不敢回，掉头便走。到如莲开门出来，他已跑出了十来步。如莲笑得弯了腰，一面笑一面叫道："傻子回来，是我，是我！"惊寰回头见是如莲，才稳定了心，又跑回来，很热烈的想来拉如莲的手。如莲把手一摆，寒着脸道："站开些，听我审你！"惊寰发呆道："什么事？"如莲指着他的脸道："你这孩子，头一回我说话你就不听。昨天我不是叫你别再清早查街，怎么今天又来？"惊寰道："这不怨我，我今天是来讨个实信。"如莲道："昨天晚上在台上不是已经告诉了你？怎么还不明白？"惊寰道："是莺春院么？"如莲点头道："不错。你可知道莺春院在哪里？"惊寰道："在余德里北口。"如莲听了，忽然生气道："你的地理倒熟，敢则你这孩子常溜余德里呀！小荒唐鬼又荒唐到我这里来了，趁早躲开我这儿！"说着娇躯一转，就要走进门去。惊寰连忙拉住道："你听我说，昨天听你说出莺春院，打听人才知道在余德里，你何必……"如莲道："好，从你嘴里说出来的话，谎话我也当实话听。现在闲

41

话少说，我下月初一进班，你过了初五再去。要去早了，我也是不见你。"惊寰诧异道："为什么？难道说早见倒不好？"如莲道："我出个主意就得依我，趁早少问。再告诉你，松风楼从今天我也不去了，你也不必再去上班，在家里养养精神盼初五吧！"惊寰再要说话，如莲向他微微一笑，把手一摆，便缩身退进门去，呼的一声把门关了。在门缝向外再张时，只见外面也正有一只眼向里看，里外两只眼隔着半寸宽的板儿，碰个正着。如莲轻轻把脸向上一挪，轻轻向外吹了一口气，就像小孩儿得了便宜似的，跌跌爬滚的跑上了楼。走上半截扶梯，才想起自己闹得太凶了，要把娘闹醒，好多不便，便又蹑着脚上去。进了外间，再从窗户向外瞧，只见惊寰还站在门外，用手帕擦着右眼，正用左眼向上看。如莲忙向外摆手，教他快走。惊寰也用手往下招，教她下去。这样招摆了好半天，两个人都不肯动。后来如莲有些急了，把手重摆了几下，不想用力过猛，手儿甩到脑后，只觉得碰到很软的肉上，不由吃了一惊。

回头看时，只见怜宝立在自己身后，正笑嘻嘻的向外看。如莲脸上轰的变成通红，直勾着两眼，看着怜宝，不知说什么是好。怜宝也含笑看着她不说话。如莲偷着用眼向楼外扫了一下，见惊寰还立在那里，心里更觉发急，不由眉头一皱，倒生出急智来，自想已就是已就了，便向怜宝道："娘，您看，他来了。"怜宝还笑着不语。如莲伸手把她拉到窗前，向外一指道："不信您看。"怜宝这才开口道："我早看见了。贵客来临，怎不请进来？"如莲道："现在请也不晚。"这娘儿俩就立在窗前，一同向外招手。惊寰在楼下见如莲身旁突然又多出了个人面，细看才认识是如莲的娘，大吃一惊，连忙三步并作两步的跑走了。如莲看着他的后影一步步的走远，倒笑着不做声。怜宝却连声的喊他回来。如莲见惊寰已拐出了巷口，就笑着把怜宝的嘴掩住道："您喊什么，认得人家是谁，喊进来算怎么回事！"怜宝笑道："本来用不着认得，只要你认得他，他认得你，就行了。"如莲听了，立刻把脸一变，把手一甩，转身就进了里间。一面走，一面嘴里咕噜道："这都是哪里的事，凭空的冤枉人。他是谁？谁认得他！"怜宝赶进来笑道："好孩子，你真会不认账。"如莲坐在床上，忍着笑道："我怎么不认账？强派我认识他，我从哪里认识他呀！不信把他叫来对证对证，到底我认识他不？"怜宝道："你真会跟我捣乱，人早走了，我从哪里去叫！"如莲笑道："那时您就不该放他走，如今没招没对，硬赖起我来，那不行！"说着一头扑到怜宝怀里，撒起娇来。怜宝又是气，又是笑，又经不住她揉搓，只得倒央告她道："别闹了，你不认识他，算我认识他，好不好？"如莲在她怀里，抬起头看着她的脸道："算？不行，您重说！"怜宝只得又笑着道："好，我认识他！"如莲还不依道："笑着说不算数！"怜宝只得又正色说了一遍，又抚着她的脸儿道："好孩子，起来，看头发都滚乱了。"如莲才慢慢坐起，手拢着鬓发，望着怜宝憨笑。怜宝道："你也跟娘说句正经话，到底你们是怎么回事，告诉我，也跟着喜欢喜欢。"如莲听了怔了半天神，回眸向怜宝一笑，就咕咚倒在床上道："我又困了。"说完便合上眼，装着打鼾声。怜宝笑道："我看你睡得着！"说着便坐在旁边，直着眼看她，只当如莲装也装不了多大工夫，哪知她竟沉沉睡去，又招呼了两声，推了一下，只不见醒。怜宝倒被她勾起困来，打了个哈欠，赌气也陪她睡了。

到她母女俩一觉醒来，天已过午。梳洗以后，正吃着饭，只听楼下有人叩门，还隐隐有喊冯大姐之声。如莲跑出外间，由窗户向外看了一眼，就喊道："娘，郭大娘来了。"怜宝连忙放下筷子，带着如莲下楼。才走到楼下，只听郭大娘正喊"冯大姐开门"。喊完，又小声唱道："冯大姐，快把门来开。"怜宝忙肘了如莲一下，低声道："听她唱完了再开。"娘儿俩就立住了听唱，只听郭大娘接着唱道："你不把门开，我硬挤进来。开门吧，我的，我的小乖乖！"唱完又狠命的在门上敲了两下。怜宝这才把门开了，道："要不是天气冷，就再教你唱一段才放进来。"郭大娘一扭腰肢，一甩屁股，小旋风似的已进了门，顺手把怜宝的嘴巴子一拧，笑道："好小妹子，你真坏，快搀着小奴家上楼。"说着扶着怜宝的肩膀，就一步步的款上楼去。如莲要笑又不好意思笑，细看郭大娘今天越发梳妆得风骚动人，那竖八字乌亮的油头，梳得搭到脊梁上，更显得粉颈细长，双肩抱拢，身上穿一件紫素缎的旗袍，裁剪得细乍乍的可腰，走路真是一步一风流，称得起是动少年心，要老头命的一个半老佳人。如莲暗叹，这郭大娘真不枉是十几年前天津挂头块牌的人物，到如今还是照样的勾魂荡魄，真不知当年害死过多少人了。想着便随手把门关上，也跟着走上楼去。郭大娘听得后面有脚步声音，一面走一面叫道："如莲，我的儿，见了我也不招呼一声。"如莲笑道："现在招呼晚么？大娘您好！"郭大娘嗷的声答应道："嗳，我好，孩子你好。你更出落得好看了，真是长的赛水葱，说话像黄莺，真个你是吃什么长大的？"怜宝不耐烦，就拉着她道："快上屋里去吧，不上不下的，干什么在这里要贫嘴？"

说着，三人上了楼，到里间来坐下。如莲给郭大娘斟过了茶，郭大娘喝着，向怜宝道："你们娘俩商议好了没有？到底想哪一天进班？"怜宝道："如莲说下月初一去。"郭大娘道："也好。我那里楼上屋子都收拾好了，明天就叫人裱糊。方才我已经派人去看家具，大约三天里就可以一笔停当。你们用钱，我现在带了三百来，要不够尽管说话。"说着从腰掏出一卷钞票，递给怜宝。怜宝接过道："这钱现在倒是正用得着。如莲制衣服和买零用东西，也差不多了。不过这钱算怎么样？"郭大娘笑道："不算怎样，你尽管用着，没息没利，你们几时富裕了再说。就凭咱们如莲这孩子，一挂牌管保顶门红。"说到这里，忽然眼珠一转道："咱们还是卖清倌，卖红倌？"怜宝道："我正为这个要和您商量。"便凑在郭大娘耳旁低语了几句。郭大娘又转转眼珠，看着如莲道："我看还可以再赚个二水，就告诉他们是清倌吧。"这时如莲正站在床边收拾烟具，听到这里，忽然正色开口道："郭大娘，您别笑话我脸大，到底是我的事，要由我做主。我本来已经不是闺女，干什么骗人，还算清倌？"怜宝听了，看着郭大娘不语。郭大娘笑道："孩子，这本来要问你，你不愿意卖清倌，咱就卖红倌。本来，你也不小了。"说着就向如莲浪浪的一笑。如莲脸上飞红道："郭大娘，不要想邪了。以后到了您那里，可不许这们啰唆，还要随我挑捡客人，谁也不能管我。"郭大娘看着怜宝不言语，只暗暗使了个眼色。怜宝道："这事你放心，你的心娘知道。从我这儿说，凡事都随你的便，旁人更管不着。"说着又向郭大娘道："将来要有个姓陆的少爷去，你告诉伙计们要特别照应，要给我得罪了，可小心我跟你拼命！"说着又向如莲笑道："娘的话可从你心上来？"如莲脸更红了，便用手拧了郭大娘一下道："您真是老不正经，成天拿我开心。"郭大娘手握着胸际嗳哟道："是我呀？留神捣掉了我的后代根苗。你娘说你，为什么拧我？"如莲笑着道："你们都不是好人。"郭大娘呕一声，站起来道："不是好人？我倒要教你见识见识这不是好人！"如莲吓得呀的一声，躲到椅后，央告道："大娘饶我，以后还指着您照应呢！先别欺负我，您不疼我，也看着我娘。"郭大娘笑道：

"你这小嘴怎么长的这样滑溜！真叫我又疼又恨，连我都能忍耐，算服了你，将来还不知道要多少人的命！来，来，我不打你，教大娘闻闻嘴巴算完。"如莲果然走了过来，服服贴贴偎在她怀里，仰着脸儿向她。郭大娘使劲抱住，亲之不已。如莲又挣着跑开，向怜宝道："大娘饿了，要吃我。"郭大娘还要捉她，怜宝劝住道："你们娘儿俩见面就斗，老不老小不小的算什么！别闹了，先谈谈咱们的正事。"郭大娘撇嘴道："你还有脸说我？上梁不正底梁歪，我看你这个当娘的也有限。谈正事就谈正事，有什么屁快放。"怜宝道："进班的那天，咱们还是暗暗往里溜，还是热闹热闹？"郭大娘笑道："那要问你们有人捧场没有了。"怜宝道："你是知道的，我们向来不吃空挡，不交朋友，哪得有人捧场？"郭大娘道："你方才不是说有个姓陆的少爷么？他还不捧个三天五日？"怜宝听了，转脸看着如莲不语。如莲只低着头装没听见。屋里沉寂了半晌，还是郭大娘开口道："没有人捧场也不要紧，有大娘在，万不能教孩子掉在地下。凭如莲这样个人儿，初次玩票，若不风光风光，连我都替她委屈死了。等我跟我的不错儿的说说，教他们约些朋友，给凑三天热闹。"怜宝道："那才是好。如莲，还不谢谢大娘！"这时如莲正背着身儿立着，便把两只手伸到背后拢起来，上下动了几动，算是给郭大娘作了几个揖。郭大娘笑道："这孩子只是跟我调皮，屁股后头作揖，我不知情！"怜宝也笑道："这不怨她，只怨你是买切糕的人品，当初就没把架子端好。"郭大娘道："好，好，等如莲到了我院里，我端起架子来，你可别疼你闺女！"怜宝还没答言，如莲接着道："大娘这几年比我娘还疼我，就是教您端架子，您也不肯，这也不过说说罢了。"郭大娘道："好孩子，你不用拿话补着我。我还能教你受了屈？"说着站起来道："你们收拾收拾吧，到初一我派车来接，咱们是一言为定。现在我走了。"怜宝还拉她再坐一会，郭大娘笑道："你别留我，我们不错儿的还等着我吃饭，我多坐一会，他就多饿一会，你明白了？"怜宝道："那我就不留了，没的耽误你的美事。"郭大娘道："你看我美，不会自己也找一个，也省得这样搂一搂松松，蹬一蹬空空，看着别人眼热！"怜宝向外推她道："你快请吧，再留你还不定放出什么屁来！"

郭大娘笑的咯咯的，拉着如莲道："孩子，你送送我。"怜宝也要跟着送，郭大娘向她使了个眼色，便拉着如莲走下楼。到了门口，忽向如莲悄悄说道："你要看那位陆少爷合式，我给你们做个媒，吃顿面，咱们全免了，好不好？"如莲两只手把她推出门外道："快走吧，小奶奶，你打算世界上的人全像您一样，拿着妍人当饭吃呢！"说着急哝一声，就将郭大娘关在门外。郭大娘在门外骂道："好你个小×养的，把你大娘生挤出来！"如莲也不理她，就一溜烟跑上楼，赖在怜宝身上喘着笑。这时怜宝正一五一十的数着郭大娘方才送来的钞票，向如莲道："郭大娘这人真爽快，娘先不愁没钱买烟了。"如莲笑着不语，怜宝才觉着自己说的话不大像，忙改口道："明天咱们就出去买衣料，可着孩子你的意儿挑。向后一天比一天热，皮的先用不着，单夹棉先都制两套，零东西也买一点，可着这一二百块花。"如莲道："明天的事明天再说，现在先别忧虑到这么远。我跟您说句正经话，以后姓陆的事，你们别拿我引开心，再这样我就要恼了！"怜宝道："你放心，现在谁敢惹你？也不过偶尔说句笑话，日后谁还提起！过日见了郭大娘，我也要嘱咐她，别再跟你玩笑。可是你也该把姓陆的事告诉告诉我，别再闷人。"如莲把头从怜宝的腿上滚到床边道："您又问这个，我又困了。"怜宝忙扶起她来道："我也别问，你也别像。为什么很喜欢的事，倒找了没趣？"如莲笑道：

"这样还像个娘！"怜宝一笑，便又谈了些别的事，到深夜才睡了。到次日，娘儿俩又出去置办了许多应用东西，交给裁缝去做，不到三日，业已预备齐全。

光阴迅速，转瞬间已到了二月初一。这日如莲清晨起来，教怜宝给绞净了脸，又同出去到清华园洗了个澡，回来时已过正午。吃过午饭，娘儿俩正在屋中闲谈，忽听得巷内有马车铃响，如莲跳起来道："郭大娘来了。"怜宝还不信，少顷就听门外郭大娘的声音喊着叩门。如莲道："如何？"就拉着怜宝接了出去，只见郭大娘穿着一身簇新的衣服，戴着一头红白相间的围头花，襟上还挂着个鲜花排成的喜字。如莲一见就喊道："大娘好漂亮，您有什么喜事呀？"郭大娘伸手双挽着她娘儿俩，进了院子，道："有喜事，今天我们院里进新人！"如莲道："进谁？"郭大娘道："进你！"如莲方才晓得自己一时蒙住，不由得笑起来。郭大娘道："你们收拾完了就上车吧，我不上楼了。"怜宝道："你干什么作张作威的，又弄辆马车来？"郭大娘道："孩子，坐不上花轿，还不坐辆马车？"她这话原是无心所说，如莲听了，心里倒不胜凄然，暗想我将来到惊寰家去的时节，不管时髦不时髦，无论如何也要坐回花轿，也不枉我女孩儿家生这一世。又一转想惊寰已有正妻，我一个作小的，哪有坐花轿的指望？趁早别妄想了！想到这里，凭空添了许多不快，便不高兴说话。

这时怜宝已把郭大娘拉上了楼，如莲也跟上去。郭大娘坐下道："如莲，快把人样子做好了，咱们快走，我还有许多事呢！"如莲便自去刻意梳妆，这里郭大娘向怜宝道："先叫你欢喜欢喜，我已凭着面子替如莲布了三帮子花钱的硬客，从今天起，一帮子顶一天的牌饭局，这也足够好看的了。我们院里七个唱手，也都有牌，今天准要乱出个所以然。"这时如莲正举着抹满胰子的毛巾擦脸，闭着眼睛问道："您给我布的三帮客都是哪几块料？"郭大娘道："告诉你你也不认识，反正都是花钱的好客。"如莲道："不认识我也要问问。"郭大娘道："一帮是大兴军衣庄的穆八爷，一帮是罗九爷，一帮是鲁十四爷。"如莲听到这里，突然把手巾从脸上揭下道："这姓罗的可是个四十多岁的黑胖子？"郭大娘道："不错，他是我们不错的盟兄弟。你怎么认识？"如莲一手把毛巾扔在脸盆里，溅得水花四落，从鼻子里哼了一声道："怎么认识您先别管，劳您驾，先把这姓罗的给我打了退堂鼓。"郭大娘听了，倒看着怜宝道："这是为什么？"怜宝却问如莲道："这罗九可是上次松风楼闹笑话的那个人？"如莲点点头道："不是他是狗鸡蛋？我大高兴的，千万别叫他来给添堵心！"怜宝就把罗九那日在松风楼闹的笑话向郭大娘述说了一遍，又道："他的女人那样凶，他若招呼了如莲，将来还不定出什么岔子。我看郭大娘还是给回了的好！"郭大娘听着怜宝的话，早已笑得前仰后合，半天才忍住笑道："这你们就可以放心。罗九跟那个簪花虎马四姑，就在闹事的那一天散了伙。那放窑账的铁胳膊华老二，把他们架到我那院里，约我跟着了事。费了半缸唾沫，也没了好。马四姑拼死也不再跟他，终归由华老二做主，把他们开的三等窑子八宝堂归马四姑独自营业，给了罗九一千多块钱，又分给他两个孩子，作为永断葛藤，第二天早晨还是在我那院里吃的散伙面。以后马四姑哪还管得着他的事？"说到这里，如莲抢着道："他就是没人管，我也没工夫伺候他。"郭大娘咂着嘴道："啧啧，孩子，你的意思我明白，罗九那份鬼脸，别说孩子你不爱看，就是我也是得不瞧绝不瞧。不过你要明白，吃咱们这碗饭，恨谁要是一脚踢出去，倒是疼苦他，乐得教他倒个大霉。罗九这小子前几天把分得的两个孩子也转手卖给我，又落了千把块钱。如今他正有钱没处花，有霉没法倒，他又早就迷糊你，乐得不教他都给咱们进了贡，吃他个海净河干，迟不了半年，准教他上三不管去当伸手大将军。俗语说：'乌龟也要嫖，壳儿水上漂。'孩子，你怎这样想不开？"如莲想了想，忽然扑哧一笑道："大娘，您真是积世的害人精！您身上暗含着不知道害过多少命案，我依便依您，可是不许这个罗九沾我一下。他要犯毛病，我就惟您是问。"郭大娘道："看你这挑挑拣拣，又吃鱼又怕腥，真活脱和你娘当初一样。"说着就向怜宝一笑。怜宝道："干什么你又扯上我！"郭大娘又向如莲道："孩子，你放心大胆的去和他要，到了紧要关节的时节，大娘再教给你闪转腾挪的本领，管叫他蜜糖抹在鼻尖上，闻香不到口。"怜宝笑道："如莲快拜师傅，你还不知道郭大娘是天津数一数二的水贼，跟她学不了好，坏总可以学的坏到顶，再坏回来。"郭大娘也笑道："咱们是缺唇儿说话，谁也别说谁。我是水贼，你也不是旱岸上的强盗！只瞧你姓冯的门风，你女儿还没进窑子的门，就先自己预备好了热客。"这时如莲正面对镜子，举着小胭脂棒儿向唇上涂抹，听了郭大娘的话，那瓜子脸儿立刻变得长了，撅着嘴向怜宝道："娘，娘看郭大娘，再这样别怨我不顾面子。"怜宝向郭大娘使了个眼色道："好人，你别再拿我们孩子开心。"郭大娘乖觉，便立刻改了口风道："孩子，这怕什么？你问问你娘，再问问我，当初谁不是骗大黑脸的钱去填小白脸的瞎坑？俗语说，'坑张三不贴李四，算不得窑姐的儿子。'这本是淌行的事，你又上的什么脸？"如莲道："怎么着也不许说，我们和你们不一样！"郭大娘道："不说，不说，再说教我三天不开张！现在你别磨工夫，小娘娘该起驾了。"

如莲一笑，便换好了衣服，怜宝替她提着个小包袱，三个人出了屋，把门倒锁了，下楼上了马车。车夫一扬鞭，不大的工夫已进了余德里，只走了一条大街，车便停住。如莲见左边和前边都是曲曲折折的窄胡同，走不进马车，倒都转折得有趣，暗想听他们唱昆曲有什么"人宿平康曲巷，惊好梦门外花郎"，真是古人说得不错，荒唐鬼们不必见了娘们发昏，只进了胡同，转也把他们转迷了心咧！这时郭大娘已下了车，向她们道："下来吧，胡同里车进不去。"怜宝就拉着如莲也下了车，三人鱼贯进了胡同，拐了个弯，只见这胡同里两面对排着十几座同样的楼房，门口墙上都贴满红纸黑字写的人名。有几个短衣的人，凑在墙隅拿着铜子儿撞钟，三五个粉面鲜衣的小女孩子在旁边看热闹，口里都鸡争鹅斗的嬉笑。其中一个女孩忽然回头瞧见郭大娘，立刻吓得粉面失色，那样子似乎想跑又不敢跑，颤着声音叫了声"娘"。郭大娘好像没听见，也不答言，走到近前，突然甩手就是一个嘴巴，打得那女孩一溜歪斜。郭大娘这才开口骂道："喜子，你这小鬼，我一欠屁股，你就像你娘的身子一样，滋溜就出来了。还不滚回去！"那女孩一手捂着脸，一手抹着眼泪，就蹑着脚溜进路东的一家门里去。那一群撞钟的也都停了手，全向郭大娘招呼道："郭掌班您才回来！"郭大娘见这些人都是邻家的伙计，没有本班的人，便也淡淡答了两句，就领着怜宝母女走进方才那女孩跑进的门。如莲因这里向没来过，留神看时，那门前左右挂着两块大铜牌子，刻着"莺春院"的红字，左首牌子旁边贴着张三四尺长新油的红纸，竖写着三个斗大的黑字是"冯如莲"，底下又横着"今日进班"四个小字。如莲暗想，人说下窑子就算挂牌，大约这红纸就算是牌了。想着已随她进了门，只见堂屋里坐着几个老妈伙计，见她们进来，全都站起，一个老妈忙把怜宝手里的包袱接过。郭大娘悄悄问道："院里有没有客？"那八仙桌旁边坐着的一管账先生模样的人答道："楼下满堂，楼上两帮。"郭大娘便回头向怜宝道："咱们上楼去先看看屋子好不好？"怜宝点头。

三人便拐进后屋，顺着楼梯上了楼。楼上堂屋里也坐着几个下役的男女，郭大娘指着一间挂雪白新门帘的屋子向如莲道："你看，大娘疼你不？连门帘都是给你新制的。"说着又转头向一个老妈道："屋里有人没有？"老妈道："没人。"就走向前将门帘打起。如莲到底是小孩脾气，急于要看自己的新房，便第一个走进去，只见这屋里新裱糊得和雪洞相似，是三间一通连的屋子，宽阔非常；对面放着两张床，东边是挂白胡绉帐子的铁床，两边是一张三面带圆镜子的新式大铜床，没挂帐子，床前却斜放着一副玻璃丝的小风挡；迎面大桌上嵌着个大玻璃砖的壁镜，擦抹得净无纤尘，上面排着七个电灯，四个卧在镜上，那三个探出有半尺多长；几张大小桌子上，都摆满了钟瓶鱼缸等类的陈设；那铜床旁立着个大玻璃柜，柜的左上方小空窑里，放着许多崭新的化妆品，其余一切器具，也无不讲究。郭大娘进房来，一屁股就坐在床上道："如莲，我的儿，这间屋子你可合意？"如莲笑着点了点头。怜宝道："你干什么给她这们讲究的屋子？倘若事由儿不好，别说对不住你，连屋子也对不住了。"郭大娘道："这屋子只配如莲住，好比好花才配的上好花盆。这一堂家具，还是七年前我跟大王四从良洗澡拐出来的哩！"怜宝道："呀，还忘了告诉你，大王四死了。"郭大娘笑道："我早知道。像他那号东西，活着也是糟践粮食。本来是散财童子下界，财散完了，还不早早的归位？"怜宝道："当初大王四待你也不错，怎就这样的恨他？"郭大娘撇着嘴道："你又说这一套了，通共我才有一颗好心，还是待自己，哪能再匀出好心来待他们。咱们还都是两白主义？一样是雪白的小白脸，一样是白花花的大洋钱，两样俱全，或者能买出我的一点好心。像大王四那块料，我想起来不骂他就算有良心了。"如莲在旁边听着，心里好生不然，但又不便插言，便向怜宝道："娘，你们也不告诉告诉我，这里面有什么规矩，回头来了人怎么办？"郭大娘接着道："等一会慢慢告诉你，这时先给引见引见姐妹。"说着便派老妈将合院的姑娘与柜上孩子全都请了来。不大的工夫，就粉白黛绿的进来了十几个。如莲母女连忙都打了招呼。郭大娘坐在床上把手乱指道："这是彩凤姐，这是小云，这是小老四，大老七。"这样挨个的都引见了。怜宝细看这些人，都不怎么出色，如莲立在她们中间，更显得皎皎如月映众星，把众人都比下去，不觉心中暗喜。这时郭大娘道："冯大姐，你也不是外行，我们走，你清清静静的把掏心窝的能耐教给你闺女点，也趁这时候你歇歇，沉会儿就没有歇空儿了。"说着就和这些姑娘们一拥走出。这里怜宝母女果然深谈了一会，天夕郭大娘又叫厨房送来点心吃了。到了上灯时候，班子里灯火点得里外通明，就和过年一样，门外小龟也都支好，接着便有客人来到，整整热闹了一夜。到了第二日，仍然照样如此，是罗九一般人捧场，却闹出个很大的笑话。笑话如何，留待下文慢表。

当下只说如莲在莺春院里混了三四日，有时笑得肚子疼，有时气得天昏地黑，才知道这种生意，说好做，也就洋钱容容易易的进了腰包，说难做，也觉得这各种各样脾气的花钱大老爷，简直没法伺候，因此倒领略了不少的世故人情。怜宝每日就替女儿当了老妈，打起精神，像个满堂飞，替如莲遮避了多少风雨。到落灯后，从柜上劈下账来，钞票装满了腰。客人散了，就和如莲在一床上睡。到底洋钱赚到手里，睡觉都是两样，时常在梦中手舞足蹈，把如莲闹得醒来。

光阴迅速，转瞬已到了二月初五。这日她母女起床，已是下午两点多钟，吃过了班子里四个碟子的例饭，如莲就头不梳脸不洗的坐在床上出神。怜宝见了，不由得问道："你还困么？昨夜又看了个天亮，要不再睡一会？"如莲摇摇头，怜宝又道："不困你怎又愣了神儿？"如莲看了娘，迟了半晌又道："我怕……"怜宝道："怕什么？"如莲道："这几天，哪一日都上二三十位客，我倒身不动膀不摇的，您里里外外的跑，斟茶点烟的忙，我怕把您累病了。"怜宝道："这倒没有什么，烟抽足了，还顶得住。"如莲眼珠一转道："要不您回家去歇一天，明天再来，好在今儿也没有牌饭局，从柜上借个妈妈使唤，也将就过去了。"怜宝听了笑道："说得我也太娇贵了，这一点事也会累着，还用回家去休养我老人家的贵体？我不去。"说到这里，忽然仰头看了看房顶子，又低头看看地下，才向着如莲笑了笑道："呕，呕，我也得回家去看看，明天再来，别辜负了孩子你的心意。其实我在这里也碍不了事！"如莲原是心里有病，听了怜宝最末的两句话，不由得脸上绯红，才要说话，连忙又闭上嘴。怜宝见他这样光景，又接着道："教我看看要什么紧？想不到我倒混成碍眼的了！"如莲听了，立刻脸儿一沉，站起拉着怜宝向外就走，口里道："您别无故嚼说人，好心请您回家去歇歇，倒惹出您这一段乱说。好，我也跟您家去。告诉郭大娘，咱不干了。"怜宝见如莲真急了，知道再逆着她就要大事不好，便嬉皮笑脸的将如莲又按坐在床上道："瞧你这孩子，闹着玩还真上脸。就是你不说，我也打算回家去歇一天，我这收拾收拾就走。你疼娘，难道娘还不懂？"说着便拿起木梳拢了拢头，擦了擦脸，把柜门锁了，钥匙交给了如莲，道："我去托郭大娘照应着，我就走了。"如莲斜靠着床栏，并不言语，看着怜宝走出去，便立起来，轻轻走到外面窗侧，隔着窗纱向大门口看。哪知等了有半点多钟工夫，方见怜宝出门坐车而去。

　　如莲才退回身来，在镜台旁着意梳洗，还未毕事，就已上了两三帮客人。如莲都没往本屋里让，只给他们打个照面。怜宝不在，檐上老妈招待自然差许多事，就都冷淡走了。到天夕后，客人来的更陆续不断，如莲只是里外转磨，心里暗暗焦急，一会儿去到门口张望，一会儿又到镜前去扑几下粉。许多客人都沾不着她的边，有人问她因何这样神志不定，她便说我娘家去了多半天还不回来，自己不放心。客人们还真信她是初入娼门，离不开娘，是天性厚处。哪知到了上灯时候，游客满堂，如莲所想望的人，还不见个踪影，只急得她更坐立不定，向来她是不肯教客拈一下的，此际却有时拉着客人的手儿出神。到清醒时，却又撅了嘴红着脸躲开。一直的过了十一点，人家大半散去，只剩了一帮，如莲就把他们抛在空屋里，自己却坐在本屋里纳闷。又洗了一回脸，上了一回妆，在床上地下的打转，忽然坐定，自己恨道："看光景今天他是不来了。只怨我糊涂，只告诉他过了初五再来。过了初五就是初六，还许挨到个初八，十八，二十八，我只傻老婆等呆汉子吧！"想到这里，把盼望的心冷了一半，一咕碌躺在床上，瞧着屋顶发呆，听着旁边屋里同院姐妹和客人调笑之声，更恨不得把耳朵堵上。沉了一会工夫，忽听得堂屋里伙计喊"大姑娘"，如莲心里候的一松，接着又一阵跳，暗自瞧料道："冤家，教我好等，你可来了！"便霍然跳起，原想绷着脸儿出去，但心里只是要笑，便绽着樱桃小口，满面春风的跑出屋门，冒冒失失的问伙计道："哪屋里？"那伙计向那空屋子一指，如莲便跑进去。一进门，见还是那一帮走剩下的客人，自己又气又笑，暗想我真是想糊涂了，竟忘记这屋里还有着一批私货。又见这帮客人都穿好了马褂要走，便上前应酬了两句，把他们打发走了，仍旧回到自己本屋，一堵气把房里电灯都捻灭了，只留下床里的一盏，也不脱鞋,上床拉过被子就睡。哪里睡得着?转侧之间,又听得钟打十二点,心里更绝了指望,便坐起想脱了衣服要睡。才解开三两个纽扣,忽然进来了老妈,把电灯重复捻着。如莲问道:"干什么?"老妈道:"让客。"如莲道:"谁的?"老妈道:"生客。"如莲道:"生客放在空房子不让,怎单看上我这屋?这不是欺负人!"那老妈碰了钉子,只可重把灯捻灭,走了出去。

如莲突然心里一动,想把老妈唤回问问,但已来不及,便掩上大襟,跳下床,拖着鞋走到屋门口,隔着帘缝向外一看,不由得自己轻轻"呀"了一声,只见惊寰正玉树临风般的立在堂屋,穿着一身极华丽的衣服,戴着顶深灰色的美国帽,低着头不做声。如莲本想出去把他拉进屋里,但是心里跳得厉害,连脚下都软了,只一手扶着门帘,身儿倚着门框,竟似乎呆在那里。忽然想到应该唤他一声,才要开口,老妈已把空屋子的门帘打起,让惊寰进去。如莲心里一急,立刻走了出去,赶上前一把拉住惊寰的手,一面却向老妈发作道:"这样的脏屋子,怎好让人?你也不看看!"那老妈翻着白眼,嘴里咕嘟了几句,如莲也顾不得听,就一直把惊寰拉到自己屋里,用劲将他推坐在椅子上,又把他帽子摘下扔在桌上,也不说话,就叉着腰站在他身旁,撅着小嘴生气。惊寰手抚着胸口,瞧着她,也半天说不出话来。这样寂静了一会,如莲含着嗔,瞅了惊寰一眼,便走过去把电门捻开,倏时屋里变成雪洞似的白。镜头上的几个电灯,照到镜里,更显得里外通明,映着桌前的两个娇羞人面,真是异样风光。还是惊寰先稳住了心,慢慢的道:"你为什么不痛快?你教我过了初五来,我并没来早,这过了子时,还不就是初六!"如莲还是瞅着他不言语,半晌忽然扑哧的一声笑出来道:"我把你个糊涂虫,我还怨你来早了?你不知道从掌灯到现在,我受了多大的罪!"说着又凑到他跟前,拉住手道："你这工夫来，外边冷不冷？"惊寰摇摇头，也把如莲的手拉住，两人都无语的对看着。这时门帘一启，一个伙计提着茶壶进来，如莲忙撒了手向他道："回头再有客来，就说我回家了，别乱往屋里让！"那伙计答应了一声，又看了惊寰一眼，才低着头出去。如莲便坐在旁边，等伙计又打完了手巾，老妈点过了烟卷以后，屋里再没人进来，才站起身对着镜子，把鬓发拢了拢，又转脸向惊寰嫣然一笑，轻轻移步到床边坐下，向惊寰招手。惊寰忙走过来，如莲道："给斟杯茶来！"惊寰忙端过茶杯，要递到她手里，如莲娇嗔道："这样热怎么接，拿托盘来放在床上！"惊寰含着笑遵命办了，才要坐在她身边，如莲又道："拿烟卷来我抽！"惊寰忙又站起拿过烟卷，如莲把烟衔在嘴里道："点上！"惊寰又寻着了火柴，替她燃着。如莲大马金刀的坐着，绷着脸，瞧着惊寰半晌不说话。惊寰也呆呆的看着她那玉雪般的脸儿，被灯光照着，那一种晶莹润腻，直仿佛灯光都要映入肤里。虽然是绷着脸儿，那蛾眉浅蹙像蕴着清愁，樱桃口闭得紧紧的，颊上俩酒窝儿却晕着春痕，又似忍着笑，真是仪态万方，有说不出来的情致，不禁也看得呆了。如莲瞧着惊寰，忽然无故的笑出来，一把将他拉坐在身边，道："姓陆的，你可想得到？"惊寰道："想得到什么？"如莲扶着他的肩膀道："想得到咱们有今天！"惊寰听了，看着如莲，叹了一声，眼圈一红，那泪便只在眶里滚。如莲见他这样，不禁想起这二三年来风晨月夕相思的苦，一面感激他对自己的真情，连带又伤怀到自己的身世，心里一阵难过，不觉盈盈的滚下泪来，竟一头滚到惊寰怀里，拉起他衣服的底襟来擦眼。惊寰心里更是凄然，想到当初看作美人如花隔云端的如莲，如今竟能取诸怀抱，晤言一室之内，不觉一阵踌躇满志。又想到可真不容易有了今天，就像念书的人十载寒窗，忽然熬得中了秀才，初闻捷报，简直不知滋味是甜是苦，便也伏在如莲肩上，无意又闻得她脸上的脂粉气和头上的发香，只觉心里一阵甜蜜蜜的沉醉，惹得遍体酥麻，想动也动不得。两人这样偎倚了好一会，直仿佛两个亲人相逢在天尽头处，觉得世界只剩下他两个，此外都茫茫无所有，两颗心无形中似乎都纠结到一处，说安定也十分安定，说颤动也颤动到不可言说咧。

他俩默然享受这别样的滋味，许久许久，忽闻从隔巷吹送来一阵弦管声音，慢慢的把二人引得清醒，都抬起头来看时，觉得灯光乍然变成白苏苏的亮，房子也似乎宽阔了许多，又对看了一下，都仿佛做了一个好梦。惊寰看桌上的钟，正指着两点，暗暗诧异自己从十二点半进来，怎的不知不觉的竟过了一点半钟？如莲慢慢扶着惊寰的腿儿坐起，向对面玻璃柜的镜里照照，只见自己的雪白的脸儿，无端的颊上添了一层红晕。回头看看惊寰，也正和自己一样，便重把头儿靠到惊寰肩上，闭着眼道："你熬得了夜不？"惊寰道："我倒是不爱困，何况守着你！"如莲道："那么你今天就陪我到天亮再走。"惊寰摇头道："我头一次来，哪好意思久坐？"如莲睁开了眼，打了他手一下道："你别管，我这天下是打出来的了，旁人你不用介意。难道你跟我还有什么不好意思？"惊寰才要说话，如莲站起身，举起纤手含笑带嗔的指着他道："你敢说走，你走个试试！"惊寰向她笑了笑，站起身来，装做伸手去拿帽子。如莲把小嘴一撇，立刻滚到床上，躺着面向里，拿过个枕头来把脸儿盖上，连动也不动。惊寰见了，忙赶上前想把她拉起来。哪知才拉转过一些，略一松手，便又转了过去，只可央告道："好妹妹，你坐起来，咱慢慢商量。"如莲还不答言，惊寰便冷不防把她脸上的枕头抢过来，如莲又把袖子遮上。惊寰没奈何，坐在床边，看着她没着手处，半晌才想起个法子，自己口里捣鬼道："人们都说好生气的人，全不怕胳肢。如莲这样好生气，定不怕痒。我倒不信。不信试试看！"说着便比画着向床里凑，又故意把床摇得响。只听如莲"呀"了一声，倏的一翻身坐起来，咯咯的笑得发喘，缩着粉颈，把手凭空支持着道："你敢动我一下，看我吃了你！"惊寰笑道："动你作什么，把你闹起来就够了。"如莲把辫子甩到胸前，用手绺着道："说正经，你可还走？"惊寰笑着摇摇头。如莲气得又要倒下去，惊寰忙将她扶住道："小姐你别闹，依你依你！"如莲才嫣然一笑，立刻又寒起脸来道："你依我了？"惊寰道："是。"如莲又道："你不走了？"惊寰又点点头。如莲看了他一眼，便走下床，从桌上把惊寰的帽子拿起，使劲盖在他头上道："你倒愿意不走，别自己觉着不错了。你倒愿意，可惜没问问我，请吧，你快走，恕不远送！"说着便又走到门边，装做要送他出门的样子。惊寰坐着不动道："你也太凋皮。到了今天，还只顾跟我捣乱。说些正经好不好？"如莲仍旧寒着脸道："捣乱，我也没上你家里去捣。正经，跟你有什么可说。大小姐我要安歇了。你是一个字，请。"惊寰明知她是故意调笑，便也站起道："走就走，我又不是热羊，何必死圬！"说着向前慢慢踱将去，才走到她跟前，如莲便劈面一推，将他推回了好几步，咬着嘴唇笑道："你哪里跑？这就算到了你姥姥家了！只要敢出这个门口，就留神你的腿！"说着便挽了惊寰的手，仍旧回到床前，把他的帽子重复摘了，道："还不脱了你的皮，赁来的也不至于这样。"惊寰便笑着将马褂脱了。如莲也向他一笑，便从床头上拿下一件桃红色绸子的紧身小棉袄，走进玻璃柜后面，沉一会又走了出来，已把长袍换了。红衣衬着粉面，更显得楚楚怜人，亭亭的站在惊寰面前，只把秋波注着他，半晌不语。忽然把手一拍道："哦，我还忘了！你饿不饿？我还替你预备下了光禄寺。"说着便将玻璃柜的门打开,只见最上方的三层小屉,第一层放着许多鲜货,第二层藏满了糖果,最下面却放着面包熏鸡火腿等类的食物。如莲笑着学山东口音道:"知道你来,全预备好了,你是吃什么有什么!"惊寰便随手拿过些鲜果吃着,如莲就搬过两张椅子来,放在柜边,两人坐下,捡好儿的吃。惊寰吃了些许,便住了口。如莲问道:"你怎么吃不下?"惊寰一笑,把她手里的半个苹果抢过,扔在地下道:"你就有这个闲心,我憋了一肚子的话要和你说,哪还顾得吃?"

如莲听了,立刻用小手帕抹抹嘴,必恭必敬的将身子坐正道:"有话请讲,我这里洗耳恭听。"惊寰原自己觉着有许多话要说,如今见如莲这样的问,倒弄得像有些羞口难开,就觉肚里存着话太多了,哪一句都要抢先出来,不想都挤在喉咙边,一句也吐不出,倒呆呆的只看着如莲发怔。如莲拍着他的大腿道:"你可说呀!"惊寰看着她,倒默然无言起来。如莲也不催问,却自己叹了一声,眼圈儿一红道:"傻子,哪只你憋了一肚子话,我更打早就想着有许多心思话要跟你说,见了你倒说不出来。咱先到床上去歇一会吧!"说着就拉了他的手,走到床边,使劲将他推躺下道:"这里不是学堂,你再规矩些也没用。难道你在家里也这样?"惊寰一笑,便伸手也要拉她躺下,如莲却靠着那一边床栏,远远的坐下,道:"才给你些好气,别又蹬着鼻子上脸,老实些!"说着又低下头不语。半晌,忽然粉面一红,看看惊寰,又把头低了。惊寰道:"你这是怎的?"连问了两三声,如莲还不答言。惊寰便把身体向前挪,想去拉她。如莲忙伸腿把一只瘦薄可爱的天足脚儿放在床心,将去路挡住道:"你好生躺着,听我问你,你……"惊寰问道:"我怎么样?"如莲又红着脸看了他一眼,才悄然道:"你跟着我的影儿这几年,到底为的是什么?"惊寰皱着眉道:"这你还用问?到现在难道还不明白我的心?"如莲道:"这样说,你是爱我?"惊寰叹道:"这我也说不出所以然来。爱你是不必提了,还有时想着像你这样的人,老天怎竟教你落到干这种生涯,便替你可惜。"说到这里,如莲抢着道:"你这人说话不讲理,怎么我们这行就不是人干的?"惊寰道:"你别着急,听我说。干原是人干的,不过我向来看你像仙女一样,你干这个,便可惜了!"如莲听着,撇了撇嘴,惊寰又接着说:"再说你这样娇弱的人,一天要唱上好几段,荡风冒雪的奔波,更是替你可怜!"如莲听到这里,便举起袖口去擦眼。惊寰道:"这怎又勾起你的伤心?哭的哪一门子?"如莲作声笑道:"谁哭来?你真活见鬼!"但是袖口却依然不放下来。惊寰悄悄的凑过去,冷不防把她的袖子拉开,只见她脸上却没泪痕,只是睫毛还湿着。如莲苦着脸笑道:"你又挣什么?没来由动手动脚的闹。"惊寰便一歪身,又躺在床上,转回头去把背向着她,再不言语。如莲便也凑过来扳着他的肩膀道:"喂,你这是受的什么病?"惊寰委屈着声音道:"人家盼了这些日子,好容易今天高高兴兴的来,你又不高兴了!"如莲笑着拍了他一下道:"傻子,我盼星星等月亮的把你盼了来,还会不高兴?不过方才我听了你的话,想到我这样下贱的穷家丫头,竟有你这样的个人牵念着,教我又是伤心,又是感激,不知不觉的便难过起来。你又说我不高兴了,真是屈枉人心的东西。"惊寰嘻嘻的笑着坐起来,道:"你说我傻,我看你比我还傻。要不屈枉你,你还不哭到丑末寅初?"

　　如莲向前一坐,挨到惊寰身边,把身体一歪,就偎到他怀里,头顶着他的下颏道:"我没有你那样诡汁多端,就懂得骗人。现在我告诉你两句正经话,你爱我我是知道的了,我想往后有两条路,随着你拣。"惊寰道:"你又闹什么故事?说,说。"如莲向上翻翻眼，瞪了他一下道："瞧你这人，闹什么故事？这是说正经。你想我几年也总算没白想，今天我就算被你想到手了。你要是只想着和我亲近亲近的话呢，咱就……"说到这里，便停住了。惊寰催问道："咱怎么着？快说！"如莲红着脸一拍大腿，很快的说道："咱就今天就是今天，别叫你白来一趟，叫妈妈铺床，咱就睡觉。明天你一走，也不必再来了，总算你没白想着我，到底摸到了手！"惊寰听了，脸上沉得像阴天一样，一语不发，推开了如莲，从桌上绰过帽子，也顾不得戴，站起来向外便走。如莲连忙赶下床来，一低头拉住他衣服的后底襟，笑着唱蹦蹦词儿道："小姐上前揪住尾巴。"惊寰被她扯得走不动，只可立定回头，气的面色倏白道："你放我走，才知道你是这样的人，早先真怨我瞎了眼！"如莲紧走了两步，绕到他的面前，伸手扶住他的肩膀，如泣如诉的道："怨我，怨我。你先回来，再有气就打小妹妹一顿！"说着把粉面扬着，凑到他的胸前，眼光里透着无限幽怨，仿佛要等着他打。惊寰看了，又生了怜惜，便把她搂到怀里，用下颊吻着她的鬓发道："你想想，说的都是什么话？不气死人！直盼了好几年，现在竟落了你这们一套好话，教我多们难受！"如莲紧紧的偎着他，娇声带怨的诉道："你怎这样不识玩？我只想试试你，倒惹恼了！你想我可是能说这种话的人？好哥哥，别生气，怨我错了，给你磕头！"说着伸出小拳头，用大拇指向惊寰动了两下。惊寰忍不住便笑了，如莲却倒寒起脸来道："瞧你，倒真是六月的天气，行阴就晴，这种脾气，我真伺候不了，你还是走吧！巴结不是买卖，留你在这儿怄气，还不如大小姐我自己养神！"说着一扭身子跑到床上，自己坐着鼓着粉腮装生气。惊寰看着她，也故意把脚步向前挪，装作真个要走。只见如莲身体一动，才站起来，便又坐下，惊寰笑道："我逗你呢，不是真走。瞧你吓得这样！”如莲小嘴一撇道："别自己觉着不错，方才身底下有什么东西硌了一下，谁还起来拉你？你又不是我的奶妈，还用你背着抱着？"惊寰走回来，坐在她身边道："够了，好容易见了面，只管捣什么乱？看看天都快三点了。"如莲拉着他一起躺下道："不捣乱，咱们还接着方才的话说。"惊寰掩着耳朵道："没好话，我不听。"如莲一骨碌翻过身去道："人家要跟你说好话，你又来劲！"惊寰忙拉她回过身来道："瞧你这不打一处来的气，还不如零刀子剐我的肉！好人好人，你开些恩吧！"如莲扑哧一笑道："剐你，我还没这大工夫。现在你好生听不？"惊寰忙沉住气，绷着脸，屏息侧耳，表示出愿闻雅教的态度。如莲看看他，忽然一阵憨笑。惊寰道："大小姐，怎又这样喜欢？你可说呀！"如莲用手指戳了他额角一下道："瞧你这种神气，装哪一门子规矩人，只老老实实的听罢了。如今我告诉你，方才我那是诚心怄你。论说咱俩这种意思，原不该这样。可是不这样，又怎么试出你的心来呢？你的心我都明白了，不是拿妹妹当玩艺，是拿妹妹当妹妹。那我就该把心思告诉你咧。不过告诉你，你又该不乐意。"惊寰道："你只是心脏，怎就知道我不乐意？"如莲道："好，你不乐意，你乐意？"惊寰道："那你又怎么知道我乐意？"如莲笑道："说你不乐意也不好，说你乐意也不好，这可教我怎么办？"惊寰正色央告道："好妹妹，你好好说，别只跟我磕牙。"

如莲听了，仰面瞧着帐顶，半晌才道："我跟你说，你可不许想歪了！"惊寰道："你哪来的这些狡情？快说，快说！"如莲侧过脸来向着惊寰，又朝前凑了凑，道："果然你要拿我当你的人，我可就混端架子了。论起我当初是唱的，如今又混成窑姐，遇着你这样的漂亮少年，待我这种情义，还顾得了什么身份？不过你既当我是个人，你就该往人上走。你若真看得起我的话呢，这里来只管来，可万别想跟我怎样。等我真个的姓了陆，咱们有什么事再说，这也不细谈了。你要是知趣的人，自然懂我的意思。"说完，只看着惊寰，等他回答。哪知惊寰长叹了一声，把手儿一拍，便又呆然不语。如莲一打滚就坐起来道："我说怎么样？是不乐意不是？叫妈妈快铺床。"惊寰忙一把将她拉住，两眼直勾勾的看着她，还是叹气。如莲悄声道："你这又何必？就是我说错了，也不致如此。你要怎样，我依着你好了。"惊寰倒一头歪在她腿上，叹息道："你真沉不住气，还打算我想邪了！我方才听了你的话，心里一阵说不出来的又是好过又是难过，你说的就是我憋着要跟你说的话。可是倘或从我嘴里往外说，怕你弄不明白，倒怪我和你冷淡了。想不到你这几句话，竟合了我的心。真难为你一个没念过书的女孩儿，居然有这样高的思想。"说着又仰首望着灯光，叹了口长气道："天哪，这么宽的世界，怎偏教我遇上了你！"如莲呆呆的抚着他的头发道："遇上我怎样？你不愿意呀！"惊寰道："咳，你真会狠着心说话。我哪儿来的不愿意？不过想起来，你和我两个，论起分量，我还有不如你处。"如莲一撇小嘴接着道："多谢您高抬，凭你个大少爷，又不如我小窑姐咧，别半夜三更的变着方法骂人！"惊寰轻轻的捏了她手指一下，道："爱信不信，这是我的良心话。不管别人，我只看你是世界上最高一个女子，我不过是个平常的男人罢了。富贵贫贱，在咱俩中间谈不到。"如莲听到这里，只向他点点头，咬着嘴唇，忍着眼泪，再也说不出话来。惊寰又接着道："论说品貌，咱俩总算是一般一配，论起聪明伶俐，咱俩又是棋逢对手，果然能厮守一世，真算是前世修来。可是遇上再错过了，你怎样我不管，我自己就没法活下去。"如莲眼泪直挂下来，道："还用你说，我早知道过了这个村没这个店了。"惊寰心里似火烧般的焦，看着她只是不能说话，原想安慰她几句，但自己正难过得没法说，似乎也正要个人来安慰呢！半晌，才伸手替她擦擦眼泪，轻轻摇着她的玉臂道："你别这样委屈，听我说，从咱们见面到现在，总有二三年，可是从咱们交谈到现在，不过半个月，咱们厮守也只两三点钟，交情说浅也真浅，说深也不为不深。这意思妹妹你总能明白。你看我向来对你的情形，可有一点假？"如莲摇摇头，惊寰又接着说道："那你就该放心我。方才你又说什么过了这个村没有这个店了，反正只要你进这个村这个店，这个村这个店不会跑的啊！你要还不放心，我就跟你赌咒。"说着正色仰头道："我陆惊寰这一世要和如莲变了心，教我……"才说到这里，如莲已伸过手把他的嘴掩住，秋波盈盈的注着他，露出无限感激之意，却许久的默然无言。忽的娇哼了一声，身体一软，就倒在惊寰怀里。惊寰只觉她身体热得烫人，不觉惊问道："你身上怎这样烫？不是有病？"如莲眯缝着杏眼，摇摇头道："不是，我只觉心里跳得紧。"说着又低叫道："啊呀，我的心燃了！"惊寰害怕道："你是怎样？别吓唬人！"如莲把他的手拉过抚着自己的胸前道："你摸，你摸，我觉着我的心忽然滚了，只是往靠着你的那边挪。再一会就挤破了肚脐，跑到你心里去了。"惊寰道："心哪会跑出来？我明白你是见了我一阵喜心翻倒，又说不出是什么滋味，就心歪了心跑了的瞎说，倒把我吓了一跳。"如莲便微露笑容道："方才我也不知是怎么回事，只觉头上晕忽忽的，身上软的要瘫化，心里有个东西只是往你那边撞，教我说我也说不出来。在那时候我真疑惑是要死了，现在我又后悔那时不死，真要死在你怀里，是多大造化，也省得你将来害我。"

　　惊寰看着她道："这又是什么意思？我怎么会害你？"如莲叹

了一声，再不言语。后来惊寰逼问急了，才黯然道："我是越想越怕，我哪有这样大的福和你过一世的日子？只怕你肯我肯，老天爷他不肯。将来一生变故，我这条小命就包管断送了。虽不是你杀我宰我，反正也得被你所害呀！"惊寰着急道："这么说你还是不放心我……"如莲身体略见扭动道："你别着急，我并不是不放心你，更不怕你不放心我，教咱俩不放心的并不在咱俩。"惊寰道："在谁？"如莲道："我也不知道在谁，我只觉着天地人，日月星，神仙鬼怪，扫帚簸箕，都要搅惑咱们，不教咱们得了长久。"惊寰听着，忽而怔了，暗叹如莲虽是夹七夹八的乱说，然而哪一句话都能教人寻示无穷，真是个有根器的人，可惜没念过书，不然还不知聪明刻露到什么样子，但只这样已经教人爱而忘死了。像她这样聪明，这样美貌，就迷信的说法看来，命当然薄得可观，倘能和我厮守一世，却又不算没有庸福。只是她果然就有这种福分么？想到这里，不由得便凝眸向她细看，只见她眉黛笼愁，秋波凝怨，满脸清而不腴的样子，夹带着几分仙气和鬼气。又暗想她俊是算得俊了，可是稚气在面上充满，长得总像个小孩，就她现在面庞看着推想，竟想不出二十岁三十岁以后是什么模样。想到这里，一阵毛发悚然，便不敢再想了，就向她道："你只是往邪处想，反正咱活着是一床上的人，死了是搂着过鬼门关的鬼，好坏都是咱俩一同承受，还有什么想不开？"如莲忽然眉开眼笑道："有你这句话，我就喝了定心汤了。但愿你心口如一，就算在我身上积了大德。"惊寰听了，倒没有什么话可说，只把她的手紧紧握了一握。

这时节只听外面起了风，刮得楼窗沙沙作响，屋里猛生了一阵寒意，灯光也变得白了。如莲诧异道："怎的起了风？"说着拉了惊寰走到后窗下，向外看时，只见一望无垠，屋瓦皆白，原来正下着好大的雪，峭风夹着冰块，打得窗户乱响。如莲瑟缩了一下，忙把窗帘放下，回头再看惊寰，见他脸儿白得可怜，便偎着他道："二月里还下这样大的雪，夜深了，你是冷是困？"惊寰摇摇头，如莲道："不困，咱们也该睡了。"惊寰因为外面下雪，看着床上的绣枕锦衾，无端生了倦恋，便笑道："随你。"如莲笑道："好，我服侍你上床。"说着便把铁床帐子里的被褥铺好，又替惊寰解下长大衣服，拍拍枕头道："上去睡吧。"惊寰道："你呢？"如莲指着那边的铜床道："我在那边。"惊寰看看她不言语，如莲撅起小嘴道："方才说得好好的，你又要变卦，果真非得跟我歪缠，那你就请走！"惊寰笑道："我什么也没说，又惹出你这一大套！"说着便脱鞋上了床，如莲替他把帐子放严，在帐外说道："明天见。"说完便移动脚步，上那边去了。惊寰和衣躺下，拉过被子盖上，侧耳听时，那边床上的铜柱响了两声，接着又有抖被声音，知道她也躺下，便沉寂无声起来。少顷又听得如莲低喊道："你好好的睡，不许胡思乱想，探头探脑。教我看见，一定不依。"喊完便再听不见她的声息。惊寰哪里睡得着，沉了十来分钟，忍不住便侧身把帐子揭开条缝儿向外看，只见如莲正躺在那边床上，被子盖得齐肩，两眼却水铃铛似的，向自己这边看，吓得惊寰忙把手放下。那边如莲已看见，喊道："你不好好睡觉，探的什么头？简直是要讨没脸！"惊寰笑道："你只会说我，你为什么不睡？你不睁眼看我，怎会知道我探头看你？"如莲笑道："你不用嚼扯我，我睡。"说着一扭头就脸朝里睡去。惊寰又偷着揭开帐子瞧，见她纹丝不动，居然像是睡沉了，便自己也躺好，望着帐顶乱想。想着如莲这人也怪，相思了这些日，今天见了面她还顾的睡觉，怎不和我多说会儿话，到底是小孩子脾气。又想到我要真不睡，她还不知要怎样笑话，又该说我不安好心了。便自己强制着闭上眼。但是眼睡心醒，更觉焦躁，不由得又把眼睁开，又偷着揭帐子看时，只见如莲不知什么时候又把身翻过来，正眯缝着一只眼向自己这边看。她见帐子微动，知道惊寰又在暗窥，扑哧的笑了一声，拉过被子便把脸蒙上。惊寰又重复睡下，自己想如莲虽不教我看她，我只闭着眼摹想她的言笑，不和瞧着她一样么？想着便自去凝神痴想，忽然心里一动，突而想到如莲的面庞和举止，似乎和一个人略有相仿处，又觉她所像的这个人，跟自己还非常熟识，但一时却想不起是谁。到后来好容易想到心头，却又笑道："我真胡思乱想了，她如何能像他？"便抛开不想。

又沉了半晌，忽然一阵心血来潮，仿佛要朦胧睡去，忽听帐钩一响，连忙睁眼看时，只见如莲探进头来，向着他憨笑。惊寰道："你怎么还不睡？"如莲笑着把帐子钩起来，道："起，起，别再演电影了，没的深更半夜的耍猴！"惊寰忙坐起来，趿着鞋下了地。如莲便把床重收拾一下，把枕头横放在床里，自己先横着躺下，拉过床被来盖好，才唤惊寰道："你也躺下，咱睡得着就睡，睡不着就穷嚼。"惊寰依言躺好，如莲笑道："这像什么？真个的中间只短个烟灯了！"说着顺手拿起一把条帚，放在两人的中间，却笑问惊寰道："这是什么？"惊寰道："难道我还不认识条帚！"如莲摇头道："不是，这是一道银河，谁也不许偷过，不然淹死可没人管。"惊寰听了笑道："我的手淹不死。"说着就把手伸过去拉了她的手，又笑道："脚也淹不死。"说着又伸过脚去托着她的腿。又把头挪了挪，和她额角对额角的顶着，两个人围着条帚，就圈成个正圆形。如莲笑道："这哪是河，竟变成井了。"惊寰道："你放心，不论是河是井，我全不跳。"如莲笑道："跳可得成，你要跳井，我就要跳楼。"说着向后窗户指了指。惊寰笑着点头。如莲忽然又瞧着帐顶，深深叹了一声。惊寰问道："好好的又怎么？"如莲道："你猜我这时心里怎么样？"惊寰道："我想咱俩好容易到了一处，你不至于不得意。"如莲道："曲词上说得好，得意须防失意，我觉着得意时的痛快，就知道失意时多么难堪。"惊寰道："你真比老太婆还絮叨，说着说着又来了！再说这个，我就不理你。"如莲笑道："从此免去，您陆少爷别腻烦，我净捡好听的说。"惊寰听了刚要顶嘴生气，如莲忙一手探到胁下，将他胳肢笑了。如莲笑道："完了，完了，一笑气就跑了。"惊寰也笑道："我跟你真叫没法。"如莲道："你就受点委屈吧！"惊寰用手摸着她的粉颊，痴痴的不作声。

　　这时天已四更向尽，外面弦管停声，悄无人语，风也渐渐住了。如莲正躺着出神，忽听外面堂屋内有人屏着息的咳嗽，便向惊寰摆了摆手，悄悄立起，蹑足走到门边，突把门帘一掀，向外看时，只见郭大娘正立在门外，倚着板墙，凝神静气望屋里潜听。这时她见如莲突然出来，倒弄得张口结舌，手脚没抓挠处。如莲冷着脸笑道："郭大娘您还没睡，这早晚还上楼查夜？"郭大娘期期艾艾的道："可不是？不是因为方才起了风，我不放心楼上的火烛，所以上来看看。"如莲又笑道："电灯不怕风，要是该着火，不刮风也是照样，何必又忽然这样当心？大约是我这屋里容易起火，所以大娘特别的不放心，那么您就进去验验。说不定我还许藏着二百桶煤油，预备放火！"说着把门帘一抖，扬起多高，倒把郭大娘闹得僵在那里。她只可搭讪着道："老大，你又跟你大娘调皮，看我明天再收拾你。谁让你屋里有客呢！先饶了你，好生伺候客去吧！"说着，也不等如莲回答，一转脸就腾腾跑下楼去。如莲也转身进到屋里，寒着脸坐到床上。惊寰忙问她是什么事，如莲不语，半晌才道："你还问我，还不是你种下的眼毒？

如今密探都把上风了！"说着又凝神想了一会道："哦哦，她也是受人之托，怪不得我娘白天从这屋出去，过了半点钟才出门！原来到她屋里去啾咕我。嘿嘿，这倒不错，我倒成了犯私的了。等我明天就给她们个犯私的看看，看她们有什么法子奈何我！"惊寰听她自己捣鬼，一句也莫名其妙。问她时，她只把他一推道："这是我们家里的事，你打听不着！"惊寰也不敢再问了，又沉了好一会，如莲才向他叹了口气道："不告诉你也不好，告诉你，你可不许多想。我从半月前见了你以后，就跟我母亲说要跟一个人从良，她从那日就起了疑心。今天我因你要来，她在这里不便，便把她支走。大约她怕我和你有什么事，所以托开窑子的郭大娘监视着，你从此就算中了她们的眼毒了。以后要留神些，出来进去，大大方方的。反正咱们于心无愧，随她们怎样都好！"惊寰听了，心里一阵踌躇，脸上不免带出犹疑的神气。如莲笑道："瞧，你是多想了不是？其实没什么，她们都是贼里不招的手儿，闭着眼都能把咱们卖到外国去。可是你要明白，我是她们的饭门，她们不敢惹我，自然就不敢得罪你，顶厉害就是在我面前说你的坏话，想法子伤咱们的感情。我只抱定主意不听，她们枉自是张天师被鬼迷，有法无处使了。"惊寰道："这里面的事，我是一窍不通，才想要规规矩矩的花钱，也不致犯什么大忌讳。"如莲笑道："犯忌讳倒不在乎肯花钱不肯花钱，这里面讲究多咧！不过咱们的事，另当别论，绝没有教你吃亏的地方。何况又有我在着，你只放心来就是了。"惊寰道："你这话算是多说。别说没有什么，就是刀山油锅，只要里面有你，我也往里面跳。为了你，我怎样都值得。"如莲听了，看着惊寰，心里十分感激，就一把将他抱住，一歪身同倒在床上，把头撞在他胸前，就像小儿吃乳一样，口里很凄咽的声音叫着"惊寰惊寰"。惊寰连忙答应，又问她呼唤何事，她却又不言不语。惊寰见她这般形容，也十分的被感动，也紧紧的抱着她。两个人这时节都觉着一缕深恩厚爱，浃髓沦肌，镂心刻骨，几乎两个人要并成一体，两颗心要贴到一腔，一阵阵的情热蒸腾，似乎要把柔魂销尽，迷迷糊糊，都大有闭聪塞明之概。

这样不知过了多大时候，如莲正在神魂迷惘中，似听屋里有脚步声响，忽觉芳心自警，连忙一翻身要坐起来。不想一只玉臂还压在惊寰腋下，半欠着身抬头看时，这一惊真非同小可。原来自己的母亲怜宝正立在离床三四尺地方，含着笑向自己看。这时惊寰也连忙坐起，手足无措。如莲原知道自己母亲来了，没有什么可怕。惊寰也明白这是窑子，不是人家的闺阁，无论谁来也没要紧。不过他俩都正在神魂飘荡之际，无端见闯进个想不到的人，自然格外的局促。那怜宝见他二人都已坐起，先不管如莲，只向惊寰客气道："少爷请躺着，躺着。"如莲此际心才渐渐定了，便向怜宝道："您怎这早晚就来了？"怜宝笑道："哟，孩子，我早算陆少爷今天要来，难得贵客临门，怕他们柜上人伺候的不周到，万一给孩子你得罪了，还不落你一辈子的包涵？所以早早赶来，替你照应照应。"如莲暗想娘哪是来照应？分明是来捣乱，但是嘴里又不便说什么。回头看惊寰时，只见他坐又不是，立又不是，那样子十分可笑。便向怜宝道："娘，这就是我上次同您提的陆少爷。"又指怜宝向惊寰道："这就是我母亲。"惊寰忙站好深深的鞠了一躬，怜宝谦逊道："少爷请坐，不敢当，不敢当！"这时如莲已把怜宝推坐在椅上，惊寰也自己坐下了。怜宝看看惊寰，又瞧瞧如莲，一个是浊世佳公子，一个是人间妙女郎，年纪相貌，身材气派，没一样不能配，真个是天生一对，地生一双。暗想这真是天造地设的一对好夫妻，不要说他们自己得意，就是旁人看着也要同声喝彩，他们这一段姻缘，成和败都拿在我手里；我也是快老了的人了，虽然向来没做过好事，临了还在亲生女儿身上缺什么德？只要有我一碗饭吃，有我一口烟抽，也不必贪什么大油水，就替他们成就了吧！昨天白天郭大娘给我出的主意也太毒辣，在自己女儿身上何必这样狠？我不如学些好，把女儿成全了，多少落点钱，再寻周七回来，抱着心一忍，没事就到女儿家住几天，也不算不会享福。何必听郭大娘的话？她开窑子的心早黑了。想到这里，一阵良心发现，看着惊寰，倒觉着十分亲切，暗笑这真应丈母看姑爷，越看越有趣的俗语了。这时如莲见怜宝看着惊寰呆想，倒觉莫名其妙，暗自奇怪道："我娘不是不花哨的人，这次到屋里来，还不定安什么心，怎倒向了人家怔起来了？"惊寰见怜宝直着眼看自己，心里更阵阵的乱动，想要和她说话，但又不知该怎样称呼，便不住的向如莲递眼色，教她开口说话，好替自己解围。如莲明白他的意思，便向怜宝道："娘，您抽烟不？我给您烧。"怜宝才看定了她道："呕呕，我不抽，在家里抽够了。"又向惊寰道："陆少爷你歇着，我讨大话，你这算来到岳母家里了，以后请随随便便，不要客气，就算我高攀。咱们这是什么样的亲戚？往后我指望你陆少爷养老呢！"说着又向如莲道："你好好跟陆少爷玩，别总闹小性，犯傻脾气。打起来我可不管劝。你们要用东西，尽管叫人，咱们在这窑子里十八分的硬气，用不着心虚。"说完又向惊寰道了声安，便转身出去了。

这里如莲看着惊寰，惊寰看着如莲，都发了会子呆。如莲忽然笑道："你瞧我娘好像犯了老半疯，闯进来东斧西凿的乱说了一气，没说个下文，就又跑了。"惊寰也笑道："我也看不出怎么一回事，进来就直着眼看人，看完了就叙亲戚，叙完了就开腿。"如莲把大腿一拍道："哦，哦，我明白了，她什么不为，简直专为来瞧瞧你。"惊寰笑道:"我有什么可瞧?"如莲道:"说你傻,果然是不伶俐!她怎么不牵着瞧你?我是她的命根子,知道有你这们个人,要动她的命根子,岂能不关心?你要是个正经人,还没什么关系,倘或你是个坏人,要把她的女儿拐跑了呢?早瞧明白了也好防范。如今她这一瞧你,她放心也放心了,不放心也更不放心咧!"惊寰不明白道:"这话怎么讲?"如莲道:"她一见你是一个规规矩矩的少爷班子,知道绝做不出出圈儿的事,自然是放了心。但是又见了你这样的人品,我一定跟你认了命,大力士也掰不开,她无论善办恶办,怎么也没法处治,以后凡事都要随着咱们,哪还会有她多大的便宜?你说她能放心么?"惊寰道:"你的话固然是很对,不过我觉着你对于你娘,不应动这们大的心眼。无论如何,到底是亲娘亲闺女,总该盼望你好,绝不会诚心害你,你又何必的这样心歪!"如莲点头道:"你倒是一派好心,可惜不明白世上的险恶。像你们作人家的人自然如此。到了我们这行人,向来是金钱当先,骨肉靠后,一日女儿是亲人,到了洋钱放光的时节,女儿就出了五服了。其实也并不是她们一定心眼狠,不过是从多少年前传下来的规矩,都看做理应如此,就不觉得怎样没天理了。你看做老鸨子的,哪个不是从小窑姐熬出来?这就和你们人家里多年媳妇熬成婆一样。"惊寰听了叹道:"人们都说窑子是脂粉地狱,果然不差。别的我也管不了许多,只盼你离了这里,我也不进这门,省得听见难过。"如莲笑道:"你也不过只看见我,我还是里面头等的安乐神仙。只我到了这班子里五六天,什么惨事都看见了。郭大娘柜上的这几个孩子,每天受的罪,告诉你,你都不一定信。郭大娘跟她知好睡觉的时候,屋里明灯蜡烛,几个孩子都站在床前伺候,一直伺候个通宵。他俩睡了,孩子还得扫院子收拾房屋,整天不能合眼。到他俩睡足起来，孩子自然都困了，稍一打盹，大腿上就是一烟签子。日子长了，身上都烂得不像人样。昨天那个小凤跑到我屋里来哭，说是郭大娘的知好看上了她，时常和她动手动脚，若不依时，就调唆着教她挨打；依了时倘被郭大娘看见，准得丧了小命，因此进退两难，跟我商量着要寻死。教我劝了半天，还没劝出结果，接着又听见郭大娘喊着要拿菜刀割小云的肉，因为小云前天留下一个年轻的住客，临走开了十块局钱，两张五块的钞票，通是假的，郭大娘嗔着小云为什么不查看明白了再放他走。其实班子里哪有这个规矩呀！认后闹完了，不知怎的小云和小凤两人竟商量着投济良所，被老妈听见，告诉了郭大娘，一顿打几乎没把俩孩子打死，每人身上都教她咬下一块肉。今天早晨才把这两个孩子送到良房去养伤，还商量着要卖到奉天去。你说可怜不可怜？要比起我来，真是天上地下了！"惊寰不由得叹息了一声，便对着如莲发怔。如莲忽然笑道："咱俩真不知为的是什么，旁人还会不猜疑咱是洞房花烛夜？其实也不过有一搭没一搭的乱说了通宵，真是枉耽虚名了。"

惊寰听到"洞房花烛夜"五字，不觉一件事兜上心来，倏的变了颜色，就立起身来在屋里来往的走。如莲并未留神，没看出他的神色，就又接着道："可怜我没念过书，不懂得什么是好，只觉得这样才不俗气。"惊寰只随口答应着，如莲才看出来他心情不属，便问他："你想起了什么？怎说话神气不对？"惊寰摇着头只不说。这时节忽听得楼下有人捶打街门，声音很高，情形十分紧急。如莲道："你留些神，大约租界上的官面来查大烟，我头天进来就遇上一次。咱们可是不怕，到底要留神。他们进来，你千万不可张皇。"说着只听街门开了，便听有人问伙计话，如莲隐约听得"陆少爷"三个字，便问惊寰道："是找你的？"惊寰烘的红了脸。如莲道："是怎么件事？你见他们不见？"惊寰摇摇头。如莲道："你要不见，就不必声张，好在他们伙计还不知道你姓陆。"说着又逼问惊寰这人来找他的缘故。惊寰顿着脚道："咳，我告诉你吧，昨天是我办喜事的日子，拜过花堂，吃过喜酒，又教朋友们抓着打了几圈牌，才是空跑出来，到你这里赴约。家里找不着新郎，大概已经乱了一夜了。我的表兄知道我迷恋你，也知道你进了这个班子，所以他绰着影子找来。无论如何，我这时先不回去。"如莲听了，不等他说完，便急忙赶到窗前，推开窗子喊道："楼下谁找陆少爷？陆少爷在这屋里。"惊寰忙去掩她的口，却已来不及。如莲又照样喊了两句，才回头向惊寰道："你这是爱我是害我？只顾这么一办，教我在你家里落多大的怨言？别忘了我将来还是你家的人呢！我要早知道这样，在你方进门时就撵走你了！"惊寰红着脸，结结巴巴的道："我告诉你又怕你伤心。"如莲指着他的脸道："我看不出你是个糊涂虫！你不是早就和我说过曾定下妻室？定下了自然就得娶，这我伤的什么心？这一来倒仿佛我霸着你不放，请看我冤不冤？"说到这里，只听楼下说话的人已蹬蹬的跑上楼来，在堂屋里叫道："惊寰在哪屋里？"如莲忙应道："请进来！"惊寰这时知道躲闪不得，只可迎了出去，口里道："表哥么？我在这里。"只见长帘一启，一个年纪二十多岁，仪容华贵举止活泼的人，已经走了进来，一把拉住惊寰，顿着脚带气带笑的道："我的小活罗汉，老佛爷，你真罢了我，只顾你在这里高乐，家里都闹反了天！"惊寰拉着他道："表哥，你坐下，听我说。"那表哥道："说什么？快跟我回去！我慌乱中坐着你们新人的马车，各处跑着找了一夜。你放心，我回去编个瞎话，绝不跟姑父说是从这里把你找回去的。"说着见惊寰的外衣和帽子都挂在衣架上，就一把抓过扔给惊寰。惊寰忙接过来穿着。他表兄喘着长气，转脸凭空发话道："姑娘，你也太不知事体，知道他家里有事，还把他按在这里，简直是跟他过不去，只顾您贪图他的洋……"说到这里，觉得话口太狠了些，便把底下的"钱"字含糊咽了下去，接着道："也不管误了人家一辈子的大事。"如莲从方才一瞧见进来的人，并不认识，却似乎瞧着面熟，自己也不知怎的，芳心忽然乱跳，眼泪也忽然涌满眶里。又听着他那几句尖刻的话，心里说不出的委屈，觉着都在喉咙里挤住，只可镇定了心，向惊寰道："这是你表兄么？请给我引见引见。"惊寰便指着如莲向那人道："这是……"话未说完，那表哥摆着手道："快走快走，不用闹这一套，我没工夫！"这两句话就把惊寰噎住。如莲却不生气，大大方方的走上前道："不用引见了，我只跟您说一句，陆少爷今天躲在这里，是不是怨我霸住他，请您回去细问他好了。本来这种日子在这里寻着他，自然不怨您不望好处猜想。"那表哥听了，也不回言，拉着惊寰向外便走。惊寰被他扯得一溜歪斜，只回头向如莲皱着眉头，抖抖手腕，便随着踉跄而去，只把个满腹冤苦的如莲抛在屋里。正是：春宵儿女，竟虚一刻千金；情海风波，已兆明年今日。后事如何，且听下回分解。

第三回　**杨柳试春愁少妇凝妆翠楼上**
擒蒲兴大业赌徒得计狱门前

话说惊寰被他表哥从如莲屋里拉下楼，一直拉到门口，那打更的伙计还正站在那里，看他俩这种样子，不知是什么道理，又不敢拦阻，只可向楼上喊道："大姑娘，客走了！"如莲在楼上应道："捻灯开门！"那伙计得了这句话，才放心把门灯捻亮，将街门开了。惊寰和他表兄曲曲折折的出了巷口，见街上正停着一辆光彩辉煌的马车。他表兄向车夫扬了扬手，说声回去，就拉着惊寰坐上去，那车便马蹄得得的走起来。惊寰坐在车里，心中乱得和打鼓一样。一会儿如莲的俏脸仿佛在眼前摇晃，倏时又仿佛看见自己的父亲铁青面孔向着自己叱骂，转眼又似看见那未揭盖袱的新妇，拿着盖袱当手帕擦眼泪，不由自己暗暗叫道："这可糟了，回去旁的不说，只我爹爹这顿骂就不好搪。"倘或表兄再一实话实说，定要同着亲友打我个半死。想着便向他表兄道："若愚人哥，回去您千万替我圆全着说，不然同着这些来道喜的亲友，就丢死人了!"那若愚只扬着脸冷笑,一言不发。惊寰心里越慌,口中更不住的软语央告。若愚只是那一副脸儿,说什么也不开口。惊寰正在没法,不想车已停了,看时原已来到自家门口。若愚便拉着惊寰下了车,惊寰只说句大哥积德,便已走上台阶。一个老仆人正从门房里出来,看见他们便叫道:"我的少爷,您哪里玩去了,老爷太太都要急坏,快进去吧!"说着拨头就跑向后院去抢头报。惊寰只得硬着头皮随了若愚走进里院,见院里还点得烛火通明。这时住着的亲友内眷,因为新郎失踪,本家着急,都还没睡,如今听仆人在院里喊着报告少爷回来,便都不顾雪后夜寒,全跑出院里,七嘴八舌头的向惊寰乱问。若愚只向她们摆摆手,就领着惊寰进了上房。一掀帘,惊寰就见自己的父亲正端着水烟袋,一脸的气恼,在堂屋椅上坐着,不由吓得面上倏白。他父亲一见惊寰,便瞪起眼来,才要开口,若愚却已先顿着足喊道:"姑丈,您看惊寰荒唐不荒唐!"惊寰只听了这句,早吓出一身冷汗,暗暗叫苦道:"可完了我,他哪是我表哥,简直是我舅舅,顺理成章的就把我送了逆!"想和他使眼色时,若愚又不向自己这边看,只可怀着鬼胎听他说下去。那若愚喘了口气,又接着说道:"他大喜事里不在家呆着,还跑出去给同学的母亲拜寿。"惊寰听着更坠入五里雾中,只可呆呆的看着他说话的嘴。若愚接着道:"偏巧他这同学也是个混蛋,就请他吃夜宵,灌得烂醉,也不送回来,诚心和他玩笑!幸而我扑着影子撞了去,才把他弄回,不然还不定闹多大的笑话。我看惊寰出色的混,他的同学更是不晓事的混蛋!"说完又吁吁的喘气。惊寰听他说完,心里才噗咚的一块石头落了地,但又愁着父亲还不免要申斥几句,哪知他父亲反倒捻须一笑道:"若愚,你何必生气?惊寰在自己的喜期还不忘去给同学的母亲拜寿,总还不是坏处。他的同学固然顽皮,年轻的人也在所难免，不必谈了！你就把他送到洞房里，也歇会去吧，这两天可真累着你了！"说着便看了惊寰一眼道："瞧你眼睛醉的多么红，还不睡觉！"说着站起来，仍旧端着水烟袋走进里间去了。若愚向惊寰做了个鬼脸，惊寰却狠狠的捣了他一拳。若愚悄声道："好好，这是谢承，下次再见！"两个人笑着走出堂屋，到了院里，正迎着惊寰的母亲从东厢房出来，一见惊寰便拉住他道："你这孩子，撞到哪里去了？差点把人急死！我正和舅母斗牌，怕你爹爹骂你，把牌扔下了赶来，没挨骂么？"若愚笑道："他骂是没挨，我的腿可跑细了！姑妈有什么话我回头告诉您，现在先把新郎安顿，我好交差。"说着就拉着惊寰进了西厢房。

才掀开门帘，先闻见一股脂粉香和油漆气味，一个陪房迎出来，满面春风的高声道："少爷过来了！"接着又道："少爷到哪里玩了一宵？教我们姑奶奶好等！"若愚道："少爷教人家诓了去灌醉了，我给找回来，跟你们姑奶奶给我报功！"说着便同惊寰进去。那陪房早掀起里间的门帘，惊寰便让若愚进去。若愚把他向屋内一推，自笑着跑了。惊寰还想追他，那陪房连忙拦住道："天都快亮，姑爷别闹了，请安歇吧！"惊寰只得踱进屋去。屋内电灯的光，被大红的帐子和被褥映出烨烨的喜气。桌上的两支大子孙蜡烛，花儿已有两寸来长，虽不很亮，却也别有风光。一进门就觉暖气扑脸，见新娘子穿着红绸夹裤梅红小袄，正坐在床头，一只手扶着茶几，在那里含羞低首。虽然坐着，已看出那袅娜的腰身，十分亭亭可爱。虽是穿着最俗的大红颜色，却照样掩不住那清矫的风姿。见惊寰进来，偷偷的瞧了他一眼，脸上绯红，又低着头微微欠了欠身，仿佛是让坐。惊寰暗想，白天我一心想着如莲，模模糊糊的就把新娘的盖头袱子揭了，并没顾得细看，只觉还不大怕人，怎这一晚的工夫，就变成这样的好看？只这半边的影儿，在我们亲戚女孩儿堆里，就没人比得上。想着便走到她对面的椅子上坐下，那陪房端过一杯热茶放在桌上道："姑爷安歇吧，床都铺好了，您还用什么不用？"惊寰摇了摇头，那陪房又笑着走到新娘面前，附耳说了几句，便倒带上门自去。

惊寰向床上瞧时，只见帐里红色泡子电灯，照得床中和火焰山一样，新娘更娇艳得像个红孩儿一般。再细看她时，不禁吃了一惊，觉得越发俊了，粉面直像一朵桃花，含蕴着春光如许，眉目间露出秀丽，口颊间充满了温柔，真有一种不可言传的深闺秀气，身材更从凝重中透着俏皮，不觉看得呆了。新娘正低头瞧自己的鞋，又悄悄的轻翻杏眼，从眉心里偷瞧了惊寰一眼，见惊寰也正在看她，不由更羞得难堪，便转过头去看床上的被褥。惊寰方才从那一个销魂窟里跳出来，紧接又掉在这个温柔乡里，身上似驾着云，心里像醉了酒，神经和身体一齐酥麻，心弦的动荡，一直全夜未停。此际更加着坐对娇娆，目迷五色，倒觉得情感都用得疲倦了，便也分不出爱憎恩怨，只对着新娘呆看，心里也不知想什么。这样不知过了多大时候，那新娘却不住偷着看他，最后竟微微的笑了，而且笑得略有声响。这声响才把惊寰惊觉转来，似乎觉着方才虽然呆看她好半天，仿佛视里未见。这时才仔细向她瞧，立时觉着新娘的容貌，和如莲不相上下，但是新娘似乎比如莲好些。又细端详，到底比如莲好在哪里呢？在端详时节，忽然又觉着新娘不及如莲，却又看不出她哪里比如莲丑。这时灵机一转，暗道："是了，她俩的美是没有高下之分，不过她是个闺阁里的秀女，如莲是风尘中的美人，不同处就在此咧！"他想到风尘二字，立刻念到如莲的身世可怜和夜里同她的山盟海誓，不由心里一惊，暗自打了个冷战，自己埋怨自己，方才和如莲那样情景，死心塌地，誓死无他，怎回家一见了新娘，就把心移过来一半，我这人也太靠不住了，怎对得过如莲？如今我只抱定宗旨，任凭新娘怎样的西施王嫱，我只当是与我无关。无论如何，如莲才是先娶到我心坎里的妻子，旁人任是神仙，我也不着意。想着便立定主意，再不看新娘一眼，落个眼不见心不烦。但是想只管这样想，眼却不大肯听话，还不住的向新娘睃去，心里渐渐随着眼光把持不定，暗想这可要坏事，怎会心管不住眼，眼稳不住心？倘然我一时糊涂，这一世就见不得如莲了。便站起在地下来回踱着，低着头，倒背着手，心里默想如莲和自己的情愫，只当屋里并无旁人。过了一会，居然心与神化，竟仿佛觉着还在莺春院里和如莲厮守。

正踱着，忽听身旁有人咳嗽一声，止步定神看时，见新娘正用手巾掩着嘴，向自己偷看。惊寰明白她是因为自己走得出神，咳嗽一声向自己示意，便不踱了，在床的那一头距离她三四尺远的地方坐下。又看看新娘，见她向着自己似乎含情欲语，忽然又红了脸低下头，不由心里倒变成焦灼。暗想我对如莲是对得过了，可是这屋里还放着这样的一个人，教我如何安置？要是不理人家，人家和我有什么仇？要是和她应酬两句，原也无妨，只怕我这善感的人，感情遏抑不住，岂不坏了良心？这事到底如何是好，半天也拿不定主意，倒弄得胸中郁闷，非常的难过。最后心里一急，顾不了许多，一仰身躺向床里，抱着头假装睡觉。但哪里睡得着，忽觉床栏一阵微摇，料道是新娘诚心作耍，便偷着把眼睁开个缝儿瞧时，只见她正倚着床栏，从怀里掏出小手巾擦眼，仿佛是在那里哭。惊寰心下一阵惨然，暗道："她是疑惑我不爱她。本来她的一生幸福，今天就是个大关键，见我这般光景，哪有个不伤心？"便想坐起来劝她，但立刻自己又抑制住道："我一和她说，就整个儿的要把自己套住，不如狠心装个不理吧！"想罢便翻过身去，把脊背朝着她，口里只默念着阿弥陀佛，保佑我赶快睡着，就把今天的围解了。无奈脑里只管昏沉，只是睡不着，到后来似乎阿弥陀佛念出了功效，将要迷迷糊糊的入到梦乡，忽然身上觉着加了重量，仿佛多了一件东西，心里也生了暖意，知道新娘替自己把被盖上，暗暗感激她的温存熨贴，益发自己抱愧，无故的冷落人家，不成个道理。这时忽又觉得空摆着的脚下，凭空又多出个椅子架了自己的脚，她又轻轻把自己的鞋脱下，用被角把腿脚裹严了，更觉着一股暖气从脚底烘进心坎，变成一种情热，催得一颗心再也把持不住了，使轻轻转过脸来。向身后看时，只见新娘正立在地下，扶着自己架脚的椅子，似乎正低着头出神，面上被晨光照着，隔夜的脂粉，都已褪尽，越显出清水脸儿的俏美。那眉目似乎在柔媚之中，平添了许多幽怨，更楚楚令人可怜。惊寰看了，暗想人家这样受委屈，到底怎么得罪了我？我若再忍着心和她隔膜下去，那就太残酷了！想着便一骨碌坐起，向她看着要说话，但又不知说什么好。好容易憋出一句话道："你冷不冷？"才说完这句话，立刻想到和如莲初见面时，她向我说的第一句话就是这四个字，不由得意乱如麻，又呆住了。那新娘见惊寰忽然坐起，向自己说话，芳心倒吃了一惊，紧接又觉着一喜，喜后又羞涩起来，便向他摇摇头，只等着他再说下去。哪知惊震又呆住不语，新娘只可低着头和他对怔起来。

过了一会，惊寰抬头见窗纸已全白了，阵阵峭寒的风丝，也不知从哪里透入，吹得人肌肤起栗。那新娘脸色惨白，身上也不胜瑟缩，细看才知她只穿着薄棉裤小夹袄，和自己穿灰鼠皮袄拥着棉被的人相持，太教人家受罪了，心里更觉着对不过，便向她道："这样冷，您还不上床睡觉？"那新娘听了倒烘的红了脸，向惊寰看了一眼，轻轻的挪到床边坐了。惊寰又催她两句，她只是不语，忽然又向着惊寰略微一笑，那一种处女的情致，似乎都在这一笑里表现出来。笑完樱唇动了几动，才轻轻道："你喝茶么？"惊寰口里原有些渴，但又不好意思劳驾她，倘要说是不喝，又显太冷淡了人，便点了点头，想下地去倒替她斟一碗。那新娘也明白他的意思，便向他摆了摆手，抢到桌前，把茶斟了，端来双手递与他。惊寰接了道："谢谢您。"那新娘轻轻瞟了他一眼，又坐下自己一笑。惊寰看她笑得蹊跷，不由问道："您笑什么？"那新娘低头手摸着衣襟，悄声道："又是'谢谢'，又是'您'，瞧你这……"说完看着地下，又一笑不语。惊寰也觉自己客气得可笑，自己也笑了，便又向她道："天都亮了，你睡吧，累着了不是要！"那新娘仍旧低着头道："我累着了不是要，"说完这句又沉了一会才道："你呢？"惊寰听她的话，又看她的样子，心里突吃了一惊，暗道："这人的行动言语，竟没一处不可我的意，简直我要没法不爱她了！这样说来说去，哪时一忍不住，和她一亲热，就对如莲丧了良心。要不理她呢，教我又有什么法子不理？只怨老天爷太厚待了我，偏偏给我两个佳人！倘然这新娘是个不像人样的，我倒好办了。如今如莲那里既弄成那般光景，家里新娘又是这种模样，要想两方都办得圆满，真不大容易。"

想着灵机一动，忽然想起一种办法，便看看新娘，见她也正凝情相对，就向她凑近了些。才要说话，忽然感情一阵冲动，似乎感到她人的可爱，而现在处境的可怜，完全是被自己牵累，可怜她还不知道，心里一阵凄然。想拉着她的手，自觉又不应该，就轻轻扯着她的袖口道："咳，我对不起你！"那新娘见他突然开口，说出这么一句，不知道葫芦里卖的什么药，只愕然看着他。惊寰又接着道："我想和你说句不近情理的话，你可别恼。你告诉我你恼不恼?"新娘惊异中忍不住笑道:"什么恼不恼,我知道你要说什么?"惊寰长叹一声道:"我对你说了罢,你要是明白人,就该想的开。倘然你要想不开反而恨我,我也顾不得许多,我自己良心也交代得下去了!"那新娘直勾着星眼,望着他道:"有什么事你尽管说,你想想,你是谁,我是谁,还有什么话碍口?"惊寰听她说话这样明白,暗自赞美这人果是秀外慧中,心里十分怜惜,就把扯着她袖子的手进一步轻握她的玉腕道:"我要和你拜成了干兄妹,你可愿意?"那新娘因为被她摸着手腕,正羞红了脸,又听他说出这种不伦不类的话,心里十分糊涂,猜不透他的用意,好半晌答不出来。惊寰见她不语,又道:"你愿意么?"新娘才含着羞道:"你的话我不懂。咱俩现在是什么?为什么倒要拜干兄妹?"惊寰叹道:"这无怪乎你不懂,我说明白了,你千万可别恼。你要想我倘非十二分的爱你,索性就不理你了,何必跟你说这心思话?实告诉你,我现在外面已有了一个抛不开的女人,她已立志跟我一世,我把心也给了她。不过因为咱父亲脾气大,不敢向家里说,事情是在那里的了。我既爱了她,原不当再爱别人,但是你是我父亲给我娶的,你的人又这样好,我既不忍为她抛了你,更不能为你忘了她。如今我想出个最好的办法,因为我和她向来只有朋友的关系,已约定必得等她嫁到我家里,方能算正式的夫妻。如今你虽是我正式的妻,可是我不能教你占了她的先,不如咱们先拜个干兄妹,规规矩矩的先相守几时,等她将来嫁到咱家里,你们姐妹住在一起,我再当你们真个的丈夫,这意思你明白么?"说完看看新娘,只见她玉容惨淡,眼圈都有些红了,不觉也替她可怜,就又接着道:"这事当然是我对不过你,不过我既已认识她,也只可这样办,妹妹你看开些吧!"那新娘凄然不语,呆了一会,轻轻的喘了口长气,慢慢抬起玉臂，躲开惊寰的手，把袖子向脸上一蒙，柳腰一歪，就倒向床里。惊寰看她像是恼了，心下十分惭愧，自想人家一个大闺女，对我抱着满怀热望，不想洞房花烛夜里，先听了我这么一套，心里会好受得了？这真怨我当时没思前想后，顺口一说，闹到她这种样子，教我怎么办？还不如一直把她装在闷葫芦里，就是一年半截不睬她，像她这样温柔的人，也未必有脸和我闹。如今说明了，她知道我已有了别人，还不净往牛椅角里想？除非我跟她表示出十分的爱情，才能收拾这种局面。但是我哪能够呢？想着还要向她申说两句，又转想道："罢，罢，多一事不如少一事，方才若不是我多事，何致弄成现在这种景况？现在由她睡去吧！我只狠一狠心肠，什么事都过去了！"这时天已大亮，炉火都已烬了，微微生出寒意。因为心境的关系，似乎这洞房里已减却不少春光。惊寰低头看看新娘，见她的娇躯软贴在床上，衣服穿得单薄，更显出腰肢不盈一搦，看时虽咬着牙不起邪念，却动了无限怜惜之心，便把自己拥着的被子揭下来，盖在她的身上，自己轻轻的走下地去，到桌边点了支烟卷吸着。吸了一口，回过头来再向床上看，只见才替她盖上的被子，已堆到她背后，她还只和衣而卧，晓得她是十分恼了自己，毫不承自己的情。才要动气，又想到原是自己惹出的是非，人家并没有一些不是，便走上前又轻轻把被子替他盖好。哪知她玉臂一伸，把被子又推落下来。惊寰立在床边，倒好半晌不得主意，最后自己也觉得一阵困倦，连打了两个呵欠，就自己皱着眉打定主意道："以后的为难还不必想，只现在就没法教她盖上被。她的气是向我怄的，冻是为我挨的，我别的法子没有，只可陪她冻。"便把皮袍脱了，挂在衣架上，只穿着薄棉裤袄，坐在椅上，隐几假寐，冷得缩着脖子，浑身也瑟缩不已，但是神经用得过于疲乏，不想竟自沉沉睡去。

到一觉醒来，觉着身上暖得很。睁眼看时，原来腿上围了条皮褥子，上身也披着皮袄，屋里的炉火也生得很旺。迷迷糊糊想起了昨夜情景，十分明白自己是在洞房里。张眼寻新娘时，却已不见，床上却收拾得齐齐整整。看钟时原来已近正午，不由得打了个呵欠，又觉出浑身酸麻，便慢慢站起，踱到门口，掀帘向外看，只见新娘正坐在堂屋，背着脸拿了个绸绷子绣花。惊寰这时把昨夜的事都想起来了，又情思睡昏昏的，加着心里发乱，便先不漱口洗脸，仍退到床边躺下。自己惦念昨天是混过去了，今天可该怎么混？如莲那里去不去呢？家里这位又该如何对付？正想着，忽然门帘一启，见自己的娘走了进来，愁眉苦脸的直抖手腕。见惊寰坐起，便一把拉住，喘了两口气，只说不出话。惊寰见娘的神色不对，慌了道："娘，您怎么了？"他娘指着他道："孩子，你还问为什么？你惹的祸，你爹知道了，气的要死，叫你过去。"惊寰原心里有病，倏时脸便吓黄了，道："娘，我惹了什么祸？"他娘上气不接下气的道："你倒问我？你在外面干的什么事！你爹气的那样，他那种脾气，我也不敢劝。"惊寰还要说话，这时从外面又跑进一个仆妇，慌慌张张的道："老爷快去，少爷直打嘴巴！"说完才觉得说错了，忙改口道："老爷气的直自己打嘴巴，叫少爷，少爷快去吧！"惊寰更慌了，只拉着娘要主意，他娘却一句话也说不出。惊寰没法，只得硬着头皮走出去。

进了上房，只听他父亲的寝室里寂静无声，便停住了步，手抚着胸口定了定心，才掀帘进去。见自己的父亲正坐在床上，面色铁青，望着地下出神。惊寰知道他父亲每次犯脾气以前，都是这样，心里更动了鬼胎，只可沉住了气，叫声"爹爹"。他父亲头也不抬，一语不发，惊寰更连大气也不敢喘，屋里沉寂得像古洞一样。须臾，他父亲翻翻眼看看惊寰，鼻翅儿动了几动，轻轻哼了一声道："好孩子，你早晚要气死我，完了完了，我这条老命算交给你了！"说完，又吁吁喘气。惊寰提着心道："爹爹，您别生气，我不好请您教训。"他父亲一口唾沫吐到惊寰肩头，手一拍茶几道："谁是你爹爹，你眼里还有爹爹？爹爹给你娶媳妇你不要，偏要上外边掐花捏朵，诚心往下流走。你算给咱们老陆家露足了脸！现在什么话也不用说，你是给我滚蛋，从此咱们永断葛藤，再进我的门，就砸断你的腿。别无可谈，少爷你请！"说完瞪着大眼看房顶。惊寰颤着声音道："我哪里在外边胡闹来？您是听谁说？"这句还没说完，只见他父亲霍的从床上跳下来，赶到惊寰身边，一巴掌先打了他个满脸花，然后跳着骂道："你还跟着强嘴，我是混帐王八蛋，诚心冤枉你？"说完又是一脚，只疼得惊寰呲牙咧嘴，干张着口不敢喊叫。这样屋里一乱，惊寰的母亲原先在堂屋里生气，此刻疼儿子心盛，也忘了丈夫的脾气，就赶了进去。惊寰的父亲看见太太进来，闹得更凶，自己打着自己的嘴巴道："你们谁要劝，就先宰了我，我宁死也不要这样的儿子！"惊寰的母亲忍不住还劝道："你先沉住气，哪值得这样？"只这一句，他父亲早已一跳多高，喊着找菜刀把惊寰剁死。惊寰的母亲吓得不敢再劝，惊寰也只有哆嗦，不敢分辩，心里只恨表兄若愚这时又不在家，他还能劝劝。他父亲口口声声只逼他立刻出门，正闹得沸反盈天，忽然门帘一启，新娘子盈盈的走了进来，粉面娇红，低着头稳重端庄的走到他父亲跟前，纤手扶着床沿一跪，轻启朱唇叫了声"爹爹"，却不说别的话。惊寰知道她是来替自己求情，心里更加惭愧。惊寰的父亲见新过门的儿媳跪到自己面前，倒觉过意不去，忙道："你起来。"那新娘仍旧跪着，又低声叫了声"爹爹"。惊寰的父亲又一口唾沫隔着三四尺吐到惊寰头顶上，顿着脚骂道："你还有脸活着，你做的事哪一点对得过你媳妇？她倒给你来求情，要是我，臊也臊死了！"说着又看着惊寰的母亲道："你先把儿媳妇扶起来，瞧着儿媳妇先饶了他，从今天不许出门，一天给我写三百行白折子，少一行要了他的命！"又向惊寰道："滚蛋滚蛋，少在这里气我！"惊寰还不敢走，他母亲推着他道："你还在这里惹你爹着急！快去快去！"惊寰便趁着台阶溜了出来，一溜烟跑到自己房里，一倒头就躺在床上，心里揣摩这件事是谁向父亲走漏了风声。家里知道这事的，只有若愚和新娘，若愚想不会诚心害我，她又是新媳妇，怎有这大的脸跟公公说这种话？这大约是若愚不定跟谁嚼说，教父亲听了去，惹出这场风波。从此关在家里，怎再见如莲的面？简直要急死人了！想着便咬牙恨若愚，又焦着心想如莲，不由得捣枕捶床，长吁短叹。

沉了一会，他母亲进来劝说了几句就又走了。他母亲去后，新娘也蹑着脚走进屋里，坐到对面椅上，向着惊寰轻轻叹了一声。惊寰脸上一阵发烧，又想不起该同她说什么，只向她点点头。那新娘望着他出了半晌神，又移身站起，走到他身边坐下，低着粉颈，痴痴的向他看，目光中露出无限怜惜。半晌才樱唇微动，似乎欲言又止，那脸儿却已微晕娇红，无端的露出一种少女的羞色。惊寰此际正在焦烦，无意中享受到这种旖旎风光，也就相喻无言，觉着受了这样幽默的蜜爱轻怜，似乎足以抵消方才的痛楚。本来人在受了痛苦以后，若有人来慰藉，很容易对着劝慰的人发生感情。惊寰虽然苦想如莲，几至心酸肠断，但念到那时新妇曾替自己讲过情，给自己解了危难，这时又不出怨言，反倒来相怜惜，身受者哪能不为感动？惊寰向着她呆了半晌，虽没说话，可是他那半片冰冷的心，仿佛已被新妇的温存所感化，有些煨热起来。念到她在家未嫁时，本是个爹爱娘疼十分娇惯的闺阁小姐，如今嫁过来不到两天，就受了这些磨折，人家难道就不伤心？不过有眼泪也往肚子里咽，无论受了什么委屈也只可容忍，她难受她自己知道罢了！人家所以忍着委屈，虽说为着她自己的终身，然而间接还不是顾全我？我这样狠心，多少有些残忍。又看着新妇的容貌性格，没一样配不上自己，我有这样一个妻室，和她惺惺惜惜度这一世，也就算艳福不浅。怎奈有如莲这节事在先，她就是毫不嫉妒，安分守己，也只能承受我一少半的爱情。她若是不容如莲呢，那只可归诸红颜薄命的定数，自己先去怨天公，后怨爹娘，我可顾不得许多了！惊寰由新妇想到如莲，心里重添忧郁，便又把眼一闭，抛开眼前情景，自去思维和如莲见面的方法。

沉了一会，忽听新妇悄声道："我跟你说，你别笑话我脸大。干什么想不开，非要跟那些下贱人相与？她们哪能有真心？你也想想，咱爹娘只生你一个，又不愁吃又不愁穿，好好的念书上进，出来进去的当大少爷，是多们大的福，谁不望着眼热？再说我……"说着声音似有些颤动起来，稍迟才接着道："我虽然不好，也不算太委屈你，只要你……"说着把几个字含糊咽下去，又接着道："我哪件事能不如你的心，屋里房外哪个敢不捧着你，何必放着福不享，自找不松心？方才惹得咱爹那要闹，他老人家打你，我听着怎么受？你也替我想想。"惊寰闭眼躺着，听她说话的声音，渐渐凄惨，十分感觉出夫妇间相爱的真情意。又细味她言中之意，除了骂自己相与的人下贱没有真心那两句话听着刺耳；但又想到她本不晓得自己和如莲的真相，也难怪如此说。其余的话可都是情真语挚，哪一个字都挟着恩情，刺入自己的心坎，觉得这种有恩意的规谏，自己尚是初次听到，不由得竟动了心，几乎想着要跃起跪到她的身畔，向她忏悔。但脑中倏然又想到如莲，便自恨道："我又把持不住了是不是？守着谁就爱谁，我算什么东西？如莲真白认识了我，我怎还动这个心！没有新妇，说不定我跟如莲就能顺理成章的结了眷属，她真是我们的对头。再说没有她，若愚怎会上莺春院去捉我，自然不致出了今天这局事，更何致闹得和如莲不能见面？我还不当她是仇人？这样想虽然有些丧良心，却可保稳不再对她发生爱情，就能对得住如莲了。"

惊寰想着，自觉是得了无上妙法，立刻把心一横，不再理会她的说话。这时新妇见惊寰仍旧闭目不语，还只当他听自己的话害了臊，就又款款深深的道："这教爹娘闹两句，也值不得难过。你起来，松散松散好吃饭。你还没洗脸呢，起呀，起呀，好……"她只说到这个好字，却没法称呼好什么，又自己红了脸，幸亏惊寰并未睁眼，还不致十分害羞。又见惊寰虽然衣冠不齐，神宇欠整，但仍不掩他那俊雅的风度，身下的红衾绣枕，映出那清秀的面庞，满面含愁，似乎清减作可怜样子，看着更动了女子痴心。自想这样的个好男人，我那些姐夫姨姐夫们谁能比得上一半？可惜他的心不向着我，不过年轻的人荒唐谁能免呢？只要我虚心体贴，是块铁也能温热，等到将来我俩九天回门的时候，把他向亲戚姐妹眼前显露显露，反正有羡慕的，有生气的，那时我有多们得意。想着，心里一阵狂喜，但低头见惊寰那种冷淡模样，不免又添心事，便自己心里叨念道："他是我的什么人，他生气我不会哄么？为什么跟他绷着？哄好了就是我的人了。"就先跑到堂屋，拿进一件东西来，强忍着娇羞，推着惊寰的肩膊低语道："喂，起，起，你睁眼，看我给你这个稀稀罕儿！睁眼哪，睡了一早晨还困？别装着，喂喂，装不住了！笑，笑，笑了！"惊寰以先听她说话，还自不觉怎样，后来听她拿自己当小孩子儿似的调逗，觉得这人居然能如此体贴温存有情有趣，竟没一些小家子气，几次要睁眼，都被想如莲的心把眼皮按捺住，倒将她的深情看作一种诱惑。自想饶你千变万化，我有一定之规，给她个不睬不瞅，自然一了百了。哪知末后不知怎的，竟而忍不住，微微笑了，连带着也把眼睁开。那新妇见他张了眼，便拿那挑绣鲜艳的绣花绷子，向他面前一晃，然后笑着道："你看我给你做的兜肚，琢磨着你不喜欢大红大绿，就绣了两句唐诗的诗意，是'笋根稚子无人见，沙上凫雏傍母眠'。你看这绿的是笋，赭石色的是沙鸥，还没绣完呢。可是上面太空，你看还是这边添一棵松树，还是那边绣几竿竹子好呢？"说着两只俊眼水铃铛似的望着惊寰，只等他说话。哪知惊寰只说了句"你随便，我向来不带兜肚，谢谢你"。说完又合上了眼。新妇吃了个没趣，自己倒吸了一口冷气，几乎把满腔热望，化作冰凉默然了半晌，又想到这也难怪他，本来才教他爹打了，正自心烦，哪有许多高兴？不见得是诚心冷落我。想着沉了一沉，就又轻推惊寰道："方才你被爹爹踢了一下，踢着哪里？教我看看。还疼么？你说话！"连着问了两声，惊寰才咬牙道："不疼，我恨！"新妇道："你恨什么？爹打两下，也不值得这样！"惊寰摇头道："我不恨别人，恨若愚！他还是我表哥，怎该把我背人的事，都告诉爹爹？教我挨打还不要紧，如今锁在家里，终久把我气闷死！他不教我好死，我能教他好托生？回头我要不跟他拼命，再不姓陆！宰了他豁着我给偿命。"惊寰这几句话原是愤极之语，又觉着这消息要是新妇泄露的呢，她自然不敢告诉我，也教她挨几句窝心骂。

　　哪知新妇原是深闺弱女，未经世事，又晓得这消息原是若愚口角不严，以致泄露，一听惊寰说要和若愚拼命打架，便以为他言下必行，就吓得心里乱跳，不知怎样劝解才好，便道："你这又何必？人家也是为好。"说到这句，又怕给若愚证实了，忙改口道："你又怎知是他说的呢？"惊寰霍然睁开眼道："这件事只有他和你两个人知道，不是他说的，难道是你说的？我会肯轻易的饶他！"新妇见惊寰说的斩钉截铁，没法再替若愚辩护，自想只可另想方法劝解，万别教他们兄弟闹出事来，便痴痴的想，半晌不言语。惊寰见她忽然不语，心里一转，便疑惑到那件事是她向爹爹面前告的状，所以此际听了自己的话，觉得心虚，不敢答话，就又用话探道："那件事要是你告诉的，我倒不恼。本来你是爹娘给我明媒正娶的媳妇，怨不得你关心，管也正管得着，就是告诉了爹爹，教我挨了打，也是为的我，怕我出去胡闹，伤了身体，误了你的终身，怎能说你错？所以果真是你说的，我还感激你关顾丈夫，佩服你知道大体呢！若愚他又不是我的大妻小妾，为什么狗拿老鼠，多管闲事？我早想到了，厨房里割肉的刀，是那么锐利锋快，等若愚来，我就迎头一下，给他个脑浆迸裂，然后我自己亦回手向肚子一刀！"说着两眼瞪圆，还自举手作势。惊寰最后这几句话，本是孩气复发，说着快意，其实和呓语不差往来。但是新妇哪曾听过这种凶话，真已被他吓坏，似乎眼前已看见他弟兄血战的光景，一个尸横阶下，一个血溅门前，血花流烂的好不怕人；而且自己也就披麻带孝，变成个少年孤孀，那一派的凄凉惨厉，简直不敢再想。又念到惊寰方才的话，若是自己说的，他倒能十分原谅，那我何不把这事担承起来，省得出祸事；就是惊寰恨了我，我再慢慢央告他，他是明白人，也不致十分苦我。想着芳心乱颤，再不顾得细加思索，就抓着惊寰的衣襟道："瞧你说得怕人，什么事就值的拼命！你恼若愚，还不冤死人家？是我说的，你打我吧！"惊寰听了一怔，就微笑道："我不信，你怎么能说？"新妇见他没生气，便又长着胆量说道："是我昨夜听了你的话，怕你伤了身体，坏了名誉，要劝你又不敢劝，今天早晨给娘请安去，悄悄的告诉了娘，想教她老人家说说你。不想被爹爹听见，追问起来，我也想不到闹到这么厉害，早知道打死我也不敢说。这我都承认了，你担待我糊涂，就别寻表哥了！"新妇这一段谎话，无意中说得近情近理，有头有尾，自以为可以息事宁人，三全其美，哪知以后的厉阶，祸根竟都起源于这几句善心谎语呢？当时惊寰听了新妇的话，倒神色不动，又笑着问道："真的么？"新妇点头道："我跟你说瞎话干什么？"惊寰哈哈笑道："想不到你有这么高的见识，我真感激你的大恩大德！"说着霍的翻身跳下床来，跪在地下，向着新妇噗咚的磕了个响头道："我谢谢您，头一天进门就送了我个忤逆不孝，我这一辈子要忘了您，让我不得好死！"新妇见他这样，几乎疑惑他是疯了，差些喊叫出来。转想才明白上了他的当，把自己的话套去，立刻变了脸。自己好心好意的说假话给他们息事，不想倒得了这个结果，只觉满腹冤气，迸挤在喉间，想说话也说不出，通身更气得酥软。知道他给自己叩头，比杀人还要凶恶，但是仓卒间没法分说。惊寰已满面笑容的站起来，又向她作揖道："我还谢谢您，我本来正在两面都挨着夹板，左右为难，难得您大发慈悲，发放了我。我如今可割断一条肠子了！"说着又举手叫道："如莲如莲，上天不负你苦心人，我这可拔出脚来，整个儿是你的了！"说完就要跳跃着走出房去。

　　新妇在悲怨迷惘中，也没听出他说的什么，但只觉得事已决裂，他说的不是好话。此际见他要走，才急出一句话道："你……你哪里去？"惊寰回头含笑鞠躬道："我上前面书房写白折子去，三百行呢，从现在写到三更天也完不了！这是爹爹赏给我的功课，也是您赏给我的乐子，改日一总再谢！您请安置，我去了！"说完又深深鞠个大躬，再不回顾，就兴冲冲的走去。屋里只抛下个新娘，眼看着夫婿夺门而去，自知事情决裂到如此地步，急切怎能有法挽回？又后悔自己一片好心，倒把自己害了，活到如今没说过瞎话，偏这头一次就说得那么周全，再向他分辩，他也要把我的实话当瞎话，绝不肯听。本来这事真要是我泄露的，真也难怪他伤心生气，可是我偏要背这冤枉，冤枉上哪里去诉？要跟爹娘去说，闹起来又像是告他的状，更惹他恨我。可怜除了爹娘，还能同谁去商量？这不活活难死人！想着心下说不出的悲苦，不由的倒在床上，嘤嘤啜泣起来。但又看见一床的红帏锦被，想到正在喜期，哭泣太不吉利，便强自忍禁，却又抽噎得胸腹皆痛。再联想到在这喜期中，谁家初嫁的女儿，不是正和夫婿洞房厮守，情爱融融？偏我进门就遇见这事。他要是不可我的心，就随着他去也罢；偏他又是那样好的人品，眼看着气得小可怜似的，就那样走了，即便他晚上还进来，只这一会儿就教人割舍不下。昨天下那么大的雪，书房里生着火炉了么？冻着可不是要！抬头见他那件皮袍子还挂在衣架上，想要给他送了去，便扬声轻唤那陪房的王妈。恰巧那陪房到前院去吃饭，本宅一个仆妇听见赶进来道："少奶奶，什么事？"新妇见仆妇进来，才想到自己正哭得眼圈通红脂粉半蚀，连忙掩饰不迭。又觉到自己一个新妇，就对夫婿这样关心冷热，教旁人看着不好意思。但一时想不起旁的事，就用手向衣架一指。那仆妇却还机灵，走过去把皮袍摘下，抱着问道："给少爷送去呀？少爷在哪里？"新妇含羞低头道："书房。"那仆妇便笑着走出到了前院书房，见惊寰正坐在桌旁收拾文具，一面撅着嘴哼二簧，就把皮袍放在椅上道："这是少奶奶教送来的。"惊寰愕然道："不冷，不用。拿回去！"这话才说出口，便想到自己没穿着长大衣服，回头得机会出去，又得到后院去拿，倒添许多麻烦，便改口道："放下吧。"仆妇逡巡退出，回去报告新妇，衣服已经送到。新妇见惊寰尚没怄气不收，心下暗暗安慰，便只等他夜晚进房，好向他剖肝沥胆的诉说衷曲；并且拿定主意，宁可自己委屈，也得宛转随郎，动他以镂心刻骨之情，自己也得享受画眉唱随之乐。哪知夜里直等到夜尽五更，也不见他入门，只等得新娘挨一刻似一夏，听得寒风刮雪，都疑是惊寰走来，辗转反侧，一寸芳心思前想后，直像刀剐得寸寸碎了，一会思量，一会坐起，忽而啜泣，忽而昏沉，这一夜的光阴好不难过。好容易挨到黎明，知道惊寰绝不来了，断了想望，才哭着睡去。

　　哪知惊寰在夜间十二点后，原要偷偷溜出门，到莺春院去会如莲，走到门首，就被看门的老仆郭安挡住了，说是老爷有话，不许少爷出门，要是偷走，惟看门的是问。惊寰对他威迫利诱，都不成功，只得颓丧着回到书房去睡。这一夜想着如莲，红楼咫尺，却已远隔天涯。我在家里想她，她还不知怎样想我！今天不去也没什么，但看光景十天半月我也不能出门，如莲说不定疑惑我迷恋新妇，忘了旧情，因此恼了我，我这冤枉哪里诉呢？他躺在小床上，胡思乱想，又加着枕冷衾寒，孤灯摇夜，真是向来未经的凄清景况。本来他和如莲几载相思，新欢乍结，才得到一夜的偎倚清谈。便遇着这般阻隔，已自腐心丧志，触绪难堪。更当这萧斋孤枕，灯暗宵长，正是天造地设的相思景光，怀人时候，哪得不辛苦思量，魂销肠断？末后他竟想到如莲不容易见面了，我二人若有缘，何致一见面就生磨折，大约如莲昨天所说的傻话，都要应验，莫非我们只有一夜的缘分吧！果真这样，我还活个什么劲？不如死了。又想到我若死了，如莲怎知道我是为她死的？岂不白死！想着忽然拍掌道："有了，不是有报纸么？我先把情死的缘故写一篇文章，送到报馆去，然后再死。等到报纸登出来，上面有她的名字，不愁没人念给她听。她能陪着我死，自然是一段千古美谈，说不定世上有多少人悼叹呢！不然她就只哭我一场，以后常能想念我，也就够本了。倘或我死后有灵，魂儿游到她跟前，亲眼瞧她掬着清泪哭我，我该如何得意！"接着又想了半天死法，觉着上吊不如跳井，跳井不如投河。想到这里，又忆到昨夜和如莲在一处跳井跳河的戏语，真要变成凶谶了！但再转想到中国四万万人，地方二十几省，她不生在云南，我不生在蒙古，四万万人里的两个，竟会遇到一处，已是缘分不浅；我俩又是这般配合，如此同心，自然有些来历，绝不致草草断绝。而且结果越美满，事先越要受磨折，我只为她耐着，天可怜见，定然成就这段姻缘。她约定等我三年，现在连三天还没有呢，我就沉不住气，寻死觅活的闹，我死了，她不要一世落在风尘么？这样自己譬解着，心怀开阔了许多，但仍反侧思量，终夜未曾合眼，和那内宅里的新妇，同受着焦烦的痛苦。真是红闺白屋同无梦，小簟轻衾各自寒。不过虽然一样无眠，却是两般滋味罢了。

一夜的光阴过去，到次日惊寰依然在书房苦守，整日未进内宅。到第三天可瞒不住了，竟有快嘴的仆妇报与惊寰的母亲知道。他母亲便背着丈夫，自己去到书房，劝惊寰搬回新房去住。惊寰装作麻木不仁，既不驳辩，也不答应，只含糊着打岔闲谈。他母亲问不出缘故，以为他默许了，便自回去。哪知惊寰夜晚还是照样赖在书房，他母亲又怕被丈夫知道了闹气，不敢声张，只天天出来苦劝。惊寰却天天延挨，只不进去。末后老太太急得没法，便叫仆人把书房的铺盖搬得精光，使个坚壁清野的绝计，想逼他自己回去。哪知他夜里竟直挺挺睡在光板床上，一声不哼。老太太派人来探视，回去报道如此，老太太到底疼儿子心盛，只可又把铺盖送回。惊寰从此倒像得了胜利，更把书房盘踞得片刻不离。这样过了半个多月，一天午后，惊寰正在书房写完字，坐着纳闷，想到表兄若愚，他从那天由莺春院把我抓回来，怎一直没有见面？忽见一个仆妇走进来道："老爷喊你。"惊寰料道是查问我写字的事，看着书案上一半尺多高写满小楷的白摺子，自觉十分理直气壮，就拿过挟在胁下，兴冲冲的进了内院。跑入上房堂屋，就听自己父亲在屋里说话道："少爷还没请来么？好难请！"惊寰觉得声息不好，却想不起又生什么气，怕还重翻旧案，心里又动了鬼胎，便慢慢走进屋里。见父亲正拿着书看，忙把白摺子放在条案上，上前叫了声"爹爹"！他父亲只不抬头，半晌才合上书，冷笑道："少爷来了，少爷请坐！"惊寰听得语气不对，忙低下头不敢做声。他父亲又寒着脸笑道："来，我问你。"惊寰怕挨打，只逡巡不敢进前。他父亲又大声道："来，我不打你，只问这些天你干的什么事？"惊寰指着案上的白摺子道："您教我写字，我都写了。一天有写三百行的时候，也有时三百五十行，反正只多不少，请您查看。"话未说完，他父亲喝道："谁问你那个？听说近来少爷不大高兴，搬到书房去住了，一步不进内宅。媳妇是我给娶的，我看你这是诚心跟你爹怄气。要怄气就大怄一下，索性离了这个家，何必诚心教我受急？"惊寰才知是新案又犯了。但料知父亲方梗的脾气，不善于管这些闲事，心里倒有了把握，就平心静气的答道："爹爹您想，这三百行小字，一点钟写二十行，也得十五点钟。要到里边来睡，总要耽误工夫。要写少了，又惹您生气。再说我要是贪恋闺房，违了父命，那真白念书了！您又常教训我，正在年轻，要保重身体，所以搬到书房去住，正好两全其美。想教您晓得了，也少生些气。"惊寰的父亲原是读书的古板人，听儿子说得条条是道，无可驳议，自己又不愿说些周公之礼的等等俗套，去劝儿子和儿媳妇去合房，因此倒张口结舌，没法办理，只气得骂道："滚蛋，滚蛋，你的理对！从此就在书房里去等死，要进内宅一步，就折断你的腿！"说完又吁吁的喘气。惊寰心里暗暗得意，就又垂手禀道："您要没事嘱咐，我就回书房写字去了。"他父亲用手把他推出道："滚滚，写你的破字去，写出朵花来也不过是刷字匠。滚滚！"惊寰趁此留出来，自觉说不出的志得意满。回头忽见新妇正立在厢房的游廊下，知道她方才定会在上房窗外听消息。自想这一状定又是她告的，她以为爹爹定然偏向她，总该把我押解回房，谁知爹爹就是不会管这种事。我从此不理你是奉了官，看你还怎样！想着又动小孩气，向新妇微挤挤眼，表示自己业已胜利，就跳跳跃跃的跑回书房去了。

那新妇见惊寰从上房出来，已羞的低下头，并未看见惊寰的轻薄神色。但是心里已是难过得很，暗怨惊寰，你怎这样忍心，你也不看看只这几天我为你瘦的瘦成什么样子了？但分你有一点可怜人的心，也该回心转意。就不能回心转意，也该见我个面，容我说句话啊！只顾你这样咬牙，可教我怎们过下去？回九的那日，只我一个人回母家，已听了姐妹们许多讥诮，要等住对月的时候，你还不和我好，我怎么有脸回去？想着一阵芳心无主，忽抬头见东厢房上的三间佛楼，不由得动了迷信之念，就先回到自己屋里，洗了洗手，整了整装，又换了件衣裳，便进了里厢房堂屋，顺着楼梯上了楼。在佛像前拈了香，便跪下叩头，默求佛天保佑丈夫回心转意，又虔诚的许了重愿，才站起来。方要下楼，忽然看见南面关着的小窗，想到这窗子正对着前院书房，又联想到书房是自己丈夫所住，便对这窗子似乎也生了倦恋，不自禁的走上前，轻轻把窗子开放。不想关键才启，那窗子仿佛被什么东西从外面推动，竟很快的自行向屋内移来，倏时大敞四开，接着便有许多交纠着的物件探进屋里，不禁吓了一跳。细看时，原来前院一株老柳，紧靠屋根而生，那新春发出的枝条，因为距楼太近，有许多都紧抵在楼窗上，楼窗一启，自然都探进屋来。她随手拉过一枝，见都已微含绿意，节儿上更缀着嫩黄的芽，自念匆匆的又是春天了，可怜这些日只昏昏过着冰冷的日子，要不看见绿柳萌芽，还疑惑是在冬日。正想着，又见斜日入窗，照得身上略生暖意，再加着扑面的和风吹拂，觉着身子有些懒懒的，不由得伸了个懒腰。又看着眼前些微绿柳，竟幻出无边春色，立刻觉到春困着人，便情思昏昏的，一个身子也似乎虚飘飘没依没靠。心里一阵愁绪萦回，就想得呆了。

沉了一会，再凝神隔着柳条交杂的缝隙向下看去，见那书房门上放着棉帘，静悄悄毫无声息，只游廊下太阳光里，挂着一个红嘴绿鹦哥，在那里翻毛晾羽。廊檐吊着十几小盆四季海棠和蝎子草，也正红绿分开，更透出许多幽致，只书房不见有人出入。明知惊寰正在屋里，但被阳光闪烁，瞧不见玻窗里的景物。她呆立半晌，恨不得插翅飞进书房，向他把衷情一诉。又盼他出屋来，和自己相对一会，哪怕他不理我呢，也不枉我这般盼望！正想时忽听得鹦哥在那里做声，细听原来是唤倒茶呢！连唤了两声，书房帘儿一启，惊寰从里面出来，短小打扮，扬着他那俊脸，含笑向鹦哥道："你这东西，好几天也不说话，不知道我闷么？怎不哄哄我？这会又见鬼的胡叫，谁来了你叫倒茶？"说着又伸指向鹦哥调逗。新妇在楼上听他说话都入了耳，暗叹冤家你闷，还不是自找？怎么就怄气，孤鬼似的蹲在冰房冷屋，教我有什么法子？只要你肯进我的屋，我能让你有半会儿闷么？又恨惊寰，你待鸟儿都这么好，怎么单跟我狠心？这时她立在窗前，心里跳跃着，希望惊寰抬头瞧自己。但芳心栗六，又怕他瞧见，生孤丁的见了面，我跟他说话不呢？说话该说什么？她心跳得手上无力，无意中倒把拉着的柳枝松了，那柳枝撞到窗上，微微有声。惊寰依约听得，便抬头去看，先见树后楼窗开了，接着又见柳枝后掩映着一个娇羞人面，细看原来是她，不觉呆了一呆，便要回身进屋。新妇见这个难得的机会又要失去，心中一急，口里就急出了一声"喂"。惊寰犹疑着站住，新妇知道他难望久立，忙分开柳枝把头探出窗外，低声道："你等等，听我说句话。只要伸了我冤枉，死也甘心。"惊寰听她说得惨切，就扬首倾耳，做出细听的样子。新妇自想这可是我翻身的时候，趁着此际还不尽情分诉，不然以后又不容易见他了。想着便道："你怎还跟我解不开扣？上次我是一片好心，为的你们弟兄，倒惹的你恨我，教一家人都看不起。你想，我冤不冤呢！"说着心中无限委屈，就落下泪来。惊寰正闻言愕然，凝眸相顾，新妇也方要接着说，忽听门口一阵人声噪杂，门首的仆人都喊"表少爷"。又听若愚的声音，说着话进来。惊寰便抛了新妇，迎接出去，少顷同着若愚进来。新妇看见，知道时机已逝，忙退回身去，暗恨这害人精，我原就被你的累，这时又不早不晚，单检着要紧的时候闯丧了来！这不是前世修来的冤家对头么？含悲带愤连窗子也顾不得关，就自下楼回自己屋里去伤感不提。

且说若愚从二月初五那日在莺春院把惊寰寻回来，送他进了洞房，自去和亲戚女眷们去打麻雀消夜。若愚原来好赌成性，手把又大，十块二四的牌耍着很不尽兴，便随打随谈的解闷，无意中将惊寰在莺春院的事顺口当笑话似的说出来。正值惊寰的父亲上前院去解手，走过窗外，含糊听得几句，立刻把若愚唤过去盘问根底。若愚虽自悔大意，但料道实在瞒不住，只可约略着避重就轻的说了，自恨惹了祸，便托词跑回家去。到次日听仆妇传言，惊寰被打，又受了监禁，自觉没脸见他，所以许多日没往陆家来。

有一天惊寰的母亲到若愚家去，唉声叹气的向若愚夫妇诉说儿媳不和的事，便托若愚去解劝惊寰。若愚和惊寰原是从小儿青梅竹马的亲爱弟兄，自知不能为一些小事断了来往，又正可借此为由去和惊寰见面，但仍挨迟了两日，才硬着头皮到陆家去。原拼着迎头受惊寰一顿痛骂，不想一进门就见惊寰满面春风的接出，笑语寒暄，比往常更加亲热，若愚暗暗诧异。便先进内宅给姑丈请了安，弟兄仍旧回到书房，闲谈了一会。若愚便用调谑新郎的熟套，来和惊寰玩笑，惊寰只是含笑不答。若愚见无隙可乘，只得说出正经道："听说你跟弟妇感情不大好，是为什么？人家哪样不好？你还胡闹怎的！"惊寰听他说到这个，立刻拿起笔来，就凝神壹志的写字，只当没有听见。若愚又接着说了一大套，虽然说得情至义尽，惊寰还是充耳不闻。若愚见他居然跟自己装起大麻木，不免有气，就改口讥讽，说惊寰若不理新妇，上对不过父母，下对不过妻子，自己对不住良心，简直是阴险狠毒，混账东西。惊寰被他骂急了，到底年轻沉不住气，就把笔一丢道："你说我阴险狠毒，她比我还阴险狠毒呢！"若愚冷笑道："你真会血口喷人！人家过门才几天，你就看出是阴险狠毒了？说话要拍拍良心，别拿起来就说！"惊寰也冷笑道："还用几天，头天就给我个好看。初六那天，我不是挨了顿打么？你说是准葬送的？"若愚答不出话，只翻翻眼哼了一声。惊寰又接着道："我也是痰迷心窍，把莺春院的事告诉了她。她转天就跟爹爹告状，你说她狠不狠？这就是谋害亲夫的苗头，我还敢沾她？"若愚听他说得情事真切，不由动了疑心，自想我惹的祸，怎竟缠到新妇身上去了？便又用话探道："谁告诉你是她告的状？"惊寰哼了一声道："还用旁人告诉，她自己就招了！"若愚笑道："这真是梦话！她办这样毒事，还能和你说？"惊寰道："她本来不说。哪知活该破露，

101

竟被我把话诈出来!"若愚听着更如入五里雾中,想不出所以然。惊寰又接着道:"以先我本疑惑是你泄露的,同她说要跟你拼命动刀,她害了怕,大约是怕闹出事来,难免要弄个水落石出,她也脱不了干净,只可供出来。据说是告诉娘,被爹听见,我想这也是饰说,简直是她跟爹说的。到葬送我挨了打,她还装做好人给我求情。你看多么大奸大恶!这种女人还要得?"若愚听完,凝眉细想了想,才从恍然里冒出个大悟来,立刻似乎椅子上生了芒刺,再坐不住,就站起在屋中来回乱转。自想新妇本是小女孩子,不懂得轻重,听见惊寰要和我拼命,怕真惹出祸事,就替我负了责任,以致闹得夫妇不和,人家真冤死咧!这真是菩萨心肠,还说人家阴险狠毒,天下哪还有好人走的路?我一个堂堂男子,遇见这豆儿大的事,只知缩头一忍,教人家一个弱女,抛了自己的幸福,出头替我担当,我还能腆颜为人?想着一阵心肝翻动,忽然自己伸拳向头上击了一下,接着噗咚一声,就对着桌子跪下。惊寰见他这样,又惊又笑,就仍顽皮着道:"大哥怎了?不年不节,免叩免叩!看明白了,这是桌子,不是大嫂子!"若愚正色喘吁吁的道:"别打趣,我要赌咒。"惊寰愕然道:"无缘无故的赌哪门子咒?还不快起来!"惊寰直着眼道:"你听,我再不说,就没法做成了你挨打的缘故,万别冤枉你女人,那本是我说的。人家怕你真跟我拼命,自己担当起来,惹祸的是我,你打我,宰我,可别冤了好人。"说着又把当日情形细诉一遍。惊寰初而不胜诧异,再又眼珠一转,嘴里哦哦的两声,赶忙把若愚扶起按在椅子上道:"大哥,这点小事,值得这样!咱慢慢说。"若愚气急败坏的抹着汗道:"这怎算小事?眼睁我害了人,不弄清楚,我怎有脸见人?"惊寰微笑道:"你别急,我明白了,谢谢你的好心!"若愚道:"谢什么?"惊寰扬着脸冷笑道:"大哥,咱们都是透亮杯般的人，谁也别跟谁闹鬼。我娘前天上你家去，定然跟你同量好了这个主意。你倒见义勇为的，自己顶当起来，替那狠女人解脱，亏你真装得像。本来你担起来，我也不能把你怎样，又替我们俩口解了和，果然两全其美。可惜我不是小孩子，不上当，你枉费了心机！"若愚万想不到惊寰竟这样向牛犄角里钻，将自己的实话当瞎话听，急得跳起，才要说话，又被惊寰按住道："大哥，你沉住气，实告诉你说，这件事你没法管，我的事不瞒你，莺春院的那个如莲，我跟她有掰不开的交情，誓同生死，这个女人就是贞静贤良，我也不能要。即便我信了你的话，原谅了她，也依然不能跟她发生感情。你怎说也是白费。大哥你积德，让我清门净户的过几天，即使你告诉我爹爹，教他压迫我，逼急了我还有个死呢！大哥，谢谢你，你别管了！我还你一个头，两清不欠。"说着趴在地下，又给若愚磕了个头，站起来就跑进里间屋，倒在床上装睡。若愚又赶过去，说了万语千言，惊寰只不答话。若愚气得几乎要打他。末后再忍不住，就跳起来骂道："我今天才知道你竟不知好歹，不顾情面，从现在咱俩就此断亲，你日后万别后悔。这算你对了，我若愚再不认识你！"骂完了找不着台阶，只可顿顿脚走出去，一直气愤着跑回家，越想越不是滋味，自己为息事去的，怎倒闹了气？再想更对不住惊寰夫人，难过得一夜未睡，便把这事的原委对自己太太说了。到次日，就托他的太太到陆宅寻个背人地方，安慰惊寰夫人，替若愚传话说"你们夫妇间的细情，若愚俱已明白，很对不过表弟妇。这祸既是由若愚身上所起，若愚定要设法教你两口儿言归于好。请表弟妇暂勿焦躁，静待好音"等语。惊寰夫人听了，十分感激。

若愚太太回家报告了若愚，若愚从此就闷在家里，寻思替惊寰夫妇解劝的方法。但仓卒间哪有计策？只急得他成天短叹长吁，愁眉苦脸，直过了一个多月，已是春末夏初。这天，若愚太太因丈夫焦愁太甚，怕他闷出病来，就劝他出门游散。若愚依言，在天夕时出了门，到租界上溜了一会，熬得上灯后，自到一个南方小饭馆去吃饭，恰在里面遇见了赌友刘玉亭。若愚原是随处交友极为四海的人，相邀同吃，闲谈中间，若愚问他近来常在哪里玩钱，刘玉亭道："现在我不上俱乐部了，闲时就上周七新开的赌局去，推几方小牌九，也就是十几块钱的输赢。"若愚诧异道："周七是谁呀？怎没听说过。要是新立门户的，戳不住劲，常去可危险！"刘玉亭笑道："这周七和你是大熟人，早就吃这碗饭，不过这是头一回摆案子。就是当初永安宫俱乐部案子上打杂的大眼周七呢！"若愚这才想起道："哦，原来大眼周呀！他人却很好，可是向来穷的筋都接不上，早先三天两头找寻我，如今哪来的钱开赌局？"刘玉亭把桌子一拍道："这才是人走运气马走膘呢！提起来也是笑话。听说他正月里在佟六烟馆里，遇见了二十年前的媳妇。你猜他媳妇是谁呀？哼，原来是当初有名的浪半台冯怜宝。两口子久别重逢，周七到他媳妇家里只睡了一宿，不知怎的，两口子又闹翻了。周七夹着尾巴跑出来，想到法国地蹲烟馆去。哪知在路上拾了个大皮包，里面有好些张花花绿绿的纸。他也不认得是什么，只皮包印着天一洋行的字样，这两字他偏偏认得，就冒着胆子送了去。那洋行的东家正急得要死，原来皮包里装的是六七万美金债票呢！一见周七送来，喜欢极了，就酬谢他五百块钱。周七穷人乍富，立刻跑到严八案子上去装阔老，三宝就送出去四百块，哪知他耍来耍去，居然赢了一两千，鬼使神差的咬牙不要了，就搭了几个伙计，在柏纹街鲜货铺楼上收拾了个小赌局。因为他向来直心眼，不奸不坏，有个好人缘，捧场的人还不少，一天倒有够瞧的进项。回头吃完了，咱们也去看看，豁出几十，试试彩兴。"若愚被他说得赌兴大发，沉吟一下，也就应允。

草草吃过饭，正是九点多钟，二人便出了饭馆，安步当车的走到柏纹街，顺着鲜货铺旁的楼梯上了楼。才一推门，只觉一阵蒸腾的人气从里面冒出来，熏得人几乎倒仰。接着又是人声嗡杂，仿佛成千上万的苍蝇聚成一团儿飞。若愚皱了皱眉，犹疑不进。刘玉亭道："既来之则安之，不愿久坐，看看再走。"说着就把若愚推进门去，只见屋子虽不在小，只中间和南墙角有两盏电灯，中间电灯下放着一张台子，只见许多人头摇动，把灯光遮得闪烁不明，看上去好像鬼影幢幢。略一沉静，便又人语嘈杂起来。刘玉亭引若愚走向南墙角。那里一张小账桌后面，坐着个管账先生，四面散坐着三五个人，都在说话。内中一个大汉正举着个鼻烟壶儿，用手在鼻端涂抹，一面指手画脚的大说大笑，见有人进来，早立起让道："刘二爷，怎好几天没见？这位是谁？"说着向前一凑，忙作揖打恭的抓住若愚道："今天哪阵风把何大少刮来？贵人来了，我这买卖要发财！"若愚笑道："周老七，你本就发了财了，几月不见就混得家成业就。"周七笑道："哈哈，哪里话，托您福，混碗饭吃！"说着转脸向刘玉亭和在座的道："我周七讨饭都不瞒人，当初穷的两天吃一个大饼的时候，可多亏这位何大少周济。这才是仗义疏财外场人哩！何大少，我周七算混上半碗饭了，您有什么长短不齐，尽管张嘴！我周七立志不交无益友，存心当报有恩人！"说完把胸膛一拍，表示出绝不含糊。若愚还未答话，旁坐的几个帮闲蔑片，早一叠声恭维道："何大少，谁不知道何大少！周七哥日常口念不干，说你是外场朋友。您先请坐！"说着就有人搬过椅子来。又一个蔑片道："何少，既在江边站，就有望景心。您歇歇，喝碗茶，等这局完了，您上去推两方。"话未说完，早被周七一口唾沫喷到脸上道："呸，小石老，少跟好朋友动这一套！何大少是我的恩公，别拿他当空子。我不能教他在这里过瘾，赢钱也别想在这屋里赢，输钱也别在这屋里输。他来了，只许喝茶抽烟，说闲话。何少明是财主，钱上不在乎，他在旁处输两万我管不着，可是他在我这里输个百儿八十，我就不过意。你们放亮了眼，别乱来！"众人听了，知道这位何大少真待周七有恩，才感得周七动了血性，连忙都改口，张罗茶水。那小石老忙跳出去拿来一筒炮台烟，又喊着派人去买鲜货。若愚连忙谦逊不迭。这时刘玉亭开口道："交朋友是交周七这样的，真有血性。我头一回听开赌局的说良心话！"周七瞪圆大眼道："什么话呢？人家看咱是朋友，赶上节时候真救咱的命，只要张嘴，何少多少没驳过。这几年我花何少有上千块钱，皮袄都穿过人家三件。咱是无赖游，人家是大少爷，交咱个什么呀？如今我立了案子，教他在我这块输钱，我算什么东西？"又转脸向若愚道："您尽管来玩，用钱柜上多了没有，一百往下总存着。要过百您早一天赏话。"若愚笑道："周老七，你再闹我就晕了，乌烟瘴气喊什么？我早知道你是汉子，不然也不交你，响鼓还用重敲？"

说着就谈了一会儿闲话，便含了个青果，点了支纸烟，走到赌桌前去参观。只见正中一个四十多岁的大黑胖子，满脸青花绿记，斑驳入古，却剃得须毛净尽，又抹了很厚的一层雪花膏，满在脸上浮着，比冬瓜着霜还难看，更显出奇丑怪样，正兴高采烈的推着庄。四面围着许多品类不齐的人，各自聚精会神，向手中的两张骨牌拼命。这边儿喊道："呸，长，七八不要九！"那边儿又骂道："×你么六的姥姥，三副牌都输在你身上，再来劈了你！"左面又噪道："看明白，两块头道，一块软通，天门挂八毛。"庄家又叫道:"别乱,别乱,满下好,掷骰子了!七,七对门,八到底,九自手,十过。升,长,开!大天的面子。好,似红不红,八点就赢!呀,么,长,长!他妈的么到底。这叫天对地,缺德穷四点。呀,天门对锤,末门六点,对门是地杠,妈的巴子,统赔,六块半,十四块,九块八,软通五块,硬的七块三,完了。看下方!"庄家这样不住口的乱噪,又夹着赢家的欢呼和旁观者的议论,真闹得沸反盈天。若愚向来没进过小赌局,看着倒乱得有趣,就连看了几方,周七在后面不断的送烟递水。过一会,眼看庄家面前的筹码,竟已消减得稀疏可数,他那脸上的雪花膏,也渐渐被油泥侵蚀净尽,只有满头大汗,从秃颅上腾腾冒着热气。那一方推到末一条,他脸红筋暴的站起,长着精神去摸牌,却得了红八靠虎头,是个九点,面上一喜。再瞪圆眼向旁庄看时,想不到三家却有两家对子,一家天九点,又得赔个统庄,气得他把牌摔在地下,用脚乱踩,骂道:"这份绝户牌,要出鬼来了,我认捣霉,让别位!"说着把筹码赔了,离座到茶几上去拿手巾擦脸,气吁吁的仿佛要寻人打架。这时那赌桌上又有旁人继续去推庄,还有人喊道:"九爷再来捞捞本呀!"那大黑胖子把手巾一扔道:"预这儿吧,送出去二百多块,越捞越他妈的深。"说完凑到小账桌前坐下。这时从赌桌又下来一个鹰鼻鹞眼的黄瘦中年男子,笑嘻嘻的向黑胖子道:"罗九爷,今天又输了不少,再压会儿旁庄,换换手气!"那罗九把桌子一拍道:"压,还压他娘的蛋,再输连裤子都没了!"那黄瘦男子道:"九爷说笑话呢,您财势多厚,输几文还在乎?"罗九咬牙恨道:"真是能死别捣霉,也许老天爷逼着我学好,这些日也怪了,耍钱就输,招呼姑娘就受甩,喝口凉水都塞牙,可是洋钱糟踏的没了数,你说这口横气怎么喘?"那黄瘦男子笑道:"您这一说,我才想起来,前些日听说九爷在莺春院热了个红唱手，劲头不小。哪天带我们去看看！"罗九听了，好像被一股邪气冲入肺管，举起拳头向空中捣了两下，乌珠暴露的骂道："还热呢，再热还不烧糊了！没见过这样没良心的婊子，她没下窑子的时候，我捧她就花了不少钱，为她把靠家都打散了。到她下窑子的第二天，我就捧了全副的牌饭，一水花了二百多。末后连手也不教拉，我闹起来，叫她娘来问，她娘说的好，孩子是清倌。我问清倌碍手什么事，这不是欺负人！正想砸她个落花流水，偏巧开窑子的郭宝琴来答话，说是通身上下一色清，要卖买整的。这是什么规矩？欺负咱外行？咱也是干这个的呀！我自然不饶，哪知郭宝琴这东西真损，一点不顾面子，预先下了埋伏，把我从前的靠家调了来。咱不是怕事，只恐闹笑话给别人解恨，只可忍了这口气。提起这件事，教人又气又难受。那个小雌儿真俊得出奇，到如今我恨尽管恨，可是还忘不了。"若愚在旁边乍听得莺春院三字，早就注了意，有心问这个唱手什么名字，但又不愿同罗九说话。不想这时那黄瘦男子却替问道："这娘们叫什么？怎这们大的牛！"罗九道："就是当初松风楼唱大鼓那个冯如莲么！"罗九把这三个字说出，不特若愚动了心，旁边还有一人也倾了耳。这时罗九又接着骂道："这婊子天生不是好种，从她娘当初就出名的混账！"旁边又有人插嘴道："她娘是谁？"罗九道："就是冯怜宝那个王八贼的。从上三代就混世传家，如今把女儿弄进窑子，还端他娘的松香架！"骂到这里，刘玉亭看了周七一眼，向着若愚一笑。若愚这时才明白周七和如莲的关系，心里暗自思索。周七已忍不住答话道："九爷，养养神吧，少骂两句！"罗九瞪眼道："我要骂！"周七笑道："请骂，不过背地里骂人，没多大意思！"罗九挺身站起，道："我就要背地骂！你出来挡横，跟她们是亲戚怎么着？"周七也怒道：“骂别在我这里骂，我这是买卖！”罗九向前凑去道：“你是买卖，老爷是财神，是你的衣食父母！”周七大怒道：“你别讨便宜，再说我就是你亲爸爸！”罗九忍不住，口里骂着，便赶上前要动手。

众人急忙拉劝，正挤作一团，忽见门口把风的马八一条线似跑进，喊道：“洋人来了！”只这一句，立刻满屋大乱，嗡的声像撞了马蜂窝，架也不打了，局也散了。周七忙跑去收藏赌具，许多赌徒有的夺门而逃，有的奔楼窗要跳下去，更有许多没胆子的，在屋内呼天喊地的乱转。若愚更惊惶失色，颤颤的想不出个计较。倏时楼梯革履声乱响，门口进来两个洋人，后面跟了十几个巡捕。这时已有十几个人从楼窗跳下去，隐隐有呼痛唤救之声。若愚回头瞧瞧，楼窗很高，不敢去跳，只得等候受捕。此际巡捕已围拢来，把剩下的七八个人捉住，又搜出了赌具，敛了桌上的银钱。只听一个洋人说出两个字道：“掌柜。”便有个巡捕传话问道：“谁是掌柜？”周七昂然走上两步道：“我是掌柜！现在要钱的全跑了。这几个全是我的债主来讨零碎账，请把他们放了，我个人顶着打官司。”那洋人摇摇头，把手一摆，那些巡捕便都掏出白绳，把这八个人拴作一串，赶羊似的赶着下楼，直奔工部局而去。若愚恰拴在中间，前有罗九，后有刘玉亭，好像前有顶马，后有跟班，居然威风不小。幸亏在夜晚，路上没遇见熟人。到了工部局，只略问了一遍，都在尿桶旁蹲了一夜，才听人说那些跳楼受伤的，都已捉住送到医院。次日早晨众人就被转送到华界警察厅，又转送到法院，挨个的被审问一遍，判了下来。恰值当时禁赌甚严，除去周七是局主，特别罚款六百元，其余的七人都判作赌徒，每人罚金三百。若愚在拘押所里，急忙托人到外面立即要来三百块钱，缴了上去，想着立刻可以开释。哪知上面传下话来，说罚金暂收，须待同案人犯一律将款交齐，同时具结释放。在未缴齐时间，人犯先送习艺所寄押。若愚这时晓得不能独善其身的走脱，才知遭了大难。

偏偏官事又刻不容缓，立刻由法吏押解送到习艺所。若愚在路上许了法吏贿赂，特开情面教用手巾蒙面而行，在路上众人都不住咳声叹气，只有周七还似行所无事，对同伴们忽然改了称呼，闲谈道："难友们，这习艺所是咱的行宫，高兴就来玩一趟，连这次来过五回了。我什么也不怕，可惜何大少运气不佳，遇见这个事，我择你也择不出去。"若愚自想我真捣霉，无故跟这些人成了难友，开赌局的，开窑子的，要落道的，顶好的也是无业游民，教人家知道多么难看！这都怨自己行踪不谨之过。想着便联想到今天出门，是被太太所劝。太太劝我是为我烦闷，我烦闷的缘故是为惊寰夫人，也是为的惊寰。惊寰夫妇不和的原因，是为那个妓女如莲。想到这里，立刻觉到这些同难的中间，竟有两个和如莲有关系。周七是她的爹，罗九是她的客。等我慢慢思量，也许从他两个身上生出办法，能使惊寰夫妇中间另变一个局面。便闭目走着寻思，走了好半晌，忽然自己顿足道："有了，这法子准成！"心里一阵爽畅，几乎要跳起来。高高兴兴再向前走时，却已被法吏拦住，又从旁把蒙面手巾攫去。睁眼看时，原来已到了习艺所门前。只若愚这一人狱，正是：绝谋出缧绁，妒花风狱底吹来；好景幻云烟，障眉月天边隐去。后事如何，且听下回分解。

第四回　八方风雨会牢中摧花成符牒
万古娥眉来梦里得月有楼台

　　话说若愚一到习艺所门前，便被法吏将蒙脸的手巾从旁抓去，眼前一阵豁然开朗，却已见狱的铁门正张着大口，好像要把人们吞进去。向里看，入望阴深，笼罩着无边鬼气。早先听人说过，这里面每年死的人很不在少，不觉毛发悚然。那两个法吏便把他们押解进门，到传达处回了公事，传禀上去。沉一会，便由所丁带着，见着所中办事人员，缴过差使，那法吏们自行回去销差。这里所长因这批差使是寄押候释的人犯，案情甚轻，只草草一问，就吩咐所丁数语，教带下去。所丁将他们八人带进一个长条院里，院里对排着许多间大小相同的囚室，各室里都是人语嘈杂，南腔北调。他们走到一间门牌写着三十七号的门前，被所丁拦阻不再向前，便推门进去。只见这屋里约有一丈几尺见方，倒清寂寂的，只有一个囚犯模样的人坐在矮铺角，上身敞露胸怀，下身把裤子褪到腿根，正低着头拿虱子。那所丁喊了声："王铺头（铺头即资格较老之囚犯踡跻在一室囚犯之长者），来差使。"那人猛然抬头，见所丁身后黑压压立着一片人，就把那张像黑油漆过的脸一扬，露出雪白的牙来，笑道："啊啊，没有就没有，一来就论堆，这是多少？"那所丁笑道："泼货，女人骂街。"那王铺头接腔道："八个，不少不少。我这屋里难友们，昨天都送了执行，剩下我一个正闷。"说话间便整衣系裤。若愚等八人已一齐进到屋里，王铺头挨个儿的都向他们端详了，才问道："什么案？"所丁道："你没见都散着手儿么？闲白事，是赌案寄押，候缴罚款开释。都交给你了！"说完又向他们八人道："有说的没有，找人送信，咱都办的到。"罗九等都默然无言。周七却噪道："我找谁？光杆一个，谁也不找！"所丁瞪了他一眼，才要说话，若愚忙陪笑道："您不知道我们是打了并案？一条绳儿拴八个蚂蚱，谁也先飞不了。等我们计议计议，一定要求您们诸位照应。"那所丁听了笑道："你们大概又赶上新章程咧！同案的都要把款交齐，才许手拉手儿走，对不对？从今年正月，已经有这们好几档子。十九号押着的那一批，一案十几个人，也跟你们一样，从二月进来，到如今也没凑齐钱，都已罚了苦工。好，你们商量后再谈。"说完又和王铺头咬了一会耳朵，方自走了。

那王铺头见若愚衣服最阔，就面向他说道："你们也不是什么大案，不必走心。在这里也没多少日子住，咱们这短日头的难友，倒要多亲热，你们也有个核计没有呢？还是早想法出去好。一进习艺所，不论案子大小都算是打官司，打官司没好受的呀！哪一样不打点好了，也免不了受罪。你们撞到我这铺，还算好运气。要赶上东边那几号，不定要遭多少磨难。我看你们也都是外面朋友，遇到一处，就算有缘，谁也别难为谁。这里面的事没人不懂，哼，好朋友，哈，别装糊涂，是不是？您哪，官司不是好打的，对么？难友们，众位！"这时众人已都七乱八杂的坐在铺上。若愚听王铺头在起初和众人套交情，继而哼哈说出许多杂言语，便明白他意有所图，只等有人答话，忙陪笑道："我们哥几个好运气，遇见王大哥，你这人真豁亮敞快。咱哪里不交朋友呢？这里面更是交朋友的地方，我们这案子，等会儿大家商量出个眉目，将来还要求你多为力。现在算我们行客拜地主，先请你喝两杯，可惜我们的钱在外面就教他们搜净了。天不绝人，我还有压腰包的。"说着把马褂和夹袍子解开，在绸子小褂里面的贴边角上，摸出了一团硬纸，叠成一寸来长，五分多宽，一层层打开，原来是三张五十元的钞票，自己笑嘻嘻的道："他们搜去不过十几元，哪知这里还有体面呢！"说着就都递向王铺头，道："这是我们八个难友公赠您的。论起来太少，不过是托你买点熟菜，打点酒，咱大家喝喝，叙叙交情。旁位该打点的求你都给打点打点。至于补您的情，咱是跟着就办。"说着又把崭新的缎子马褂脱下，也递给他道："王大哥，这送你当小夹袄穿，也算咱哥俩见面的纪念。"那王铺头左眼先瞧见异彩奇光的钞票，右眼再看得自己从没穿过的衣裳，更加听着若愚说话痛快，才要谦让几句，好来接取，不想周七霍的从铺上跳起来，一把将若愚推开，大声道："何少，怎这样冤孽大头？我说不懂花这种钱，留着钱咱干别的，看谁敢把我的身体动一毛。"说完就又着腰向那王铺头瞋目怒视。那王铺头也大怒道："你是什么东西？不想活了？我们这是交朋友，你敢管！"周七喊道："交朋友，洋钱下你的腰，凭什么？我就要管！"王铺头怪叫道："反了，这小子讨死，等会儿教你知道我的厉害！"周七道："你厉害？你先尝尝我的。"说着就攒拳挽

袖，奔向前去。若愚和罗九等连忙拦住。那王铺头才要喊有人闹
笼，（闹笼者谓犯人在囚笼中酗闹，狱中沿为此称，日久习而不
察，虽囚不在笼中，每逢暴动，亦呼曰闹笼。）还没喊出来，周
七已撞向他跟前，脸对脸狠狠的问道："你喊，我先掐死你！我
问你，二十四号的铺头高阎王，你认识不？"王铺头以先见周七
奔过来，很觉胆怯，及至听他说出高阎王，疑惑他是银样蜡枪头，
没大拿手，要替朋友圆面子，就又傲然道："怎不认识！"周七冷
笑道："他是你们这里最凶的吧？"说着把胸口一拍，张开大嘴
道："你打听打听，他那兔子耳朵是谁咬掉的？"王铺头听了愕
然，想了想才明白，忙问道："你姓什么？"周七道："啊啊，你
还用问？大爷姓周！"那王铺头眼珠一转，立刻换了一脸笑容，
把脖儿一缩道："你是周七哥？怎不早说！这块儿提起你来，谁
不挑大拇指？我早想同你交交，可惜缘分太浅，没见着面。今天
是天凑人愿，该我姓王的认识露脸朋友。来来，周七哥，咱坐下
慢谈。"方把周七让得坐下，又向若愚把手一摆道："和周七爷一
案的，咱都是过命的好朋友，提钱就是骂人，您快收起来。"说
完却不自禁的又对钞票看了两眼，自己咧着嘴皱皱眉，若愚看得
十分好笑。这时周七被王铺头一阵软攻，倒弄得有力没法使，又
自己转不过圈来。若愚忙把他叫到旁边，咬耳说了许多话。周七
还自摇头，若愚又厉色说了几句，周七才白鼓着嘴躲到一边。若
愚仍旧把洋钱和衣服送过去，向王铺头道："我这周七哥向来有
嘴无心，你们认了好朋友，是你们的缘分。可是我的话不能说了
不算，这钱和衣服还请你收下，小意思，用不着推辞！"王铺头
抵死不收，又说了许多场面话。若愚却非要他收下不可。王铺头
原是望着洋钱眼红，但还怕周七不饶，便一面推辞着，一面眼睛

看着若愚，嘴却努向周七。若愚心下明白，便道："我们周老七方才是跟你玩笑，他敢挡咱们交朋友？"那边周七也说道："该收就收，何必装假。我要管闲事是王八蛋。"王铺头这才放心，便红着黑脸将钱收下，和若愚又叙了若干话，把照应的责任都揽到自己怀里。

　　这头一阵闹过去，王铺头自然竟力向这般人围随，这八个人也暂且随遇而安，才都略得宽怀，纷纷谈说被捕情形。有的还自解心烦，苦中寻乐，哼两句二簧，唱几段梆子。王铺头又给买进来许多零食纸烟，连鸦片烟也预备了，内中有几个烟鬼更高了兴，便都包围着一盏烟灯，轮流吸食。大家说说笑笑，谈古论今，闹得十分有趣。罗九更高谈嫖经，刘玉亭又诉说赌史，个个都似身无所累，心有所安，倒把满室囚徒，变成了一堂宾客。最妙的是大家只顾高乐，却没有一个谈到善后的办法，看样子似乎都在这里得了佳趣，更不再作出狱之想。只有周七从和王铺头闹过以后，便倒在铺上，翻来覆去的睡。若愚躲到壁角，自去低头沉思。熬到黄昏以后，王铺头又买了一瓶酒和许多水饺，请大家在铺上地摊儿吃。饭过茶罢，（读者阅至此处，必以为描写过当，犯人之享受，似不能如此舒适；但当年军阀时之习艺所，积弊绝深，犯人只须多财，所欲无不能办，至有犯人召妓至所内侍寝之事，言之更足骇人听闻。但自十七年革命军抵定平津后，立即大事改革，现久风清弊绝矣。）周七喝得半醉，却不睡了，只望着若愚长一声短一声的叹气。若愚问他何故，他又木然不答。这时旁人正说笑玩乐得高兴，王铺头也正对着刘玉亭讲说二十年前天津混混儿的轶事，和自己入狱的经过，说得眉飞色舞，大家都听得入神。忽然周七跳起来，大声发话道："众位，众位，停会儿清谈。"说完见还是人声历乱，又着力把铺用拳一拍，拍得烟灯倾灭，碗水翻流，大家这才闭口无声。只见周七拧着眉道："众位，咱进是进来了，可还想着出去？"大家听了相顾无语。若愚才要说话，被周七肘子一下，忙又闭口不言。周七又接着道："众位，你们英雄，不在乎打官司，我周七更拿打官司当解闷，可是这一回事另当别论。你们别觉着这儿舒服，要知道舒服的是人家何大少的钱，不然早就尿坑旁边闻臭味去了。现在既是非得大家交齐钱才能一起出去，这大家该商量商量，该怎么个办法。这工夫再不能藏奸，谁有主意谁说。"众人听了仍是默然无语。周七便向罗九道："九爷，你向来是自称有财有势，这回真遭上事，要看真个的了，你想法怎么拨治拨治！"罗九黑脸爆起紫花道："寻常说话，谁也有粉往脸上擦，短的了吹牛腿。我通共才有多少钱，经得住这些日胡花？实告诉你，我欠了遍地的债还不算，家里外头，算到一处，只剩百十块钱，还有一件皮袍没当，说瞎话是窑姐养的。我也想开了，出去也眼看着挨饿，不如蹲在这里，还省得债主逼命！"周七拉笑了一声，又问刘玉亭，刘玉亭也告了半天穷，丑着脸承认是穷光蛋，自己拼着坐牢。周七再看其余的人，都是市井无赖，一向在赌局里找零钱混饭吃，更没指望，不由急得横跳，满眼含泪的叫道："完了，一群不要脸，全能豁出去。你们死了，本来都没人哭，掉到臭沟里也没人捞，别忘了还有豁不出去的呀！人家何少，只因到我那里闲坐，被了咱的累，如今人家把罚款都缴了，教咱们牵连着出不去，这可怎么办？你们把狗脸一腆，满不在乎，蹲在狱里还吃喝着，倒是美事，我姓周的可怎么活呀！"闹着更红了眼，凶光四射，好像就要疯狂，忽然又大叫道："我有主意了，你们这群东西，连我也算上，今天全别活，拿把刀先把你们都宰了，我自己再自杀，死个一干二净，剩下何少自己，自然放出去！对对，好主意！我周七有出手的，死也要对得住人。"说完就像抓小鸡子似的抓住了王铺头，教他给找快刀。王铺头见他像凶神附体，挣脱不开，正在没法。若愚忙赶过把周七拉住，叫道："周老七，你闹可对不过我！你坐下听我说。"周七倏的眼泪流下来道："何少，我不是人，你待我这样好，我倒害你坐牢监。你别管，反正我想法叫你出去！"若愚按住他道："你真是混人，也太瞧不起我！统共咱们八个人，你一个罚六百，我们七个三百，一共才两千七，我已经缴了三百，要再拿出两千四来，不是大家都能出去了？不胜似宰七个人救我一个？再说我要拿不出来也罢，我拿这几个还不吃力呀！你怎就想不开？"周七听了，猛然自己左右开弓打了自家两个嘴巴道："这样我更不是人，真拿好朋友当冤孽，为我的事教人家破这们大财，对得起天，对得起地，你有钱也不能这样花，怎就这样肉头捣霉？不成，我不干，还得依我的主意！"若愚道："周七，我要急了，你就不配耍光棍，耍光棍的要把眼光放开，不能低头看见鞋袜，抬头只瞧到自己的眉毛。我拿钱把大家赎出去，谁能一出牢门就绝气身亡？再说望后大家本乡本土，谁也离不了天津地，日子长着呢！不许你们日后再补报我么？"这时刘玉亭从旁听出便宜，便劝道："何少说的对呀，日子比树叶还长，何少现在救了咱们，咱们将来再补报何少，大小事都不能看一时，周七哥怎这般……"话未说完，早被周七冷不防打了个满脸花，打完指着脸骂道："不要脸的话你真能说，亏你是泥鳅的儿子，见窝儿就钻！大家惹了祸，一个捣霉的承当，敢则便宜，还有脸检好听的说呢！我早看出来了，就凭咱们，咱们这几块发财有限倒运不轻的臭料，只求以后不再麻烦何少就够了，还有日子补报人家？好好，何少有钱，愿意修好，你们把口脸往裤裆里一夹，就跟着出去。我周七多少还有点儿人味，不能跟你们一块儿现世！你们请，我是绝不出去，宁可死在这里！"若愚笑道："周七你又混了，你不是为我么，咱们是一串上的，你不出去，我还得陪你受罪，你非得牵连我到底不成？好，我就等着跟你一同罚苦力。"说着倒装出生气的样子。周七此际才知自己一片侠肠，竟是左右受制，本来为心里愧对若愚，才生出急智胡闹，然而被若愚这一譬解，才知自己的好心看着失败，除了破费若愚以外，再无别法，不由得把感恩抱愧怜人怨己的心，都迸成一副热泪，那么大的个子，竟像小孩儿般的倒在铺上抱头痛哭起来。若愚见他一片血诚十分肝胆，在这种万恶社会里胡混了半世，竟还不失赤子之心，真为衣冠士夫所万不能及，心里十分对他感激。王铺头听得明白，也在旁暗暗挑起大拇指。罗九刘玉亭等一干人，却都感觉出惭愧，个个低着头没趣，倏然屋中从喧闹中变成沉寂。

恰巧这时所里人员过来巡查，见各人都自枯坐闷卧，规矩得很，只照例吩咐王铺头几句，就算查过去了。若愚等公人走后，忙拉周七坐起来，向他道："起来，你也不怕旁人笑话，这大岁数还装小孩儿！"周七拭泪道："怕谁笑话？我哭的是自己良心，眼睁真对不住您么！"若愚笑道："这有什么对不住？还是那句话，莫只顾眼前。你不会将来补报我？"周七撇嘴道："你也是给我解心宽，将来也是我求您的时候多，您用我的时候少。本来你一个阔少爷，哪辈子用得着我！错非我出去给您当下人，或者拉车，算是我报恩的……"若愚不等他说完，忽然哈哈笑道："你倒别这么说，说我用不着你，眼见我立刻就有求你的事。"周七猛然跳起，头动手舞的道："真的么？有事何少你说，我周七给你卖命！"若愚笑道："你别咆噪，不只求你，在座的人除了王铺头以外，我全要奉求。"话才说完，众人已全围拢来，七嘴八舌的道："何少吩咐，我不含糊，我干。是打架，是杀人？您要死的，要活的？要胳膊，要腿，要脑袋？您说，咱出去就干！"说着竟有几个人把眉毛都要挑起来，装腔作势的，仿佛在这狱里就能冲锋陷阵，举鼎拔山。周七却拦住道："先别吹气冒泡，何少有事也不是这个。他规矩老实的公子哥，向不惹人，也没人惹他。"说着又转脸向若愚道："您说说，到底是什么事。要用人拼命，不必兴师动众，只交给我周七，包管脆快！"若愚笑道："瞧你们这乱，坐下坐下，不是打架。听我细说，我一烦周七哥，二烦罗九先生。其余几位也得给我帮帮衬！"罗九听了才要挺身装不含糊，却被周七推得滚到铺后。他自向若愚道："你果真有事，必不是寻常口舌，定有说处。好，你慢慢细说，我们再计较。"又向众人道："听何少说，别搀言，谁噪，我就是一拳头。"说完立刻满屋寂静，大家都屏息不声。若愚这才向周七道："我不是跟谁闹气，不过是自己为难。我这件事，论起来你还是祸头呢！"周七大惊道："怎的？我……我……"若愚道："不许你说话，索性容我说完。你不是有个女儿么？"周七张着大嘴道："哪里的事，谁不知道我光棍，从哪块地上冒出女儿来？"若愚用眼一瞟刘玉亭，又接着道："哼，你没女儿，那个冯怜宝是你什么？"周七才有些醒悟，道："哦哦，不瞒你，她算我媳妇，可是这里面还有细情。"若愚笑道："冯怜宝是你媳妇，那么她的女儿是你什么？"周七跳起来道："是不是？好事不出门，臭事传千里。我就这点儿丢人的事，就全嚷动了！你说的是那个如莲哪！"说着一看罗九道："那个小浪丫头子，为她方才可赌局里还挨了一顿窝心骂。可是这丫头我不承认是我的。你想，我媳妇十九岁跑出来，今年四十一，那如莲才十八岁，怎能算我的种！"说着又向若愚道："这些臭事没提头，这个如莲怎样？你朝我说怎的？"这时罗九闹道："我明白了，何少一定和我一样，也受了这娘们的气。要出气打窑子，有我一份。"旁边的人也跟着鼓噪起来。周七瞪着眼道："要打，你们随便，别拿她们当我的亲人，我早恨透了她们。要把那一老一小替我宰了，我更谢谢。"

若愚连忙摇手止住道："不为这个，你们细听，事由儿长着呢！"说着就把自己的表弟陆惊寰如何迷恋如莲，如何与他的新妇不和，惊寰如何挨打受监禁，那贤良的新妇如何为自己受冤枉，自己如何的解劝表弟失败，如何应允了新妇，要给他们重圆破镜，如何到现在还没办法，自己如何的烦闷，都从头至尾的说完。再看众人，个个脸上都现出迷惑的神色。周七更是说不出的糊涂，就搔着秃头问道："您说的全是人家的家务，用我们赶哪一辆车呀！"若愚一笑，抚着他的肩膀道："因为是家务难办，所以才要烦你们几位。我们那位表弟，现在所以执迷不悟，闹得家宅不安，全是为你那个女儿，要没有你女儿，他自然容易回心转意。如今只好釜底抽薪，给他们断绝往来。我早知道，这件事从惊寰那边办是没法，只能向如莲这面儿下手。"说到这里，周七把脑袋一拍道："我懂了，你交给我，马到成功，明天出去就动手，包你永断葛藤。"若愚诧异道："你懂了什么？偏又聪明起来！"周七道："不是给他们断了么？我出去把如莲连她娘全宰了，岂不干净痛快，算给你表弟除了害，也省了给我现眼！"若愚正色道："周七，你到底不算个人，教我怕祸，说不说就是杀七个宰八个。

您请吧，我不敢烦你，只当我没说。"周七见若愚动气，忙下气道："怨我卤莽，我说的不对，还是您出主意，我照办。"若愚道："这不是好，你要明白，给我办事别反而害我。照你一说，岂不给我惹祸？你要真捧我姓何的，就从头至尾依着我，不然就作为罢论，我去另烦好朋友！"周七急了道："何少别说这戳人心的话，从此我要不依你一点，教我出门被汽车撞死，再骂我八辈的祖宗！"若愚见已把这只猛兽制得服贴，心才稳定，又抚慰他几句，便接着向众人道："我办这事，为的是亲戚。众位替我办事，为的是朋友。为人可要为到底，第一口角要严密，不可随处嚼说；第二办事要稳，不能卤莽惹祸。现在先说我定的计策，周七原是那如莲的爹，不管是不是亲的，只要跟她娘是夫妻，就有权办事。听说周七是和怜宝翻过脸，如今为我的事，还要老着脸回去给如莲当爹。"周七听着搓手道："难难，她们那臭窝我真不愿去。再说又闹过脸，有什么脸再去？我不……"若愚才要向他譬解，那周七已反过嘴来道："行行，我去，谁叫是给你办事呢？命都能拼，脸皮怎不能厚！"若愚一笑，又接着道："你回去就掌起当爹的威权，不许那如莲和姓陆的见面，就是办不到，反正搅局你总会啊！就告诉你女人，说这姓陆的是拆白党，教她从旁净说破话，你再出来混横。只照着这个办法去干，纵不给他们弄断了，也差不多。你能办么？"周七想想道："能能，我只尽力去办，成不成不敢保！"若愚道："这就很好！"说完又向罗九道："这该劳驾你了，你的差使又舒服又如意，你不是爱那如莲么？请你从此无昼无夜的上她那里去起腻，拼命打搅。每遇见姓陆的，就跟他争风吃醋，能多带朋友助威风更好，到吓得他不见面算完。这没什么难的，你总能担起来！"罗九苦着脸摇头道："不成不成，头一宗我没钱了。"若愚道："我有呀，明天出去到我家去拿。"罗九道："钱还不说，那莺春院的掌班郭宝琴我不敢惹，要到她那块去搅，简直自找倒霉！"这时刘玉亭从旁揽言道："巧了，这一节你更放心，这如莲挪开莺春院了。不但挪了店，而且挪了部。前天我上普天群芳馆听玩艺，还听了她一段《百山图》，现在可真红的冒烟咧！我恍惚记得她是在忆琴楼。"罗九听了，才松心笑道："这不成了，谢谢何爷，赏我这个美差。"若愚也笑道："罗九先生，再告诉你句痛快的，你把真本领掏出来干去，要磨得这如莲跟你从良，连身价我都管！"罗九更喜欢得头晕涎流，先自躲到一旁，自去构造他脑里的空中楼阁。若愚见大局已定，便向刘玉亭几个人道："正角已派定了，你们几位倒没有大不了的事，只烦你们拿出捣乱的本领，轮着班的装作了流氓，每天到这忆琴楼的左近去巡视。好在地面上官人你们也都熟识，要遇见我那姓陆的表弟，就装着要向他群殴，把他吓跑了就完。他本是少爷班子，经不起吓，有这么三番两次，大约就不敢走那块地方了。你们要不认识他，明天我给个相片看，那人漂亮得出奇，一看就能记住模样。"刘玉亭等众人，原本是穿街跳巷抛砖弄瓦的无赖，遇见这等量才器使，自然都承认不迭。若愚分派已定，又对众人嘱托道："众位听明白了，我这是希望这个表弟学好，不是欺负他，你们可留神，别教他真受了屈，害我对不住人！"此际众人已明白了全局，也就同声答应。

　　若愚就托王铺头觅来笔墨，先办理赎款出狱的手续。因为自己家里没有男人，旁的长辈亲友处又不便丢丑，只可写封信给惊寰，写明被捕的原委，托他到自己家里去办两千四百元，直去法院，去缴同案八人的罚款，款缴上去，这里自然开释，无须到习艺所来探视，千万不可告知姑丈等语。写好便托王铺头明早派人送到陆家。王铺头便寻个所丁来办妥了。

　　若愚这里派兵遣将已毕，自想这次被抓，原是飞来横祸，不想在狱里竟得着意外的机缘，倘或真能从周七几个人身上成功，把自己痛心在怀的事儿解决，教惊寰和他女人重行和好，就花几千块钱也不为冤，想着颇有些心旷神怡。罗九等也因度过难关出狱在即，更都眉开眼笑。大家说谈一会，已到夜静更深，便横躺竖卧的睡倒。过了一会，忽听隔室有幼童啜泣的声音，时作时止，还有人低声恫吓。大家听着尚不以为意，王铺头那里却自语道："这不得好死的，又缺德了！"众人中有几个没睡着的便问他原故，王铺头咬牙恨道："人们要下了狱，就够受咧，在这里要再缺德，万世也得不了好。说起来，气死人，你们也听说过，前几天什么黄方饭店有许多烟馆被抓，人犯缴过罚款的全放了，缴不出的就零碎着押住这里。旁边三十六号就押着一个烟馆的小伙计，才十五岁。那屋里铺头崔瞎子，专好这一手儿，到夜里睡觉，就把人家孩子拉到他的被窝里。你们没听见头一天哭喊得多可怜呢！一连好几天了，一到这时候，就闹得人睡不着。你说多么损德！亏他一点脸也不要。"若愚听着心里惨然，又怕周七听得了管闲事，看他时幸喜已睡着了，便问王铺头这崔瞎子是什么案情。王铺头道："他是杀人放火的案子，原定是枪毙，不想遇见大赦，改了永远监禁。这才叫该死不死，留着他造孽。"若愚听了，暗自思忖，这大赦也不是什么绝端善政，便决定出狱后给法院写一封匿名信，揭破这里面的黑暗。沉一会，隔壁的声音渐渐沉寂，大家也就曲肱作枕的睡了。

　　到次日，那所丁带了若愚的信依着告诉的住址，送到了陆宅，要求着面见惊寰。惊寰正起床，吃完点心写字，闻报就跑出门首。那所丁递上原信，惊寰拆看毕，不觉大惊。先取钱赏了所丁，打发回去，便拿信到内宅见自己母亲，悄悄商量半晌。惊寰怕到若愚家取款，闹得他家宅不安，人心惶恐，便向老太太要出存钱折子，自家先取款替他垫办。老太太偷着传话到门房，放惊寰出了门到银号取了款，赶至法院，寻着一个在院里当差的亲戚，求他代为办理，把款缴了上去。直等到天夕，才听得回话，说是人犯须明早释放。惊寰见已办出眉目，谢了那位亲戚，自雇了车子回家。他本已在家中监禁了两个多月，今天好容易出来在出门的路上，那时只牵念着表兄正在缧绁中，恨不得立刻将他救出，所以不暇更作他想。此际事已办毕，心已安闲，只剩了缓赋归欤，不由得东望西瞧，觉得眼中天地异色，自念闷了这些日，今天可又看见街市了，自觉野心勃发。这时正走在东马路，忽念再向南走不远，就见余德里，如莲这些日不见，不知怎样想我，说不定还许病了呢！好容易有这个机会，还不去看看她，拉着她痛哭一顿，好出出这两个多月的郁气？还得向她表白表白我为她受的什么罪，谈谈我为她守节，怎样的冷落这新妇，这新妇近来天天跑到书房去服侍我，央告我，哄劝我，我都怎样狠心不理她。这些要都向如莲说了，如莲不知要多么感激我呢！别的不指望，只得她抚慰我两句，也就抵得过许多日的苦了。想着才要唤车夫改道向余德里，又一转念想到天色已晚，母亲还在家等听消息，现在去了也坐不大工夫，而且又不安稳，不如且自回去。好在母亲今天既肯放出我来，到晚响还可以编个瞎话出去。

主意已定，便仍原路而归，却在车上思索说谎的办法。想来想去，仍旧着落到若愚身上。到了家里，仍偷偷的溜进去。问仆人时，知道父亲没有召唤，心中一喜，便蹑着脚走进书房，差人将老太太请出来，把原委禀告明白，说若愚明天便可出狱，老太太也放了心。惊寰又说谎道："在狱里见了若愚，若愚托我在今夜办件要紧的事，是他的朋友今夜上轮船回南，有东西存在了若愚家里，今夜定要给友人送到码头上去；他千谆万嘱的托了我，我只可去一趟，您再告诉门房一声，晚上出门别拦我。"老太太原是菩萨般的人，哪知道法院习艺所是在哪里？不由信以为真，只问了一句："何必单晚上送到码头？早些给那朋友送到家里不好么？"惊寰忙掩饰道："就因为不知道朋友的住址，所以必得送到船上。又是值钱的东西，不放心派别人去。"老太太听他说得圆全，果然信了，就悄悄唤进郭安来，吩咐了两句。惊寰送老太太进了内宅，自己在书房里，好像中了状元似的，喜欢得不住的在床上打滚，又向着内宅作揖叩头，像望阙谢恩般的给自己母亲道谢。胡挣了半天，已到了黄昏时候，吃过晚饭，失神落魄，坐立不安，好容盼到十点多钟，内宅里人声静寂，约摸着父亲业已安眠，便唤下人打脸水。收拾已毕，才要穿衣服，忽听门外有女人咳嗽了一声，接着帘儿一启，自己的新妇手里托着两件新洗的内衣小裤褂，提着一个小包儿，盈盈的走进来。原来这新妇过门两个多月，已不十分对人羞涩，老太太又因他们夫妇不和，从惊寰这一面拨不转，便劝新妇不可执拗，要慢慢感化丈夫。"他不进内宅，你可以到书宅去给他料理琐事，日子长了，铁人也有个心热，不胜似两下僵着么？"新妇听了婆母的话，百依百随，竟然委屈着自己，每天人静后就到书房来，或是送些食物，或是添换衣服，必要给他铺好被褥才去。有时也默坐一会，有时也搭讪着说两句话，不过她一说到分辩冤枉的事，惊寰就掩起耳朵，做出丑脸，立刻把她羞红走了。这样已有七八日，此际惊寰原本正高着兴，见新妇进来，却倏然沉下了脸，这就左手握笔，右手磨墨，一霎眼的工夫，已坐下写起字来。那新妇见他这副神形，也不生气，自走进里间去，慢慢把被褥铺好，又将暖壶灌上热水，放在床头，才走过来，把手里的包儿放在桌上，立在他身旁，香息微微的瞧着他写了一行字，才轻轻说道：“你不困么？睡吧，天不早了，明天早晨再写。写字再熬夜，就要闹身子疼，再写两行可睡吧！”惊寰对于新妇以先本是强铁着肝肠，自知有些过于薄幸，但是日子长了，也就视为故常，此际听她说话，仿佛一字也没入耳，只去一撇一捺的在字上大做工夫，真像要一笔就写出个王羲之来。新妇却仍自面色蔼然，沉了一会又道：“你该换的小衣服，都放在床上了。这包儿里是你爱吃的榛子和蜜饯荸荠，临睡可别多吃，吃多了咳嗽。”说完见惊寰还是方才那一副神情，又沉一会，才将身子向后一退道：“可别写了，快睡吧。”说完又留恋一会，才轻轻走出去。惊寰约摸她已走进内宅，才把笔一丢，站起向着帘子作了个揖道：“我的活魔头星，你可饶了我，谢天谢地。巡查钦差过去，这可该我起驾了。”说着把桌子上东西草草收拾了一下，就穿好衣服，手灯熄了，一直走出去。门房里因得过老太太的吩咐，也不再加拦阻。

惊寰出得门去，受着夜风一吹，简直浑身轻爽得像长了翅膀要飞，心里也轩爽得像开了城门，两脚三步跑出巷去，遇见一辆过路的洋车，忙喊住上去，口里只说三个字：“余德里。”便等着他风驰电掣的走去。哪知车夫动也不动，更不抬车把，却怯声怯调的道：“先生，你下来，俺去不了，没租界的捐。”惊寰想不到忙中出错，赌气又跳下来，走了半段街，方又遇见一辆车，雇了坐进余德里，直到了莺春院的门首住下。惊寰在车上仰头看见楼上映着电灯的小红窗帘，已自心在腔里翻滚，暗暗叫道："我的如莲，我的人，你想着的人可来了，我可又见着你了！"连忙跳下车来，强装着镇静走进去。那堂屋许多的伙计，已有一个站起打起一间屋的门帘，道了声"请！"惊寰本不熟于此道，却不进去，仍站着问道："如莲不是在楼上么？"众伙计闻听，都向他愕然注视。那打帘子的伙计道："您找那如莲是冯大姑娘么？"惊寰点头，那伙计们同声道："挪走了。"惊寰怔了一怔，便问道："挪到哪里？"众伙计又同声道："不知道。"惊寰只觉脑中嗡然一声，几乎晕倒，就呆呆立着不动。真应了《桃花扇》题画一折里的话："萧然美人去远，重门锁云山万千。满园都是开莺燕，一双双不会传言。"惊寰直呆有一分钟，方自清醒。这时又见两边各屋里都有花花绿绿的女人向外窥探，自觉得羞惭，忙转身退了出来，再走路也似无力了，心里似痴如醉，虚慌慌的好像一身已死，百事都空，不知要如何是好，只念着如莲走了，抛下我走了，再见不着了！这样无目的的走过了几家门口，只听后面有人赶来，喊着："你姓陆么？你姓陆么？"惊寰回头看时，原来是莺春院方才给自己打帘子的伙计，忙站住道："我姓陆，如莲没挪不是？"说着又要向回里走。那伙计笑着拦住道："冯大姑娘挪了，挪到忆琴楼。我们这里面规矩，凡是姑娘挪了店，当伙计的不许对来找的客说地方。您明白了？冯姑娘临走赏了我们不少钱，托付我们说，别人来问不必告诉，要有姓陆的来，千万领了去。我领您去，这还得瞒着我们掌班的。"惊寰听了，好像什么重宝失而复得，喜不可支，便随他走着，问他如莲几时挪走的，才知是在一个月前，怜宝和郭大娘怄气所致。

　　两人走过一条街，已进到普天群芳馆后身，到一家门首，那伙计走进问道："到了，您请进！"惊寰便随着进去。这时本院里伙计将他让进一间空屋里，那个从莺春院跟来的伙计却叫道："招呼如莲大姑娘！"只听楼上也有人学着喊了一声。沉了会，才听楼上小革履声响，接着隐隐听见如莲娇声问道："哪屋里？"立刻外面有人把门帘打起。惊寰心都要跳出腔外，站起来重又坐下。倏时见如莲穿着件银灰色的细长旗袍，在灯影闪灼中带了一团宝气珠光，亭亭的走入。才进门一步，已对面瞧见了惊寰，立时杏眼一直，花容改色，再也不能向里走，就呆立在那里。惊寰更心里一阵麻木，也直勾着两眼，欲动不能，欲言不得。两人这一对怔住，那打帘子的伙计没听着下回分解，不知是友是客，更不知是怎么回事，只能把手举着帘子，再放不下来。这三人同自变成木雕泥塑，却又各有神情，活现出一幅奇景。过了好一会，幸亏那莺春院的伙计略为晓事，知道他俩必有隐情，就从外面赶进屋里向如莲道："大姑娘，这位陆二爷今天到我们那里，是我领了来。"如莲听见有人说话，如梦方醒，才移开望着惊寰的眼，回头一顾道："拿烟。"那打帘子的伙计方知来者是客，忙放下帘子，自去倒茶。这里如莲从怀里拿出一张钞票递给那伙计道："教你受累。"那伙计请安道谢，才要退去，惊寰这时也已神智清醒，方想起亏这伙计带自己来，不然竟是蓬山千里，他真有恩德如天，便也叫道："回来！"那伙计走近前，惊寰顺手拿出两张钞票，也没看是多少，一齐塞与他。那伙计凭空得了彩兴，欢跃自去不提。

　　且说如莲还站在门首，忽然低下头，牙咬着嘴唇想了一想，一句话也没理惊寰，倏的一转她那细瘦腰肢，竟自飘然出去。惊

寰好生惊疑，但又不好追唤，只可自己纳闷。等伙计送进茶，打
过手巾，又进了个柜上的老妈，给斟了茶，点过纸烟，问了贵姓，
说了句"二爷照应"，便自出去。过了好半天工夫，也不见一人
进来。惊寰暗暗诧异，如莲这是怎了？论我们俩的交情，久别重
逢，应该多么亲热，她何故反倒冷淡起来，跟我变了心么？绝不
至于。因我多日不来恼了么？可也要问个青红皂白再恼啊！像她
那样聪明人，绝不会莽撞胡来。那么她倒是为什么？莫非先去应
酬别的客？更不能。皇上来了，也不能抛下我。他这样心里七上
八下的想着，真是如坐针毡，又过了一刻多钟，却还不见人影。
惊寰心里却不焦急了，只剩了难过，忍不住委屈要哭。正在这时，
忽见伙计又打起帘子，请道："本屋里请！"惊寰心里初而一惊，
继而一喜，才想起这里不是如莲的居屋，她有话自然要等到她屋
里说，无怪乎方才一步不来。便又添了高兴，站起出了这屋，由
伙计指引着上了楼，见东边一间屋子有人打着门帘，便走进去，
只觉屋里光华照眼，草草看来，比莺春院那间房子，更自十分富
丽，加倍光华。屋里的人气烟香，还氤氲着尚未散尽。如莲正跪
在迎面椅上，粉面向里，对着大壁镜，在她那唇上涂抹红胶。本
来她已从镜里瞧见惊寰进来，却装作没看见，仍自寒着小脸儿对
镜端详。惊寰因这时屋里还不断有伙计老妈出入，不好意思向前
和她说话，便自坐在东边床角，默默的瞧着屋里的陈设，只见收
拾得华灿非凡，四壁的电灯约有十余盏，只有四五盏亮着，已照
得屋里皎然耀目；墙上挂着许多崭新的字画，迎面壁镜左右的一
副新对联，写的是"酒被清愁花销英气"，"云移月影雨洗春光"，
词句虽然不伦不类，字却是一笔刀裁似的魏碑，一见便知是向来
包办窑府一切屏幛匾额对联牌幅的斗方名士曹题仁的大笔。再细

看时，这房间似乎只有两间大小，像比莺春院的旧屋窄些。回头看，却见床边壁上还有一个小门，才明白这边只是让客之所，她的卧室还在里面。只这一回头，又连带瞧见床后还挂着四条炕屏，画的是青绿工细山水，左右也悬着一副二尺多长的小对联，是"倚阑人冷阑干热"，"擘莲房见莲子多"，下款却署的惊寰二字。惊寰见了大惊，自想我何曾给如莲写过什么对子，而且这联写的是一笔还童破体，纵横动荡，显见不是少年人的笔致。再说词句虽是拆对昆曲，却不拘不俗，浑脱有味，却怎会题上我的下款？莫非还有和我同名的么？便再忍不住，想向如莲动问，可恨这时正有个老妈在屋里收拾，只可含忍不语。看如莲时，却又走到那边，去抚弄那沙发上伏着的小猫，正背惊寰而立。惊寰只瞧见她的后影儿，见她这件旗袍，更自裁剪入时，不肥不瘦，紧紧的贴在身上，把削肩细腰和将发育的腰下各部，都表现得凸凹无遗，纤秾合度，看着就仿佛如莲身上的电，已隔着老远传到自己身上，自觉又犯了痴情，无端的更心烦意乱。只恨这丈余远近的楼板，再加上一个老妈，竟变作云山几万重，把一对鸳鸯隔在两下，连作声也不能作声。又暗恨如莲是受了什么病，怎连脸儿也不肯回过来。

好容易等得那老妈走了，屋里只剩他们两人，惊寰自想这可是时候了，便鼓着勇气，把要说的话都提满壅在喉间，两腿发软的，正要站起凑向她去，忽听外面一阵电话铃声，接着就听有人在外面隔帘说道："大姑娘，毛四爷在天宝班请串门。"又见帘儿一启，那个老妈又走进来，含笑向如莲道："十二点多了，还去么？家里又有客，说瞎话驳了吧！"如莲慢慢转过身来，仍旧长着脸儿，微微瞪了惊寰一眼，就向老妈道："哼，不去？干什么不去！咱们干什么说什么，告诉车夫，点灯就走！"那老妈吃个没味，自出去吩咐不提。如莲却浅笼眉黛，轻启朱唇，向惊寰恭恭敬敬的说道："跟二爷告假，去串门，二爷请坐着。"说完也不等惊寰答言，就从衣架上摘下件薄绸子小夹斗篷，披在身上，一转娇躯，就翩然出去了。惊寰这一气真非同小可，看如莲的冷淡神情还不算，和自己说话简直变成陌路人一样，仿佛把以往恩情都忘了个净尽。又想这毛四爷是谁？怎一来电话她就失神落魄的赶了去？看起来她是得新忘旧，果然这种风尘女子，都是水性杨花，教人捉摸不定，便自咬牙恨道："你走，我也走！算我上了你这几年的大当，从此再不认识你。"说着戴上帽子，正负气而走，但一转想，如莲向来是个调皮的孩子，跟我那样海誓山盟，就变心也不致变得这样快，说不定这是诚心气我。本来我抛闪她两个多月，我虽自知对得住她，可是我的事也没顺风耳向她报告，她哪知道细情呢？那样聪明的人，自不傻闹，只有和我怄气了。好，怄气也罢，负我也罢，反正她得回来，我只沉下气去，拼着这一夜的工夫，看个水落石出。我不是容易把她得着的，怎能为一时负气，就割断恩爱啊！想到这里，倒平下心去，就仰在枕上，回思和如莲几年来的情事，权当自己解闷，越想越觉荡气回肠便更不忍走了。直过有一点钟工夫，几次闻得人声，惊坐起来，却都不是如莲，只还是那老妈进来照顾茶水，也搭讪着说两句家长里短。惊寰只含糊答应。

又过了些工夫，忽听见屋里又发现了脚步声音，还疑是那老妈，但又觉得步履轻悄，不像老妈那样笨重，忙抬头看时，竟是如莲回来，正在衣架上挂了斗篷，便翻身向这边走。惊寰见她奔了自己来，好像一颗斗大明珠要扑进怀内，心中一跳，正要坐起迎接，不想她连头也不抬，径自走向床边的小门，推开门一转身，就走进那复室，砰的声又把门关了。惊寰又吃了没趣，只落得对着那个小门呆看，既不好意思叫她，又不敢跟进去，赌气坐起来，自己嘴里捣鬼道："好虐待，好虐待！别忘了我是到了你这里，怎不赏一点面子，只顾你闹小孩脾气，我怎么消受！好，咱就闷着，看谁理谁！"他这几句话本在喉咙里吞吐，连自己也听不清，说完又自倒下，凝神向复室里听，一些也听不见声息。看手表时，却已一点半了，心里不由焦躁，就犯了稚气，伸手向板墙上捣了两下，里面也不作声，惊寰气得把头发搔得纷乱，又伏在床上喘气。再迟了一会，忽听从复室里送出一种声音，十分凄凉幽怨，细听时，原来如莲在那里曼声低唱。惊寰好久不听如莲的清歌，忽而在这时重闻旧调，不由得悚然坐起，凝神静听，只听她唱道："自古……道……恩多……成怨……我今果见……那位汤裱褙……呀……得地……忘……恩……才变了……他的心……肠……"唱完这两句又自停住。惊寰听着不禁一阵脊骨生凉，知道这是鼓词《雪艳刺汤》里的两句，她唱着定是意有所指，故意给自己听。正要隔壁答言，只听里面又凄然唱道："想……人间……女子痴心……男……多薄幸……忍教妾……空楼独……守……绿鬓……成霜……"惊寰听完，才知她这些日不知如何哀怨幽思，此际才借着曲词传出了情绪，不由得心中惨切，几乎落下泪来。又加着触景兴怀，自己忍不住，就接着那曲里那原词，也且说且唱的道："卿卿你好……多疑也……我除非……一死……方销……这情肠。"（附注文中加"……"处，皆表示行腔拖逗，非有所删节也。）唱完了又不知该再说什么，隔壁也不再作声，两下里又重归寂静。一会儿如莲那边又自己作冷笑声道：

"真有自认是汤勤的，我才知道世界上还有个汤勤。"惊寰可再忍不住，就拍着板墙叫道："佛菩萨，你别搅了，干什么说起了没完？我心怎么受？你不痛快我知道，可也得容我说话。"他说完这句话，才想到自己的新妇也曾向自己说过这种话，不由一阵心里发麻。就听如莲接腔道："您跟我们臭窑姐有什么可说？闲的没法了才来拿我们开心。您认识我们干什么？天不早了，请回吧，暖房热被的，小太太又正等着，在我这里还腻得出二斗谷子来？"惊寰听了，正触着自己心病，叫不出来的撞天冤屈，便自顿足道："我早料到是为这个，我这冤往哪里诉？我有良心，我对得起你，你容我说，容我说！"如莲又冷笑道："说什么？脱不了是一套瞎话，不劳驾你说。花说柳说，我也不信。"惊寰可真急了，又犯了小孩儿脾气，自己在床上翻滚着道："我冤，我冤，你不信，我死，我死！"说着竟哭出来。如莲在隔壁也听出他的声息改变，才叫道："你进来，有冤上诉。"

惊寰这才拭拭眼泪，推门进到复室。只见这间斗室小得非常精致，幽黯黯的满屋都是葡萄颜色。如莲已换穿一件银红小袄，正斜倚在一张极玲珑精便的小铜床上。床头小几上放着一盏葡萄色灯泡的带座小电灯，映着她的娇面，更显出一种幽静的美。惊寰进得室内，本来心里就充满着滔天情感，霍的扑到床上，正要拉住她的手儿细诉衷情，却被如莲一把推开，寒着脸道："少亲热，离远点。你是你，我是我。你是少爷，我是窑姐。"惊寰站着委屈道："你一句话也不容人说，不知道是什么回事，就犯小性儿！人家今天好容易担着徒罪出来，你就这们狠心，蹲我坐两三点钟，也不理人，知道我心……"如莲不等他说完，就翻着杏眼道："呕呕，蹲你两三钟点，怨我不对！当初你上学的时候，老师教你识数了没有，是两三点钟多，还是两三个月多？你这两三点钟受不了，人家这两三个月怎么过？姐儿炕头坐，冤家迈门过，姓陆的要是有良心，就拍着想一想！"惊寰自想这可到了分诉冤枉的时候，又愁她听了不信，只可学着若愚当初对自己使的把戏，忙咕咚跪在当地，眼泪横流的道："我赌誓！"如莲还自负气，见他这样，忙赶过拉住道："不年不节，大少爷犯什么毛病？快起来，看脏了衣服！"惊寰倒推开了她，自己仰面说道："我要有一句谎话，教我万世不得人身，死无葬身之地。"如莲这才吓变了颜色，忙掩住他的嘴道："干什么这样，我逗你，别胡闹，快起来！"惊寰更不理她，只滔滔把二月初五从莺春院回家以后一直到今天的经过，都细细说出来。说完又补了一句道："随你信不信。你不信，我真没了活路，过两天你听我的死……"如莲没等他说完，已死命的将他拉起，推他倒在床上，却自伏在他的怀里，也跟着惊寰呜咽起来。惊寰见如莲竟已投怀共泣，知道自己的真情已感动了她，心里一阵舒适，倒把这些日的郁气都宣泄出来，竟自哭了个无休无歇。如莲陪着他哭了一会，先站起自己拭拭眼泪，就把他掩着面的手搬开，自用小手帕给他拭着泪，道："傻子，别闹了，怨我冤枉了你！可是你好几月不见，我知道是什么缘故？可怜又没处去打听，想你想的不知多们惨呢！夜里一闭眼就看见你，哪一天也没睡过两点钟的安稳觉。方才打扮着还不大显，现在胭脂粉落了，你看我脸上瘦的真像小鬼。我这种罪孽能向谁诉？等你你又不来，咳，你知道我怎样咬牙恨你呀！难想的到你也受这些罪呢！好人，你别再哭，方才是我冤枉你，反正这些日咱俩都没好过，谁也对得住谁，不必委屈了。起来，看你哭的小丑脸，再哭姐姐不哄你玩了！"说着把惊寰拉得坐起，她自己去端进来一盆脸水，教惊寰洗了脸，又推他坐到镜前，轻舒纤手，替他用润面的薄粉扑了脸，自己也草草的用脂粉掩盖了泪痕，仍拉惊寰同坐在床上道："我的天，我才知道想人是这样难过。以后再有这种事，你千万给我来封信！他们说剐罪难受，想人好受。我宁可受剐，也不愿意想人。可是不想哪成，怎由自己呢？"说着端详惊寰道："你倒不显很瘦啊！"惊寰叹息一声道："你哪知道，我死都要寻过！"说着又把回家第二夜睡在书房时的思想说了一遍，又叹道："幸亏我想开了，咱们约定是三年，不必一时想不开。要不然真许见不了你的面！"如莲听了，也牙咬朱唇忍着泪，向惊寰凄然相看。两个默然对怔了半响，如莲见惊寰脸上还是泪光莹莹，便偎着他道："你还要难过？好容易今天咱见了面，还不抛开愁烦，先想痛快的乐一会！"惊寰道："我只觉心里郁气还没发泄净，恨不能再搂着你哭一场。"如莲替他拢着头发道："傻子，咱俩见面容易么？乐一会不比哭一会好？我想开了，见面两人就享眼前的乐，离开了再各自去哭，反正你的好脸给我看，我的好脸给你瞧，剩下丑脸去照顾他们。现在你不是闷么？方才我从外面回来，正好的一天明月，你先豁亮豁亮。"说着站起把迎面玻窗的浅碧窗帘打开，立刻一钩斜月照入屋中，映着屋里葡萄色灯光，合成了异样的幽趣。如莲便招呼惊寰，同走到窗下一只小沙发上，坐着互相偎倚。

惊寰这时见明月当头，美人在膝，知道是人生难得的景光，便暂抛愁烦，凝情消受，向她耳鬓厮磨的温存一会。忽然想起外屋对联上署自己名字的事，便问如莲道："你的客友里可有和我同名的？"如莲听了忽然跳起来道："你不是问的外间那副小对子么？"惊寰点头。如莲忽然一笑，就扭身跑出去，一会又含笑进来道:"你不是正犯郁气么?我先给你解解闷,看点新鲜景致!"说着拉了惊寰,走出外间,先把电灯熄灭,然后走到后墙大壁镜旁,自己先对镜旁壁上一条墙缝觑了一下,就拉惊寰过去道:"这房子盖得真特别,后墙和邻家也只隔一层木板,要不这样我也看不见西洋景。你静悄悄看,万别出声!"惊寰依言上前,闭着一眼向板缝里觑时,只见里面是一间很古雅的卧室,灯光灿然,迎面一张大沙发上,却有一件奇事惊人。原来是一个赤面白须的老人,生得仪容甚盛,穿着紫色旧宁绸的长袍子,蓝摹本缎的大坎肩,这是十余年前的衣装,更映带显得须眉入古,正拿着一本木板黄纸的书,捻鬓观看。他怀里却斜倚一个真正古装的女人,丽服宫装,打扮得和戏台上的杨贵妃一些不差,脸上又涂着脂粉,吊着眉梢,看来十分俏丽,倚在那老人怀里,一只雪白的手去抚弄老人的髭髯,那一只手却在老人膝上拍着板眼,在那里清音小唱。惊寰看着大为惊疑,还疑惑那边是戏园的后台,转想却又不是。再细看时,那戏装的人竟自认得,哪里是女人呢?原来是大名鼎鼎唱小旦的男角儿朱媚春。心下一阵明白,便暗自瞧料到这老者是何人。这时又见那朱媚春歪着粉颈,很柔媚的向那老者讲话,那老者却笑着作答,只瞧见嘴动,听不出说何言语。又瞧了一会,便退回身来,悄问如莲:"这是怎么回事?"如莲正屏着芳息的伏在惊寰肩上笑道:"你瞧见了?走,咱屋里去说。"说着拉了惊寰,仍回到复室里,在沙发上坐下。

惊寰方看了这奇怪事体,还自惊疑,便问如莲道:"我问你对联的事,你怎拉我去看这个,这又是什么新闻?"如莲笑道:"你慢慢听呀!那两个人你认识不?"惊寰道:"那戏装的是小旦朱媚春。"如莲点头道:"是。那老头儿呢?"惊襄凝眉道:"我可

是不认识，不过就朱媚春想起来，大约是那个大名士国四纯。谁
都知道朱媚春是国四纯一手捧红了的。看这情形，大约是了。"
如莲笑道："是啊，后面正是国四纯的外宅。名目是外宅，可没
有姨太太。不过国四纯三两天来住一夜，那朱媚春就来陪他。"
惊寰接口道："这我倒明白，可是这半夜三更穿起戏装唱戏，是
什么意思？"如莲拍手笑道："提起有趣着呢，不然我也不知道。
从我挪到这忆琴楼来，国四纯就同朋友来过几次，极其喜欢我，
烦门挖户的定要认我作干女儿。我一想没有什么上当，也就认了。
他还捧过两天牌，做了几身衣服。这老头子倒规矩，连手也不要
拉。"说着含笑瞟了惊寰一眼道："他要拉可得成啊！这老头子就
是口里风狂，一提起朱媚春来，就抛文撰句的说一大套。我也听
不甚懂，只听他大概意思说，古来的许多美人，他已看不见，只
能在戏台上找寻。他既有了这朱媚春，没事到戏演完时，就把朱
媚春带到这新赁的外宅，教他穿上各种戏装，偎倚着享受一会。
今天想西施，就叫他穿上西施的行头，明天想昭君娘娘，就叫他
改成昭君娘娘的装扮。或是煮茗对坐，或是偎倚谈心，再高兴就
清唱一曲。这样千古艳福，就被他一人占尽。这老头子也算会玩
哩！"惊寰撇嘴道："你别听他说得高雅，这里面还不定有什么难
听的呢！"如莲忽的粉面一红，含羞笑道："你的话我明白，可不
能屈枉好人！这老头子早就告诉我，他的卧室和这屋只隔一层板
壁。我也调皮，夜里没事，就划开纸缝去偷看，连看过四五次，
见他们只是谈笑歌唱，再不就是教给那朱媚春画画写字。到四五
更天，那朱媚春卸装回家，老头子也自己安寝，简直除了挨靠以
外，更没别的难看样儿。"惊寰听了，暗想那国四纯本是前清遗
宦，名望很高，从近了朱媚春，声气大为贬损，想不到内情居然

这样！果真如此，还不失为名士风流，看来外面谣言不可尽信。想着就又向如莲道："我问对子的事，你扯了半天，到底也没说一句。"如莲一笑，说出一番话来。想不到这隔壁闲情，竟与全书生出绝大关键。正是：含情看异事，已窥名士风流；掩泪写悲怀，再述美人魔障。后事如何，且听下回分解。